中国历史名著文库

史记故事

叁

原撰◉司马迁

编写／臧瀚之等

京华出版社

目 录

目　录

目　录

目　录

第四十三章

伍子胥列传

中国历史名著文库

父兄之仇

伍子胥是楚国人，名叫员。伍员的父亲叫伍奢，哥哥叫伍尚。他们的祖先叫做伍举，在楚庄王的时代以直言进谏而建功立业，很有声望，所以他的后代在楚国也很有名气。

楚平王有个太子，叫做建，楚平王派伍奢做太子太傅，派费无忌做太子少傅。费无忌对太子建不忠诚，只想讨好楚平王。有一次，楚平王派费无忌到秦国去，让他给太子找个媳妇。秦国有个女子非常漂亮，费无忌见了，马上飞驰回国，报告楚平王说："秦国有个女子貌若天仙，大王您可以自己娶了她，再另外给太子找一个。"楚平王动了心，就自己娶了那个秦国女子，而且非常宠爱她，生了个儿子叫轸。太子则另外找了一个。

费无忌凭这个秦国美女讨好了楚平王，得到了平王的欢心，于是就离开了太子建，转而侍奉平王。但他又担心楚平王去世之后，太子继位，会杀害自己，所以就在平王面前诋毁太子建。平王听信了谗言，越来越不喜欢太子。太子建的母亲是蔡国女子，不受楚平王宠爱，因为这个原因，平王也越来越疏远太子建。后来，干脆把太子建派到边关，去守卫城父，以防备边境兵乱。

可是，费无忌还嫌不够，整天在楚平王面前说太子建的坏话，他说："太子因为那个秦国美女的缘故，不可能没有怨恨，希望大王多加防备。自从太子驻守城父以来，越来越熟悉领兵打仗，另外，他还对外交结诸侯，建立声势。恐怕在不久的将来，他肯定会回来作乱！"

楚平王听了，很担心，就召见太子建的太傅伍奢来审问。伍奢知道费无忌在楚平王面前诋毁太子，就趁机说："小人善于搬弄是非，最爱讲坏话害人，大王您难道看不出来？大王可千万不要因为这个而疏远自己的亲骨肉啊！"可是费无忌对平王说："太子

正在谋反，大王如果不制止，他的阴谋就要得逞了，到那个时候，大王后悔都来不及啦！”

楚平王听信了费无忌，囚禁了伍奢，并派城父司马奋扬去杀掉太子。司马奋扬知道这件事的是非曲直，就提前派人通知了太子：“太子赶快离开！要不然会被杀害！”太子建于是逃亡到了宋国。

费无忌已经搞臭了太子，开始陷害伍奢。他对楚平王说：“伍奢有两个儿子，都很精明强干，如果不杀了他们，肯定会成为楚国的祸害。我们可以用他们的父亲作为人质，把他们都叫来，然后斩草除根。如果不这么做，楚国将会后患无穷！”

于是楚平王派人对伍奢说：“如果你能把你的两个儿子招来，我就放了你；否则，就是死路一条！你看着办吧！”

伍奢说：“伍尚为人仁慈，我叫他，他一定会来。伍员为人刚毅坚强，能忍辱负重，是个做大事的人，他如果知道来了就会被捕，那肯定不会来。”

楚平王派人去召见伍奢的两个儿子，对他们说：“如果你们来，我就让你们的父亲活命，如果不来，我今天就杀死他。”

伍尚打算前往，伍员劝阻哥哥说：“楚王召见我们兄弟，并不是真的要放了我们的父亲，而是担心有人逃脱，留下祸根。他用父亲作人质，诈骗两个儿子，两个儿子一到，三个人就会一起处死。我们去见父亲，根本不可能挽救父亲！我们要是去了，只能是白送性命，使我们无法为父报仇！倒不如逃到别的国家，借助外力来为父亲雪耻。白白地一起送死，是无谓的牺牲。”

伍尚说：“我也知道，即使我们去了，还是不能保全父亲的性命。但是父亲叫我们去，如果我们不去，而且以后又不能雪耻，那就只能被天下人耻笑而已。”接着，他又对伍员说：“这样吧，你马上离开，寻找机会为父亲报仇！我去见父亲，如果你日后能为我们报仇，我们死而无憾！”伍尚于是走出去，被使者拘捕起来。使者又要拘捕伍子胥，伍子胥拉弓搭箭对着使者，使者不敢上前，伍子胥就逃跑了。

伍子胥听说太子建在宋国，就前往宋国，去随从太子建。伍奢听说了伍子胥逃跑的消息，感叹说："唉，楚国君臣以后就要苦于战争了！"不久，伍尚到了楚都，楚王就把伍奢和伍尚一起杀害了。

鞭尸楚平王

伍子胥到了宋国之后，正碰上宋国发生叛乱，无法安身，于是就跟太子建一起逃到了郑国。郑国人对他们非常友好，他们就住下了。

不久之后，太子建到晋国去办事，晋顷公对太子建说："你受到郑国人的礼遇，说明郑国人信任太子。我现在想攻打郑国，如果太子能够作我的内应，我们肯定能灭掉郑国。灭掉郑国之后，我肯定把它封给太子。"太子于是返回郑国，开始阴谋接应晋国。

事情还没准备妥当，正碰上太子建因为私事要杀死他的随从，随从知道他的阴谋，就向郑国告密。郑定公和子产一气之下，杀掉了太子建。伍子胥害怕被株连，就带着太子建的儿子胜一起逃往吴国。跑到昭关时，守关的官兵发现了他们，穷追不舍，他们两人就分头逃跑，差一点都被抓住。

在这个紧要关头，伍子胥来到了江边，江上有个渔翁认识伍子胥，就驾着船送伍子胥过江。过江之后，伍子胥解下身上的佩剑说："我现在没有什么可以答谢您的，这把剑价值百金，希望您老人家能收下。"渔翁很不高兴："楚国悬赏捉拿你，捉到你的，奖赏五万石谷子，还封给执圭的官爵，这只值百金的剑算得了什么？"渔翁坚持不肯接受。

伍子胥于是上了岸，只身逃亡。还没到达吴国，就生病了，只好停留在半路上，讨饭为生。到了吴国之后，吴王僚刚刚掌权，公子光做将军。伍子胥就通过公子光来求见吴王。吴王和伍子胥谈得来，伍子胥就留在了吴国。

楚国的边城钟离和吴国的边城卑梁氏紧挨着，两个城市都养蚕，两地女子为了争夺桑叶而互相斗殴，没完没了。楚平王很生气，就派兵攻打吴国边城卑梁氏，吴国吃了亏，也发兵攻打楚国。吴国派出去的是公子光，公子光占领了楚国的钟离和居巢，然后回师向吴王报告。

伍子胥趁机劝说吴王："楚国可以攻破，现在就是个机会。希望再派公子光去攻打。"公子光知道了，就对吴王说："伍子胥的父兄都被楚国杀了，所以他才劝大王攻打楚国，这是想公报私仇。现在楚国还很强大，吴国没有把握打败它。所以不要轻易出兵。"于是吴王打消了攻打楚国的念头。

伍子胥没能如愿，对公子光很怨恨。他知道公子光对内有野心，想谋杀吴王、取而代之；根本就不想在外攻城略地，只想在宫廷里搞阴谋，于是就向公子光推荐了专诸，让他帮助公子光搞阴谋。之后，伍子胥就假装隐退，跟太子建的儿子胜一起到乡下去耕田。

过了五年，楚平王死了。当初，楚平王曾经夺取了太子建的秦国美女，生了个儿子名叫轸，现在楚平王死了，轸继位为王，这就是楚昭王。吴王趁楚国办丧事的时机，派自己的两个弟弟率领军队去袭击楚国。楚国出兵迎战，断绝了吴国军队的后路，使它无法后退，困在了那里。

趁着吴国内部空虚的机会，公子光命令专诸暗杀了吴王，然后马上自立为王，这就是吴王阖庐。阖庐继位以后，感谢伍子胥的帮助，就召见他来做掌管外交事务，并同他商量国家大事。

这个时候，楚国内乱，大臣和伯州犁等人被杀。伯州犁的孙子伯嚭逃亡到吴国，吴国接受了他，还任用他为大夫。而从前吴王所派出的两个弟弟，攻打楚国进不能进、退不能退，困守在那里，后来听说阖庐杀了吴王自立为王，就率军投降了楚国，楚国把他们封在了舒地。

阖庐登位三年，就与伍子胥、伯嚭率兵攻打楚国，占领了舒地，俘虏了原来吴国的那两个反叛将军。阖庐想趁势攻到楚都，灭掉楚国，将军孙武不同意："现在国内百姓已经疲惫不堪了，不能再动用武力、劳民伤财。等两年再说吧！”

六年之后，吴王阖庐对伍子胥和孙武说：“当初，孙将军说楚都不能打，打也打不进去，现在怎么样？”两个人回答说：“现在要比当初合适得多，但是还得智取，不能硬攻。楚国将领囊瓦贪财，曾经借攻打唐国和蔡国的机会，搜刮民脂民膏，因此唐蔡两国都非常怨恨他。大王如果要大举进攻楚国的话，应该先争取唐国和蔡国的配合，这样才有把握。”

阖庐听从了两位大臣的建议，出动了吴国几乎全部的军队，并且联合唐国和蔡国，一起去攻打楚国，跟楚军在汉水两岸摆开阵势。吴王阖庐的弟弟夫概带着部队，要求跟随吴王出征，吴王不答应，夫概就私自带领自己的五千人，去攻击楚将囊瓦。囊瓦兵败逃跑，投奔郑国。于是吴军乘胜前进，一连打了五次胜仗，很快就打到了楚都。楚昭王仓皇逃窜，吴王进入了楚都。

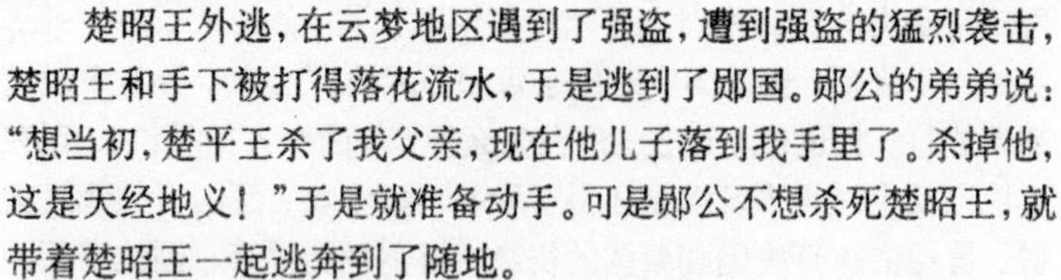

楚昭王外逃，在云梦地区遇到了强盗，遭到强盗的猛烈袭击，楚昭王和手下被打得落花流水，于是逃到了郧国。郧公的弟弟说：“想当初，楚平王杀了我父亲，现在他儿子落到我手里了。杀掉他，这是天经地义！”于是就准备动手。可是郧公不想杀死楚昭王，就带着楚昭王一起逃奔到了随地。

吴国军队听说楚昭王在随地，就来围攻，随地人害怕了，想杀掉楚昭王来解围。这时候，楚昭王的哥哥把楚昭王藏了起来，自己站出来，冒充楚昭王来对付他们。随地人经过占卜，认为把楚昭王送给吴国不吉利，就谢绝了吴国，没有交出楚昭王。

当初，伍子胥在楚国的时候，跟申包胥是知交。伍子胥逃跑时，曾对申包胥说：“我一定要打回来，灭掉楚国，报我的深仇大恨！”申包胥说：“我是楚国的大臣，我肯定会保卫楚国！”

这么多年过去了，伍子胥终于实现了自己的诺言，带领吴国军队打进了楚国国都。进入楚都之后，伍子胥到处寻找楚昭王，可是楚昭王已经逃跑，找不到了。伍子胥的愤恨之情无处发泄，就挖开了楚平王的坟墓，弄出他的尸体，鞭打三百下，然后才算完。

这时候，申包胥已经逃到了深山里，他听说了伍子胥鞭尸的事情，就派人对伍子胥说：“你也太过分了吧！在血统上，你毕竟也是楚平王的侄子，在道义上，你毕竟做过他的大臣，可是现在，你竟然连死人也侮辱，也不放过，难道就没有天理了吗？”

伍子胥回答：“我向你表示歉意。不过，他曾经让我走投无路，把我逼到日暮途穷的境地，现在我终于有了报复的机会，我不可能不违背天道，不可能不倒行逆施。现在还没算完，我要彻底灭亡楚国。”

申包胥听了伍子胥的答复，急忙跑到秦国，向秦国求救，可是秦国无动于衷，就是不答应出兵援救。申包胥无可奈何，只好站在秦国的朝廷上，日夜哭泣，整整哭了七天七夜。秦哀公被感动了：“唉！楚国虽然无道，但有这样的臣子，也是它的造化，怎么能坐视不救呢！”于是，秦国派出了五百辆战车去救援楚国，攻击吴国。六月，在稷地打败了吴国军队。

当时，吴王阖庐一直留在楚国，到处搜索楚昭王，吴王的弟弟夫概就趁机偷偷回国，自立为吴王。阖庐听到这个消息，马上离开了楚国，回国去攻打他的弟弟夫概。夫概战败逃亡，投奔了楚国。这时候，正躲藏在随地的楚昭王看到吴国发生内乱，就逃回了楚都。在楚都，昭王召见了夫概，封他为堂溪氏。紧接着，楚国进攻吴军，吴军战败，吴王回国。

过了两年，阖庐派太子夫差带兵攻打楚国，占领了番地。楚国害怕吴国再次大举进攻，就迁都到都邑。当时的吴国；由于重用伍子胥和孙武，国富民强，西边攻破了强大的楚国，北边威迫着齐国和晋国，南边征服了越国。

小人不可得罪

五年之后，吴国进攻越国。越王勾践亲自率军迎战，在姑苏打败了吴军，还刺伤了吴王阖庐的脚趾。阖庐受伤感染，病倒了，临死的时候，对太子夫差说："你会忘记是勾践杀了你父亲吗？"夫差说："不敢忘记！"当天晚上，阖庐就死了。

太子夫差继位为吴王，任用伯嚭做太宰，负责训练军队。两年以后，吴国起兵讨伐越国，在夫湫大败越军。越王勾践带领残兵五千人逃跑，驻扎在会稽山上，然后派大夫文种用厚礼贿赂吴国太宰伯嚭，请求议和，表示越国愿意臣服于吴国，归吴国统治。吴王准备答应越国的请求。伍子胥劝谏吴王说："越王的为人，能够忍辱负重，也能含辛茹苦。如果大王现在不消灭他，将来一定会后悔。"吴王不听，而是采用了太宰伯嚭的意见，跟越国议和。

又是五年过去了，齐景公去世，大臣争宠，新君年幼，齐国国内一片混乱。吴王夫差听说了，就发动部队，准备北上攻打齐国。

伍子胥劝谏说："现在越王勾践正在蓄积力量，吃饭从不超过两味荤菜，吃过粗茶淡饭之后，就去笼络人心，悼念死者，慰问病人，偷偷加强军事，打算有所作为。这个人不死，是吴国最大的隐患。越国的存在，就是吴国最可怕的心病。但是大王不先去对付越国，却要去攻打齐国，这实在是舍本逐末啊！"吴王不听，照样攻打齐国，在艾陵大败齐军。打了胜仗，吴王更加骄傲，更是不愿听从伍子胥的计谋了。

四年之后，吴王再次准备北上攻打齐国。越王勾践采用了子贡的建议，率领自己的部下来帮助吴王攻打齐国，讨吴王的欢心；同时，还花大本钱继续贿赂太宰伯嚭。

太宰伯嚭多次接受越王的贿赂，就日日夜夜为越王说好话。吴王听信伯嚭，就越来越不把越王看作对自己的威胁。伍子胥看到这种情况，很担心吴国的安危，就劝谏吴王说："越国可是吴国

最大的隐患啊！千万不能掉以轻心！而齐国呢，对我们吴国并没有什么威胁，为什么非要打它不可呢？希望大王权衡利弊，不要去攻打齐国，当务之急是要先打越国。如果不这样，以后可能要追悔莫及啊！”

然而吴王坚持己见，对伍子胥的意见置若罔闻，还嫌他烦心，于是支使他出使齐国。伍子胥出使完毕，将要离开齐国回国的时候，对自己的儿子说：“我屡次劝谏吴王，但吴王从不接受我的意见。吴国离灭亡不远了。你不要再回吴国了，否则会很危险。”于是，他把儿子托付给了齐国的鲍牧，然后自己回国去向吴王汇报工作。

吴国太宰伯嚭跟一向讨厌伍子胥，就趁这个机会在吴王面前谗毁伍子胥：“伍子胥的为人，刚强暴烈，寡恩少德，心胸狭窄，而且待人狠毒，他要是怨恨谁，那可了不得，肯定会酿成大祸！前几年，大王想要攻打齐国，伍子胥认为不行，结果呢，大王打了大胜仗。伍子胥对这件事耿耿于怀，觉得丢了自己的脸面，于是就对您产生了怨恨。现在呢，大王又要再次攻打齐国，伍子胥还是像上次一样，总是打击您，想挫伤我们的军事行动，一心希望吴国失败，这样才能显示他的看法高明。如今大王亲自率军出征，用尽全国兵力去攻打齐国，但伍子胥却装病不出征。这件事蹊跷，大王不得不防。我已经派人暗中侦察过他，他出使齐国的时候，竟把自己的儿子托付给了齐国的鲍牧。作为人臣，在国内不得志，就在国外倚靠别人，这可是叛国啊！况且，他一直以前朝元老自居，如今不被重用，心里非常不满，所以早就有想法。这很危险，希望大王趁早考虑一下这件事。”

吴王说：“就是你不说，我也早就怀疑他了。”说完，吴王马上派人赐给伍子胥一把宝剑，让他自杀。伍子胥仰天长叹说：“唉！搬弄是非的小人作乱，可是大王竟反而杀我。当初，是我辅佐你父亲称霸；在你还没当政的时候，各位公子争夺王位，是我冒死在先王面前为你争取，如果不是我，你根本就不可能得到王位。你继承王位以后，想把吴国分一部分给我，我不敢奢望，推辞了。可是现在，你却听信谄媚小臣的话，来杀害长辈！”

临死之前，伍子胥告诉自己的门客说："等我死后，别忘了在我的坟上种植梓树，它长大以后，可以用作棺材，来装殓吴王的尸体；别忘了挖掉我的眼睛，把它们悬挂在吴都的东门上，让我看到越寇入侵，让我看到吴国的灭亡。"说完就自刎而死。

吴王听说了伍子胥临死前的话，非常愤怒，就把伍子胥的尸体装进皮革袋子里，让它在江里飘浮。吴国人可怜他的结局，专门为他在长江边上建造了祠堂，并把这个地方命名为胥山。

吴国的灭亡

伍子胥死后不久，吴国就去攻打齐国。齐国的鲍氏趁乱杀掉了齐悼公，拥立阳生为君。吴王于是就以讨伐齐国乱臣的名义出战，但是没有获胜，不久就离开了。几年后，越王勾践羽翼已经成熟，于是开始进攻吴国，杀掉了吴国的太子，击败了吴国的军队。吴王当时在国外，听到这个消息，就急忙赶回国内，派人用重礼跟越国议和。越王没有答应。

九年以后，越王勾践重兵出击，一举消灭了吴国。吴王夫差被杀，太宰伯嚭也没有活命，因为他对吴国国君不忠，接受越国的贿赂，暗地里通外国，违背了为臣之道。

当初，楚国太子建的儿子胜，曾跟随伍子胥一道出逃，后来到了吴国。吴王夫差还在世的时候，楚惠王想要把胜接回楚国，叶公劝谏楚惠王说："胜喜欢打仗，现在正暗中建立自己的敢死队，这个人野心太大，不要接他来！"楚惠王不听，召回了胜，让他住在楚国的边城鄢邑，号称白公。白公胜回到楚国三年之后，吴国诛杀了伍子胥。

白公胜回到楚国之后，念念不忘郑国杀了他的父亲，就暗中招纳不怕死的人，建立自己的敢死队，准备报复郑国。五年之后，白公胜请求攻打郑国，楚国的令尹子西答应了他。楚军还没出发，晋国却先出兵攻打郑国，郑国向楚国求援。楚国派令尹子西前往救援，子西跟郑国订立了盟约，就回国了。

白公胜很愤怒："我现在不憎恨郑国了，我现在只憎恨子西。"白公胜还怒气冲冲地亲自磨剑，有人问他："磨它干什么？"白公胜说："我要用它杀死子西。"子西听说了这件事，付之一笑说："白公胜简直像鸡蛋一样脆弱，他哪能做出什么大事！"

四年后，白公胜跟石乞上朝，在朝廷上突然袭击，杀掉了令尹子西和司马子綦。之后，石乞对白公胜说："事已至此，要是不杀掉楚王，我们以后也好不了。"

于是就劫持了楚王。这个时候，叶公听说白公胜作乱，就率领自己封地的人来攻打白公胜。白公胜失败，逃到山里，自杀身亡。叶公俘虏了石乞，审问白公胜的尸体在什么地方，如果不说，就要烹煮他。

石乞说："大事成功了，就做卿相，不成功就被烹煮，这本来就不奇怪。"他始终不肯说出白公胜尸体在哪里。叶公于是就烹杀了石乞，然后找到了楚惠王，楚国重新恢复了正常。

第四十四章

商君列传

中国历史名著文库

商鞅变法

商鞅本姓公孙，也叫公孙鞅；因为是卫国国君的公子，所以也叫卫鞅。

商鞅年轻的时候，就推崇法制，精通刑法，以此来侍奉魏国相国公叔座。公叔座知道他贤能，想把他推荐给魏王，可是还没来得及推荐，公叔座就病倒了。魏惠王亲自前来探病，问："您如果发生意外，国家怎么办好？"公叔座回答："我的手下商鞅，年纪虽然轻，但有奇才大略，大王可以把国家大事委托给他。"魏惠王沉默不语，不置可否。

魏惠王探病完毕，准备离开时，公叔座把旁人支开，单独对魏惠王说："大王如果不任用商鞅，就一定要杀掉他，不要让他走出国境。"魏惠王答应之后，就离开了。

魏惠王一走，公叔座马上召见商鞅，抱歉地说："刚才大王问我谁能担任相国，我推荐你，但看大王的脸色，肯定不会同意我的意见。所以，我为魏国考虑，对大工说，如果不任用商鞅，就应该杀掉他。大王答应了我。你现在得赶快离开了，不然肯定会死在这里。"商鞅回答说："大王既然不听您的话任用我，又怎么可能听您的话杀掉我呢？"于是坚决不离开，一直陪伴着公叔座。

魏惠王离开之后，对左右随从说："公叔座的病很严重，真是让人伤心。他竟然建议我把国事委托给商鞅，这实在是太荒谬了！"

不久，公叔座去世。商鞅在魏国成了孤家寡人。正好在这个时候，秦孝公在全天下物色贤人，准备重振秦穆公的霸业。商鞅听说了，就来到秦国，通过秦孝公的宠臣景监去求见秦孝公。

秦孝公接见商鞅，交谈了很久。但是在交谈的过程中，秦孝公越来越没兴趣，总是打瞌睡。商鞅走了以后，秦孝公很生气地

批评景监："您的客人只不过是个狂妄之徒罢了，哪里值得任用呢？"景监受到批评，就去责备商鞅，商鞅说："我用五帝之道劝说秦孝公，但他实在是太笨了，根本就不开窍！有机会我再开导开导他。"

五天后，景监再次请求秦孝公召见商鞅。商鞅又进见秦孝公，谈得更多，可还是不能打动秦孝公。交谈结束以后，秦孝公又责备景监，景监也责备商鞅。商鞅说："我这次是用三王之道开导他，但未被采纳。请他给我一次机会。"

不久，商鞅再次进见秦孝公，秦孝公认为他说得很好，但还是没有采纳。交谈结束以后，秦孝公对景监说："你的客人还不错，值得好好聊聊。"景监转告了商鞅，商鞅说："我这一次是用五霸之道劝说秦孝公，看他的样子，很感兴趣，好象是愿意采纳。如果他再召见我，我就知道该说什么了。"

商鞅又去进见秦孝公。秦孝公跟他越谈越投机，不知不觉中都把膝盖挪到座席前头了。两人一连交谈了几天，却不觉得厌倦。景监很奇怪，问商鞅："你是凭什么迎合了国君的心意？他现在特别高兴啊！"商鞅说："刚开始，我用五帝、三王之道说服他，劝他向三代帝王学习，但是他说：'学习他们太费时了，我等不起。每个国君都想趁自己在位的时候就扬名天下，怎么能默默无闻地等待几十乃至上百年呢？'了解了他这种心态之后，我就告诉他怎样才能尽快使国家富强起来，他对这些特别感兴趣。"

商鞅得到任用之后，想立刻变革法度，但秦孝公担心天下人议论自己，所以犹豫不决。

商鞅劝说秦孝公："行动犹豫不决，就无法成名；事业摇摆不定，就不会成功。况且，比一般人高明，就会受到世人的非难，这是无法避免的。愚蠢的人，即使面对既成事实，还是不能明白，可是，聪明的人却能在事先就能看到未来。老百姓大多愚钝，用不着在事前跟他们讨论，只能在事成之后跟他们一起享乐。德行高尚的人不刻意迎合习俗，成就大业的人也不跟众人商量。因此说，只要能够使国家富强，就用不着拘泥于旧的法规；只要能够有利于人民，就不必遵循旧的礼制。"秦孝公被商鞅说服了，准备让商鞅放手改革。

可是，大臣甘龙不同意商鞅的看法："商鞅说的不对。圣人用不着改易民俗，也可以教化人民，聪明人用不着变更法规，也可以治理好国家。因循原先的民俗来教化民众，不用费力就能成功；沿袭成法来治理国家，官吏容易习惯，百姓也容易相安无事。"

商鞅答辩说："甘龙所说的，是低层次的道理。一般人都习惯于旧的风俗，学者们也往往拘泥于自己的见闻。这两种人，做官守法是可以的，但是无法跟他们谈论常法以外的事情。三代礼制不同，却都能成就王业；五霸法度不同，却都能成就霸业。这就说明大业要有创新精神才行。聪明的人制订新的法度，愚蠢的人被旧的法度所制约；贤能的人更改礼制，平庸的人受礼制所束缚。"

大臣杜挚反对商鞅的看法："还是旧的礼制好。如果没有百倍

的利益，就不要变革法度；要是没有十倍的功用，就不应该改换器物。效法古制，可以不犯错误；遵循旧礼，可以避免偏差。”

商鞅说：“治理天下，办法可不止一种。要是想使国家有大的发展，就不能效法古制。古代已经有了先例，商汤和周武王不效法古制，最后都能成就了王业，而夏桀和殷纣王因循守旧，只有自取灭亡。事实证明，应该改革。”

秦孝公对各位大臣的看法权衡一番之后，还是决定听从商鞅的建议。于是，商鞅被任命为左庶长，开始变革国家的法度。

商鞅的新法清晰而且严厉。全国百姓每十家成为“什”，每五家成为“伍”，一家有罪，其余九家都要检举，否则十家连坐。不告发坏人的，要处以腰斩，告发坏人的，跟斩了敌人的首级一样受赏，而窝藏坏人的，跟卖国投敌一样被罚。百姓里面，如果一家有两个以上的男丁，要加倍收取他们的赋税。在军队立功的，按功劳大小受封爵禄；因为私事斗殴的，按情节轻重处罚。百姓要努力从事农业生产，如果耕田织布获得丰产，可以免除本人的徭役或赋税。从事工商业的，还有因为懒惰而贫困的，都要抓到官府里做奴婢。王朝宗室里面，如果没有立下什么军功，那就不能列入贵族名册。另外，明确规定爵位和食禄的等级，每个人只能按照等级占有土地、房屋，家臣、侍妾等等。

新法制订之后，并没有马上公布。商鞅担心老百姓不相信，于是就在国都市场的南门树立了一根三丈长的木头，然后对百姓说，如果谁能把它搬走，放到北门去，就赏他十金。百姓对这件事感到很奇怪，没有人敢去搬它。商鞅于是再次对百姓宣布：“谁要是搬走它，赏他五十金！”

终于，有一个人斗胆搬走了这根木头，得到了五十金。百姓听说了，知道商鞅的确是言出必行、说话算话。商鞅就是用这种办法来向百姓表明，秦朝的法律决不欺骗百姓。不久之后，终于公布了新法。

新法在民间实行的第一年，到国都来控诉新法的人数以千计。正当这个时候，太子触犯了新法。商鞅说：“新法之所以无法真正得到推行，无法发挥它的作用，是由于上层人物总是触犯它。”于是就准备依法惩办太子。可是太子是国君的继承人，不能受刑，只好对他的太傅公子虔处以刑罚，他的太师公孙贾也被处以黥刑。

上层受罚，百姓感到公平，就不再说新法的坏话。不久之后，秦国的所有人都能遵守新法。新法实施十年之后，秦国民众受益匪浅，全国上下安定团结，形势一片大好，路不拾遗，夜不闭户，家家富裕，丰衣足食。百姓服从大局，不敢为个人私利而争斗，连偏僻的乡村都非常安定。那些当初控诉新法的人，现在都交口称赞新法的好处，可是商鞅并不感激这些人，而是对国君说："这些人，都是扰乱教化的人。"于是把他们迁移到边远城邑，去抵御蛮夷。从此以后，百姓再也不敢议论新法。

几年后，秦国在咸阳建筑了宫殿，然后把国都从雍地迁到了咸阳。之后，把全国各地的小乡小邑和村落合并为县，设置县令、县丞，一共有三十一个县。开荒种田，使百姓耕地平均，从而平衡了赋税。另外，还统一了度量衡制度。

新法实行了四年之后，公子虔又犯了法，被处以割鼻子的刑罚。新法再次让百姓心服口服。

又过了几年，秦国已经非常富强，天子把祭神的肉赐给秦孝公，诸侯都来庆贺。秦国在诸侯之中开始占有与众不同的地位。

过犹不及

有一年，齐国在马陵打败了魏军，俘虏了魏国的太子申，杀死了将军庞涓。

一年后，商鞅劝说秦孝公："秦国和魏国势不两立，不是魏国吞并秦国，就是秦国吞并魏国。为什么这么说呢？因为，魏国地势险要，独占了崤山以东的地利，与秦国只隔着一条黄河。如果魏国强盛，它就可以向西来侵犯秦国；如果条件不成熟，它也可以向东扩大土地。现如今，因为大王贤明，秦国已经很强盛了。以前几年，魏国多次被我们秦国打败，诸侯都反叛了它；现在条件更加成熟，我们可以抓住有利时机攻打魏国。魏国挡不住我们，必定向东迁移。魏国一东迁，秦国就可以占有黄河和崤山，而占据了这些险要地区，就可以控制各国诸侯。这可是帝王的大业啊！”

秦孝公认为有理，就派商鞅率军攻打魏国。魏国派公子卬迎击秦兵。两军对峙，相持不下。商鞅派人送信给公子卬说：“想当初，我们是好哥们儿，而现在是两国的将领，敌我相间。我实在不忍心与朋友交战，所以希望能和公子相会，订立盟约，大家高高兴兴地喝上一杯，然后收兵回营，让秦国和魏国都安定无忧。”公子卬信以为真，就去会盟。会盟之后，正在开开心心地喝酒，突然之间，商鞅的伏兵打了进来，俘虏了公子卬，然后趁机攻打他的军队，彻底地打垮了魏军，魏军战败，全部投降了秦国。

魏国军队多次被秦军击败，国力越来越虚弱，魏惠王恐慌起

来，就派使者到秦国讲和，愿意把黄河以西的土地割让给秦国。割让之后，魏国把国都迁移到大梁，以便离秦国远一点。梁惠王作为一国之君，被赶得东奔西走，很伤心地感慨："唉！都怪我当初没听公叔座的话呀！要是当初杀了商鞅，魏国怎么至于这样！"

商鞅打败了魏军以后，秦孝公高兴，就把十五个城邑封给他，称他作商君。

商鞅做秦相十年，得罪了很多人，皇亲国戚多半跟他有过节。

赵良会见商鞅，商鞅说："我商鞅很希望能跟您交朋友，行吗？"

赵良回答："我实在是不敢奢望。孔子说过这样的话：'跟贤能的人做朋友，可以使自己上进；跟庸人做朋友，会使自己退步。'我是不成器的庸人，会耽误您的，因此不敢从命。我还听说：'不该占有的地位，却要去占有它，叫做贪位；不该享有的名誉，却享有它，叫做贪名。'如果我接受了您的厚意，那么我就是既贪位又贪名了。所以我不敢听命。"

商鞅听了这种不友好的话，就直截了当地问："您不愿意我治理秦国吗？为什么呢？"

赵良回答："向外能听取别人的意见，叫做聪；向内能省视自己的内心，叫做明；能克制自己的欲望，叫做强。虞舜有句话说：'谦虚是最可贵的啊！'您不如向虞舜学习，不必问我了。"

商鞅不服气，再问赵良："想当初，秦国也是跟戎、狄一样的习俗，父子不讲尊卑，住在一个房子里。现在我改变了这种习俗，使男女有别，又在新都咸阳建筑巍峨的宫廷，整个秦国已经被我治理得繁荣兴盛，已经像鲁国和卫国一样了。依您看，我治理秦国的能力，与五羖大夫相比，谁更强？"

赵良回答："一千头羊的皮毛，也比不上一只狐狸的腋毛；一千个随声附和的人，也比不上一个正直坦诚的人。周武王因为臣下正直坦诚而昌盛，殷纣王因为群臣默不作声而灭亡。您如果不否定周武王，那么就请允许我坦诚地说话，这样可以吗？"

商鞅说："古语说得好：假话套话是花朵，心里话才是果实；苦口坦言是良药，甜言蜜语是病因。先生如果真的肯愿意坦诚地

劝谏我，那是我商鞅的造化啊！您还有什么顾虑呢！”

赵良于是开口说：“当初，五羖大夫是楚国的乡下人，听说秦穆公是个贤君，就想拜见他。但是他没有路费，于是就把自己卖给秦国人，穿着粗布短衣给人喂牛。一年后，秦穆公知道了这件事，把他从牛圈里接出来，并且提拔他做官，位居百官之上，可是秦国人都很服气，没有一个人怨恨他。

“他做秦相六七年，向东讨伐郑国，三次拥立晋国的国君，一次援救了楚国。在国内，他施行德政，连遥远的巴郡也前来纳贡；在国外，他广施恩德，连四面八方的蛮族也前来归服。五羖大夫做秦相，再苦再累也不坐车，热天从不张伞，在国都里步行，也不让车马随从，更不带着兵器耀武扬威。由于这种了不起的德行，所以他被载入史册，流传给后代。五羖大夫去世的时候，全国人都痛哭流涕，小孩子也不再歌唱，连舂米的也不吆喝着用杵了。这就是五羖大夫的德行。

“而您呢？您能见到秦王，是靠小臣景监，这就不是正道。您做秦相，不以百姓为主，却大肆修建咸阳宫廷，这可不能说是建功立业的正道。您对太子的师傅施行黥刑，用严刑峻法残害人民，这样会累积怨恨和祸患啊！您的教令对百姓的影响超过了国君，百姓响应您的号召，比对国君的命令还重视。如今您又自居君位，自称寡人，天天用新法来苛求秦国的贵族。公子虔受到你的迫害，闭门不出，已经八年了；可是您还嫌不够，又对公孙贾处以黥刑，还杀掉别的大臣。《诗经》说：‘得人心者兴盛，失人心者自取灭亡。’而您所做的这些事，是无法得人心的。

“您外出的时候，身后随从的车辆数总是几十辆，而且全副武装，煞有介事。《尚书》说：‘依靠德行的才会昌盛，依靠武力的只能灭亡。’在我看来，您现在的生命好像是早晨的露水，瞬息之间就会烟消云散。您为什么不归还秦王所赐的十五个城邑，然后引退呢？您现在应该劝说秦王，让他起用隐居山林的人士，赡养老人，抚恤孤儿，敬重父兄，尊重有德行的人，只有这样，您才能安全。

“如果您还是贪图财富，难以放权，压制百姓，那么，秦王一旦去世，秦国就会有大批的人要收拾您！这样的结局，很可能很快就会到来！”

商鞅没有听从赵良的劝告。五个月之后，秦孝公死了，太子登位。公子虔的手下告发商鞅反叛，派人来逮捕商鞅。商鞅逃到关口，晚上想住旅店，店主不知道他就是商鞅，说：“商鞅的法令规定，不能留宿没有证件的人，否则，店主就算犯罪！”商鞅听了，长叹说：“唉！法制过分，竟然可以达到这个地步！”无法住宿，商鞅就只好连夜逃到魏国去。魏国人恨他曾经欺骗公子卬而使魏军吃败仗，不肯收留他。

商鞅本来打算到别国去，可是没走成。魏国人想：“商鞅是秦国的犯人，秦国的犯人逃进魏国，要是魏国不把他送回去，秦国就有了借口，这对魏国不利。”于是，魏国人抓住了商鞅，把他送回秦国。商鞅回到秦国以后，逃到了商邑，与手下发动邑中的士兵，准备攻打郑国，到那里安身。秦国听说商鞅回来了，就出动部队攻打商鞅，在郑国的黾池杀死了他。秦惠王用五马分尸来处治商鞅，然后杀掉了商鞅一家。

第四十五章

苏秦列传

中国历史名著文库

苏秦系六国相印

苏秦是东周洛阳人，曾经在齐国师从鬼谷先生。

苏秦在外游说多年，一无所获，穷困潦倒，不得不回家休整。兄弟、嫂子、姐妹、妻妾都暗地里嘲笑他，还挖苦说："正常人都知道，农耕和工商是财富之道，可是你连最基本的东西都没有抓住，却去卖弄口舌，怎么可能不穷困潦倒呢？你是活该啊！"

听到这些话，苏秦很惭愧，暗自伤心，就关起门来读书。读了一段时间之后，他感到很茫然，自言自语道："这些书空疏无用，即使熟烂于心，也不可能带来荣华富贵。这样的书，读得再多，又有什么用呢？到底有没有实用一点的书呢？"后来，他终于找到了周书《阴符》，非常喜欢，就伏案研读。一年后，他终于从中读出了治国之道，于是就走出书房，重新开始游说诸侯各国。他先去求见周显王，周显王的手下都见识过苏秦，根本就不相信他那一套，所以，苏秦连周显王的面都没见到。

苏秦于是西行，到了秦国。当时，秦孝公刚刚去世，苏秦便游说秦惠王道："秦国四面都有天险，东面有函谷关和黄河，西面有汉中，南面有巴郡和蜀郡，北面有代郡和马邑，这可是天然的宝地啊！而且，秦国人口众多，兵员充足，军事教育也很普及，以秦国的强大，足以吞并天下，建立万世帝王的基业！"秦惠王不以为然地说："鸟的羽毛如果还不够丰满，就不可以高飞；国家的政治经济如果还不够强大，就不要妄想兼并天下！"苏秦自讨没趣，只好离开了秦国。

苏秦又往东到赵国去。当时，赵肃侯任用他的弟弟公子成做相国，号称奉阳君。奉阳君不喜欢苏秦，苏秦只好离开赵国。

之后，苏秦去了燕国。在燕国逗留了一年多，才得到燕文侯的召见。他对燕文侯说："燕国东有朝鲜、辽东，北有林胡、楼烦，

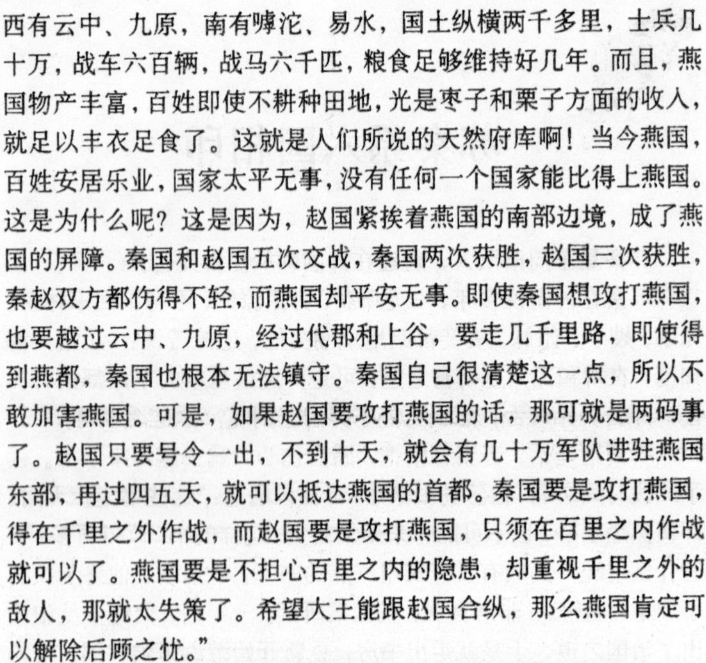

西有云中、九原，南有嘑沱、易水，国土纵横两千多里，士兵几十万，战车六百辆，战马六千匹，粮食足够维持好几年。而且，燕国物产丰富，百姓即使不耕种田地，光是枣子和栗子方面的收入，就足以丰衣足食了。这就是人们所说的天然府库啊！当今燕国，百姓安居乐业，国家太平无事，没有任何一个国家能比得上燕国。这是为什么呢？这是因为，赵国紧挨着燕国的南部边境，成了燕国的屏障。秦国和赵国五次交战，秦国两次获胜，赵国三次获胜，秦赵双方都伤得不轻，而燕国却平安无事。即使秦国想攻打燕国，也要越过云中、九原，经过代郡和上谷，要走几千里路，即使得到燕都，秦国也根本无法镇守。秦国自己很清楚这一点，所以不敢加害燕国。可是，如果赵国要攻打燕国的话，那可就是两码事了。赵国只要号令一出，不到十天，就会有几十万军队进驻燕国东部，再过四五天，就可以抵达燕国的首都。秦国要是攻打燕国，得在千里之外作战，而赵国要是攻打燕国，只须在百里之内作战就可以了。燕国要是不担心百里之内的隐患，却重视千里之外的敌人，那就太失策了。希望大王能跟赵国合纵，那么燕国肯定可以解除后顾之忧。”

燕文侯说：“您说的好倒是好，不过，我们国家实在太弱小，西面是强大的赵国，南面接近齐国，齐、赵都是强国，我不敢轻举妄动。您如果真的能通过合纵来保护燕国，那我可以任你为相国，去办这件事。”

于是，燕文侯给苏秦配备了车马和金银布帛，让他出使赵国。当时，赵国的相国奉阳君已经死了，苏秦就趁机劝说赵肃侯：

一个国家要强盛，就必须安定人民；而能否安定人民，关键就在于邦交。邦交得当，人民就安定；邦交不得当，人民就不可能安定。那么，赵国应该怎样处理邦交问题呢？第一，如果与齐、秦两国为敌，那么赵国人民无法安定；第二，如果倚仗秦国去攻打齐国，那么赵国人民也无法安定；第三，如果倚仗齐国去攻打秦国，那么赵国人民还是不能安定。所以，这三条道路都不可取。

邦交问题的确难办。如果大王支持秦国，那么秦国就肯定会去削弱韩国和魏国；如果大王支持齐国，那么齐国也肯定会去削弱楚国和魏国。魏国一被削弱，就会割让黄河以南的土地，韩国一被削弱，就会奉献宜阳。宜阳一献出去，赵国的上郡就危险了；河南一割让，那么赵国就没有了出口；楚国一削弱，那么赵国就没有了外援。这三条道路，也都不可取。

当前，在关东一带的国家中，再也没有比赵国更强大的了。赵国领土纵横两千多里，军队几十万人，战车千辆，战马万匹，粮食可以维持好几年。可以说，天下各国之中，最让秦国害怕的，没有哪一个比得上赵国。但是，秦国就是不出兵攻打赵国，为什么呢？是因为害怕韩国和魏国在后面暗算它。所以说，韩、魏两国其实是赵国南方的屏障。而韩、魏两国作为秦国的邻居，就没有这么幸运，秦国要是想进攻它们，很快就可以打到它们的国都。如果韩国和魏国真的遭到了秦国的入侵，肯定就无法抵挡，肯定会向秦国俯首称臣。而这样一来，赵国就失去了屏障，那么秦国肯

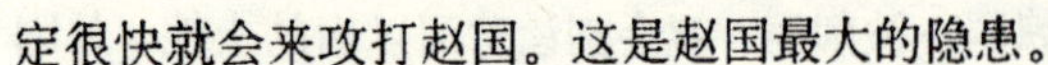

定很快就会来攻打赵国。这是赵国最大的隐患。

怎样解决这些问题呢?

我根据天下的地图，对各国做过估算。诸侯国的土地加在一起，是秦国的五倍，而诸侯国的士兵加在一起，是秦国的十倍。所以，只要六国团结一致，合力攻打秦国，那么秦国肯定会被灭亡。而一旦秦国灭亡，那么赵国和其他国家都祛除了一个最大的隐患，对国家、对人民，都是难得的好事。可是，您现在却服从秦国，对秦国称臣。这又是何必呢？本来有打败别人的机会，却不去争取；本来有统治别人的机会，却安心地被别人统治，这是何必呢?

贤明的君主，要善于决断，摈弃谗言，广开门路。我为大王和赵国考虑，您与其臣服于秦国，不如统一韩、魏、齐、楚、燕、赵六国，一起反对秦国。您可以号召天下将相，互相交换人质，订立盟誓，规定具体的合作方式，以便应付各种可能的情况。诸侯国中要是有不遵守盟约的，就用五国的军队共同讨伐它。如果六国真的能合纵友好，一起对抗秦国，那么秦军一定不敢越过函谷关，也就无法危害关东各国了。这样一来，赵王您作为六国合纵事业的首脑，就可以成就霸主的事业啦!

赵肃侯听了苏秦的话，很动心："我年纪轻，登位日子短，至今尚未听到像您这样深刻的见解。如果您真的有心保全天下，安定诸侯，我愿意任命你为相国，委托你去办这件大事。"随后，赵肃侯专门拿出纹车一百辆、黄金一千镒、白璧一百双、锦绣一千匹，让苏秦带着这些东西，去游说诸侯各国。

苏秦离开赵国，马上去韩国游说韩宣王：

韩国北有天险，西有要塞，东有大河，南有高山，土地纵横九百多里，军队有几十万人。而且，全天下最强劲有力的弓箭都是出产于韩国。韩国的士兵善于征战，张弓就能连发百箭，不用歇息，射得远的，能穿身而过，近的也足以致人死地。韩国的刀剑武器也超过其他各国，能斩杀牛马，也能斩断敌人坚固的甲盾和铁制的战衣。凭着韩国士兵的勇敢，凭着韩国武器的先进，要是与人交战，以一当百是不在话下的。可是，大王您没有利用这些优越条件，却委屈地侍奉秦国，使国家蒙受了耻辱，使自己遭到了天下人的嘲笑。再也没有什么比这更可悲了。希望大王您能好好反省一下。

秦国一向贪得无厌，这您是知道的。大王如果侍奉秦国，那么它必定会不停地向您索要土地，今年给它几座城，明年它又会来要。给吧，没有那么多地方给它，不给吧，就会前功尽弃，还是得罪秦国。韩国的土地有限，而秦国的贪心无限，用有限的土地去迎合无限的贪婪，这可是自取其辱、自求死路。俗话说："宁可做鸡的尖嘴，也不做牛的肛门。"您现在向秦国俯首称臣，这跟做牛的肛门有什么不同呢？凭大王的贤明，又拥有韩国的强大军队，却落得个做牛的肛门的名声，我真替大王感到羞耻。

韩王听到这里，气得变了脸色，挥舞着手臂，瞪大了双眼，仰天长叹说："我尽管不成器，但也不会再侍奉秦国。今天我有幸得到您的开导，愿意任命您为相国，帮助我办成这件事。"

苏秦又去游说魏襄王：

大王的国土，纵横千里。虽然看上去小，但是房屋密集，农村密集得连放牧的地方都没有了。城市里更是人来人往、车马众多，日日夜夜络绎不绝。我估计，魏国的实力不会在楚国之下。然而，那些主张连衡的人想引诱您，让您协助如狼似虎的秦国侵吞天下，却没有替您考虑魏国的将来。魏国是天下的强国，大王是天下的明君。可是，您身为魏国国君，却去侍奉秦国，自称是秦国在东方的属国，为它建造帝宫，接受它的服饰制度，还春秋贡奉，为秦国助祭，我真的替大王感到羞耻。

我听说，越王勾践只用了三千名疲惫的士兵，就擒获了吴王夫差。周武王只带领士兵三千人，战车三百辆，就制服了商纣。他们的大业，难道是靠人多势众吗？不是的，他们的成功，是因为他们能够充分发挥自己的力量。而大王的兵马，有精锐部队二十万人，苍头军二十万人，前锋部队二十万人，后勤部队十万人，战车六百辆，战马五千匹。这样看来，大王的兵马已经远远超过越王勾践和周武王了。可是，以您的实力，却听信群臣的话，打算向秦国称臣！

希望大王能听从我的建议，让六国合纵相亲，通力合作，那

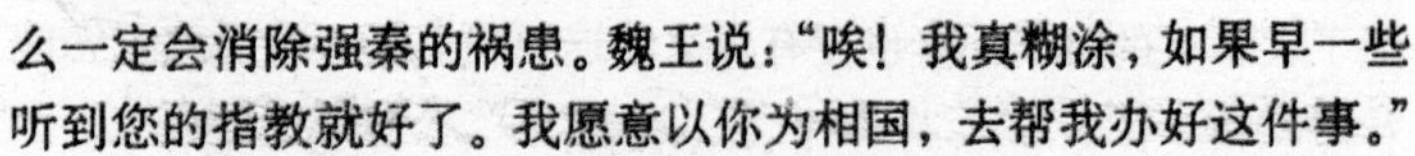

么一定会消除强秦的祸患。魏王说："唉！我真糊涂，如果早一些听到您的指教就好了。我愿意以你为相国，去帮我办好这件事。"

苏秦离开魏国，又到齐国去游说齐宣王：

齐国南有泰山，东有琅邪山，西有清河，北有渤海，四面都有天险。齐国国土纵横两千多里，军队几十万人，粮食堆积如山，三军精良善战，相当于五国的军队。齐国首都临淄有七万户人家，而每户不少于三个男子，那么，根本不需从边远县城征兵，光是临淄的士兵，就已经有二十一万人了。临淄又非常富饶，街道上，人们摩肩接踵，要是人人都甩一把汗，就会像下雨一样。可以说，齐国是家家殷实、人人富足、士气昂扬。但是，凭着大王的贤明和齐国的强大，竟要向西侍奉秦国，我真替大王羞耻。

齐国与韩魏两国不同。韩魏两国之所以害怕秦国，是因为它们与秦国接壤，一旦与秦国交战，不超过十天，就很可能败亡；即使战胜了秦国，自己的兵力也要损失一半。这就是韩魏两国之所以向秦国屈服的原因。可齐国就不是这样。秦军要是想打齐国，必须要穿过卫国阳晋的通道，经过亢父的险要之地，那里都非常险峻狭窄，车不能并驾，马不能齐驱，只要有一百人守卫，那么即使秦国出动十倍的兵力，也不敢通过。另外，即使秦军孤注一掷，来侵略齐国，还得担心韩魏两国从背后暗算它。所以，虽然它张牙舞爪、虚张声势，却不敢进攻，从这里就可以清楚地看出来，秦国根本无法危害齐国。

在这样有利的条件下，不去考虑怎么对付秦国，却想屈服于秦国，这是群臣的失误啊！好在现在齐国还没有向秦国称臣，那么我希望大王考虑一下我的意见，跟其他几个国家合纵，一起对付秦国。

齐王说："我是个不够聪敏的人，我国处在偏僻遥远之地，面临大海，交通不便，所以没有机会听到有识之士的教导，很惭愧。今天您开导了我，我愿意以您为相国，帮忙办好这件事。"

苏秦接着就去游说楚威王：

楚国是天下的强国，大王是天下的明君。楚国土地纵横五千多里，军队百万人，战车千余辆，战马万匹，粮食足够维持十年，这些都是称霸群雄的资本啊！凭楚国的强大和大王的贤明，天下没有谁能够相提并论。可是，您竟想去侍奉秦国，您这样做，那么诸侯国中就没有谁敢不去朝拜秦王了。

秦国最害怕的就是楚国。楚国强大，秦国就弱小；秦国强大，楚国就弱小；可以说，秦国和楚国势不两立。我替大王着想，您不如与诸侯合纵相亲，孤立秦国。否则，秦国会大大威胁到楚国的安全。

大王如果愿意听从我，就请让我号召关东各国，前来受大王的差遣，把国家大权委托给您，训练士兵，制造武器，听任大王安排。大王如果愿意采用我的意见，那么韩、魏、齐、燕、赵、卫各国的美人，就会充满您的后宫，燕国和代地的骆驼和良马，就会充实您的马棚。可以说，如果合纵成功，楚国就能称王；连横得逞，秦国就会称帝。合纵相亲，就能使各国割地来侍奉楚国；连横成功，楚国就不得不割地去侍奉秦国。两者之中，大王选择哪一种呢？请大王三思而后行。

楚王说："我国与秦国交界，而秦国一直怀有占领楚国的野心，所以，我早就担心秦国。秦国是像虎狼一样凶狠的国家，不可亲近，所以我不想跟它结盟，即使结盟也并不可靠。而韩、魏两国呢，它们也受秦国的威胁，但我不敢跟它们谋划大事，担心它们因为害怕秦国而归附秦国，如果那样的话，楚国就是自讨苦吃。如果楚国自己反抗秦国，那么胜算太小；而且，我也不敢在朝内跟群臣商量，怕走漏了消息，得罪秦国。我现在动也不是，不动也不是，怎么都难办，因此睡不好、吃不好，心神飘摇不定，没有着落。现在您来了，要统一天下，合并诸侯，保存各国，这正是我期待的啊！我愿意以您为相国！"

终于，六国合纵成功。苏秦做了合纵联盟的盟长，同时挂六国相印。

苏秦北上报告赵王，沿途诸侯各国分派使者，殷勤护送，并提供车马和各种物资，声势浩大，几乎可以与国王相比。周显王听到这情况，也清扫道路，派人去慰劳他。苏秦的兄弟、妻子和嫂子，都来拜见他，慑于苏秦现在的声势，低眉顺眼不敢抬头，都

俯伏在地上，侍候他用饭，苏秦笑着对他的嫂子说："想当初，你对我那么傲慢，可是现在为什么这样谦恭呢？"

嫂子弯腰匍匐而前，脸贴着地面谢罪说："因为我看到，现在的小叔子地位高贵、家财万贯。"苏秦听了，长叹一声说："唉！同样一个人，一旦富贵，连亲戚都敬畏我；而贫贱的时候，他们却轻视我。假如我当初在洛阳近郊有良田两顷，我还会游说各国，还能佩上六国相印吗？"感慨之余，苏秦分发千金，来赐给自家宗族的人以及朋友。

当初，苏秦到燕国去的时候，曾跟别人借了一百钱作为路费，现在富贵了，就用一百金来偿还。各位曾经有恩于他的人，他现在都一一报答。他的随从中，只有一个人没有得到报答，就自己上前去要，苏秦说："我并不是忘了你。你跟我到燕国去的时候，在易水边上，你不停地闹着要离开我。我当时处境不好，因此对你非常不满。所以，我现在把你放在最后。你现在也可以得到赏赐了。"

苏秦合纵了六国，回到了赵国，被赵肃侯封为武安君。然后，苏秦把合纵盟约送到了秦国，秦军整整十五年不敢打六国的主意。

合久必分

秦国想破坏合纵盟约，就派犀首欺骗齐国和魏国，让它们去攻打赵国。赵国挨打，赵王便谴责苏秦。苏秦恐惧，向赵王保证，说一定要报复齐魏两国，请求赵王允许他去燕国活动。苏秦离开赵国以后，合纵盟约实际上就瓦解了。

这一年，燕文侯死了，燕易王即位。趁着燕国国丧，齐宣王发兵来攻打燕国，夺取了十个城邑。燕易王对苏秦抱怨说："从前先生来燕国的时候，是先王资助您去会见赵王，于是才得以约定六国合纵。现在倒好，赵国先挨打，接着就是燕国，这都是因为您啊，是您使两国遭到天下人的取笑。先生您贤能，可是能替燕国收复失地吗？”苏秦听了燕易王的抱怨，非常惭愧，说：“我可以想办法，可以替大王把失地收回来。”

苏秦去拜见齐王，拜了两拜，先是俯首表示庆贺，然后是抬头表示哀悼。齐王奇怪，问道：“为什么庆贺和哀悼连在了一起，都来得这么快呢？”

苏秦回答：“我听说，人无论多么饥饿，都不吃乌喙这种毒物，因为它虽然能暂时充饥果腹，但结果却死得更快。如今呢，燕国虽然弱小，但燕王是秦王的小女婿啊！大王贪图十个城邑的利益，却跟强大的秦国结成仇敌。如果秦国利用这个借口，就可以让弱小的燕国作为先锋，自己跟在它后面作掩护，并招来天下人一起攻打齐国。齐国占领燕国的土地，这跟吃乌喙充饥完全是一回事啊！”

齐王听了，很紧张：“哎呀，那该怎么办呢？”

苏秦说：“依我看，大王应该归还燕国的十个城邑。燕国无缘无故就收复了十个城邑，一定很高兴；而秦王呢，如果知道您是为了他的缘故，才归还燕国十个城邑，也一定很高兴。这样一来，就化敌为友啦！如果燕国和秦国都成了大王的朋友，那么大王对天下发号施令，就没有谁敢不听。用十个城邑就换取天下，这可是称霸为王的大业啊！”

齐王于是就归还了燕国的十个城邑。

齐国有人诋毁苏秦说：“他是个左右摇摆、反复无常的人，对国家不利，总有一天会作乱。”苏秦怕得罪燕王，就回到了燕国，可是燕王对他很冷淡，不想恢复他的官职。

苏秦于是拜见燕王说：“我本来出身低微，而大王却亲自在宗庙里授予我官职，并在朝廷上以礼相待，我非常感激。现在我替大王退却了齐军，收复了十个城邑，理应更加亲密。现在我回到燕国，大王却不再让我当官，肯定是有人在大王面前中伤我，而他们中伤我，肯定是说我不诚实。不过，我的不诚实，却正是大王的福气啊！假如说，有一个孝顺像曾参的人，一个廉洁像伯夷的人，还有一个诚实像尾生的人，让这三个人来服事大王，您认

为会怎么样？”

燕王说：“那可是我的福分！”

苏秦说：“其实不是这样。孝顺像曾参的人，坚持孝道，连离开父母在外面住一晚都不肯，那大王又怎么可能让他步行千里，来侍奉危难中的燕王呢？廉洁像伯夷的人，坚持义气，不愿继承君位，不愿做周朝臣子，也不接受封侯的赏赐，结果饿死在首阳山下，这样廉洁的人，大王又怎么可能让他步行千里，到齐国去为您活动呢？诚实像尾生一样的人，跟一个女子约好在桥下相会，但女子没按时到来，尾生就一直等下去，直到大水来临把他淹死。可是，这样诚实的人，大王又怎能让他步行千里，去劝退齐国的强大军队？”

燕王说：“你自己不老实，却要狡辩，难道忠诚老实还是过错吗？”

苏秦说："是的，有时候忠诚老实会被看作过错。我听说，有个在外地做官的人，妻子与人私通，还想用毒酒谋害亲夫。丈夫回来之后，妻子让婢妾把毒酒献给丈夫。婢妾想说酒里有毒，但害怕主人要驱逐女主人；想不说吧，却又害怕女主人毒死了主人。没办法，她只好假装昏倒，把酒洒在地上。主人非常生气，打她五十大板。可是婢妾安心，对上保全了男主人，对下保全了女主人。不过，还是免不了挨打，所以说，忠诚老实有时候也有罪啊！我是不是也太忠诚老实了呢！"

燕王被感动，于是就恢复了原来的官职，而且更加厚待苏秦。

燕王的母亲跟苏秦私通。燕王知道这件事，却更加优厚地对待苏秦。苏秦觉得不对劲，怕被燕王杀害，就对燕王说："我留在燕国，并不能对燕国有多大贡献，如果我去齐国，那么就可以让齐国支持燕国，那么对燕国很有好处。"燕王同意说："好，就照你的意思干吧！"于是，苏秦假装得罪了燕王，跑到了齐国，被齐宣王用做客卿。

齐宣王死后，齐滑王就位。苏秦劝说齐滑王，让他隆重地安葬齐宣王，向天下人表示自己的孝顺，同时，还建议齐滑王大兴土木，向天下人炫耀齐国的兴盛。实际上，苏秦的目的是想让齐国劳民伤财，从而有利于燕国。齐国的大臣中有许多人反对苏秦，并在齐滑王面前与苏秦争宠，后来发展到派人刺杀苏秦。苏秦命大，没被刺死，而是带伤逃掉了。齐王很生气，派人搜捕凶手，没有找到。

苏秦伤得很重，临死的时候对齐王说："我死之后，请在街市上把我五马分尸，向大家宣称：'苏秦为了燕国的利益，在齐国作乱。'这样，谋杀我的凶手就肯定会自我暴露，就能够抓到了。"齐王听从了苏秦的话，谋杀苏秦的人果然自我暴露，齐王于是就把他杀了。

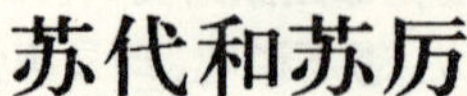

苏代和苏厉

苏秦死后，他的事迹大量披露。齐国了解了内情，就很憎恨燕国，让燕国坐卧不宁。

苏秦有两个弟弟，大的叫苏代，小的叫苏厉，他俩看到哥哥学有所成，也都向苏秦学习。苏秦死后，苏代求见燕王说："我本是东周的一个俗人，听说大王有道义，就放下农活来求见大王。来到邯郸后，我所看到的情况，与在东周听到的有所不同，有些失望。可是，来到了燕国的朝廷，看到了大王的群臣，我才明白，大王果真是贤明的君王。"

燕王问："您所说的贤明君王，应该是什么样的呢？"

苏代回答："贤明的君王，必须愿意听到自己的过失，不要只听奉承话。请您允许我指出您的过失。齐国和赵国，是燕国的仇敌；而楚国和魏国，是燕国的盟友。可是现在呢，大王却拥护仇敌，攻打盟友，这样做对燕国很不利。这是很大的失误，不把这种失误上报给您的人，就不是忠臣。"

燕王说："齐国的确是我的仇敌，我早就想讨伐它，只不过有些力不从心，怕打不过。您如果能够帮我讨伐齐国，那么我愿把重任委托给您。"

苏代回答说："现在天下有七个国家互相征战，其中燕国最为弱小。因为弱小，所以燕国不应该单独作战，必须要依靠其他国家。而依靠任何一个国家，都会使那个国家势力增强。如果依附楚国，楚国的国力就会增强；依附秦国，秦国就会增强；依附韩国和魏国，韩国和魏国也会强大起来。所依附的国家强大了，大王您的权势也会加强。现在齐国的君主年事已高，又很自负。他攻打楚国，打了五年多，把国家的财富差不多消耗干净了；又困扰秦国，也有三年之久，士兵疲惫不堪；还跟燕国交战，全军覆没，元气大伤。可见，一个国家，要是连续作战，再富裕的人民也会不堪重负，要是长期用兵，士兵就会失去战斗力。”

燕王说：“齐国有清济和浊河便于固守，而长城和钜防更是险要。既然这么难打，我们该怎么办？”

苏代回答：“齐国的百姓和士兵都已经筋疲力尽了，虽然有这些天险，又有什么用？本来，齐国在济西一带不征兵，以便防备赵国；河北一带不征兵，以便防备燕国。可是现在，连济西和河北都已经征兵了，国内更是已经疲惫不堪。穷兵黩武的国君必然好利，亡国的臣子一定贪财。大王可以送人到齐国作人质，再用珠宝金钱讨好齐王左右的臣子，这样齐王将会感激燕国，并更加肆无忌惮地攻打宋国，这样下去，齐国会越来越空虚，那么燕国就有机会灭亡齐国了。”

燕王听从苏代的建议，派一个公子到齐国去作人质。苏厉抓住机会，通过这个人质的关系，拜见了齐王。齐王一直怨恨苏秦，看到苏厉来了，就想把他抓起来斩首。那位人质替他向齐王求情，齐王饶恕了苏厉，并把他留下来，成为齐国的臣子。燕国的相国子之想夺取燕国的大权，就讨好苏代，然后派他到齐国去服侍那位做人质的公子。苏代去齐国转了一圈，然后回到燕国，燕王问他：“齐国形势如何？齐王大概要称霸了吧？”苏代回答：“不可能！”燕王问：“为什么呢？”苏代答：“齐王不信任他的臣子。”

从此，燕王开始完全信任子之，不久之后甚至让位给他。这么一让位，燕国大乱。燕国一乱，齐国就来攻打，打进了都城，杀掉了燕王和子之，然后撤退。燕国失去了君主，马上拥立了昭王。

从此以后，苏代和苏厉再也不敢回到燕国，都投奔了齐国。

齐国攻打宋国，宋国情况危急。这个时候，苏代送信给燕昭王：“燕国是大国，却送人质给齐国，真是辱没了燕国的名声。燕国要是帮助齐国攻打宋国，就会劳民伤财，国内空虚；要是帮它攻克了宋国，甚至占领楚国的淮北，那就更是有利于齐国，而燕国却只能越发弱小。无论如何，站在齐国那一边，都是很危险的事情。大王如果想改变这种不利的情况，最好是夸大其辞地推崇齐国，并且声称要以齐国为中心，联合诸侯各国，一起反对秦国。

秦国听了，肯定对齐国怀恨在心，肯定会全力以赴地削弱齐国。秦国强大，只要它想全力以赴，齐国肯定会被削弱；而齐国一旦被削弱，燕国就有了出头之日。燕国可以联合其他各国，既不屈服于齐国，也不屈服于秦国，而是在各国之间取得平衡，彻底摆脱掉屈辱的地位。这可是千秋百代的功业啊！”

燕昭王认为苏代很有道理，说道：“本来，燕国与苏氏非常友好，合作得很愉快。后来，子之叛乱，苏氏兄弟受到牵连，就离开了燕国，到了齐国。苏氏兄弟才华横溢，燕国要是想向齐国报仇，没有苏氏兄弟是不行的。”于是，燕昭王召见苏代，友好地接待他，跟他商议攻打齐国的事。过了一段时间，齐国终于被灭亡了，齐滑王仓皇出逃。

几年后，秦王邀请燕王到秦国去。燕王打算前往，苏代劝阻燕王道：“秦国非常霸道，只要是有战功的国家，都被它看作大敌。秦国夺取天下，不是靠推行正义，而是靠使用暴力，而且明目张胆。”

它想压制楚国，就警告楚国说：“我国军队遍布各地。泯江上的水军，如果趁着夏季的水势直下长江，五天内就能到达楚都。汉中的军队，要是乘船直下汉江，四天就能到达你们的五渚湖。我要是在宛东屯兵，几天之内就可以攻到你们的随邑。我们要是以这种速度进攻，楚国根本就一点办法没有，再聪明的大臣也来不及应变，再勇敢的人也使不上力气，只能束手就擒。可是你们却想等待机会，要来攻打我的函谷关，岂不是太异想天开了吗？”楚王没有办法，只能忍气吞声，整整十七年的时间里，不敢发出怨言。

秦国还警告韩国说：“我军从少曲出发，一天就可以切断太行山的通道。要是从宜阳出发，那么两天之内就可以把韩国弄得天翻地覆。我军要是经过东周和西周，走新郑一线，那么五天之内就可以攻占韩国国都。”韩国没有办法，也只好屈服于秦国。

秦国还以相同的方式，恐吓魏国，魏国也没有办法，所以也只好服事秦国。

秦国想攻打安邑，担心齐国出兵救援，就让齐国去攻打宋地，

找理由说："宋王不讲道义，做个木偶人来象征我，射它的脸。我国与宋国不接壤，不好进攻，齐国如果能够攻占宋国，我会感到很欣慰，就像自己占有它一样。"后来，秦国攻占了安邑，然后就指责齐国，说齐国攻打宋国是不道义的行为。

如此这般背信弃义的事情，秦国不知道做了多少。它总是到处侵略，到处使用阴谋诡计，还总是有借口。秦军发动战争，简直不当回事。龙贾一战，岸门一战，封陵一战，高商一战，赵庄一战，秦军杀死三晋的百姓有几百万人，现在那些活着的人，几乎都是秦军造成的孤儿。秦国制造的灾祸，竟是这样的严重！

即使这样，但还是有人帮助强秦，助纣为虐。很多到秦国去的燕国人，回来之后都想劝说自己的国君去侍奉秦国，根本不把国家和国君放在心上。这是最值得忧虑的事。

燕昭王很重视苏代的这些话，没有到秦国去。之后，苏代再

一次在燕国被重用。

燕国派苏代出使诸侯各国，合纵相亲、订立盟约，就像当初苏秦游说诸侯一样。有的国家愿意合纵，有的国家不愿意，但是总的看来，苏氏兄弟所倡导的合纵策略很受天下人欢迎。苏代和苏厉比苏秦幸运，都能享尽天年，得到了圆满的结局。

苏秦兄弟三人，擅长随机应变，都凭游说诸侯而扬名天下。不过，苏秦因为施行反间计而被杀，天下人都嘲笑他，不愿意学习他的权术。但是不管怎么说，苏秦出身于平民百姓，却能撮合六国合纵相亲，这足以说明他有超越常人的智谋。

第四十六章

张仪列传

中国历史名著文库

连横助秦

张仪是魏国人，在鬼谷先生那里学习的时候，与苏秦是同学。就游说之术来说，苏秦自己承认不如张仪。

张仪结束学业之后，马上就去游说诸侯。有一次，他随从楚国的宰相喝酒，两人聊得很愉快。可是不久，宰相发现自己的玉璧不见了，手下人说："张仪很穷，品行不好，肯定是他偷的！"于是张仪被抓了起来，被鞭打了好几百下。但张仪没偷，坚决不承认，只好释放了他。他的妻子说："唉！你要是不去读书，也不去游说那些达官贵人，怎么会遭受这种耻辱呢？"张仪问他的妻子："你看我的舌头还在不在？"他的妻子笑着说："舌头还在！"张仪说："这就够了！"

苏秦说服赵王之后，诸侯各国订立了盟约，准备联合抗秦。但是，苏秦担心秦国提前攻打诸侯，使盟约无法实施。苏秦想派一个人到秦国去，但一时想不出派谁去最好，就偷偷叫人去劝说张仪："您跟苏秦是老同学，现在苏秦掌权，您为什么不去巴结他，以此来实现您的愿望？"张仪于是就前往赵国，呈上名片要见苏秦。苏秦叮嘱门人不要替张仪引见，又要让张仪几天之内不能离开。

后来，苏秦总算接见了张仪，让他坐在堂下，赐给他跟奴仆侍妾一样的饭菜。苏秦还多次责备他说："凭你的才能，竟穷困低微到这个地步，可悲啊！本来，我可以一句话就让你平步青云，只可惜，你不值得我说这句话。"不久之后，苏秦干脆不再理会张仪，很随便地把他打发走了。

张仪来的时候，自认为是苏秦的老朋友，可以从他这里得到好处，谁知反而受到侮辱，十分恼火。愤怒之余，张仪心想，在诸侯各国之中，只有秦国能给赵国苦头吃，只有侍奉秦国才有机会报复苏秦，于是就到秦国去。

张仪走后，苏秦对他的门客说："张仪是全天下最有才能的人，我比不上他。如今我有幸先得到任用，但能够掌握秦国政权的人，则非张仪莫属。然而张仪太贫穷，没有路费去觐见秦王。我担心他贪图小利而无法成就大业，因此叫他来受辱，为的是激发他的志气。请您替我暗中关照他。"随后，苏秦就禀报赵王，发给门客金钱和车马，暗地里跟随张仪，逐渐接近他，然后把车马和金钱奉送给他，无论张仪需要什么，都提供给他，但不要告诉他是谁提供的。有了这种帮助，张仪很快就见到了秦惠王。秦惠王任命他为客卿，跟他谋划如何攻打诸侯各国。

张仪已经在秦国立足，苏秦的门客于是向张仪告辞，准备离开秦国。张仪说："要是没有您的帮助，我根本无法显贵起来，现在正是我要报答您的时候，您为什么要离开我呢？"苏秦的门客说："其实，我并不了解您，真正了解您的是苏秦。苏秦担心秦国攻打赵国，破坏了合纵盟约。他认为，除了您，没有谁能掌握秦国的政权，所以才故意刺激您，然后又派我暗中提供财物给您，这些都是苏秦的谋划。现在您已经得到了秦国的重用，我的任务已经完成，请允许我回去向苏秦报告。"

张仪恍然大悟："唉呀！我本来应该考虑到这些，但我却没有领悟到。看来我的确还是比不上苏秦！我现在刚刚被任用，肯定不会去谋取赵国。请替我转告苏秦，只要他当政，我就全力配合。再说，苏秦在位，我难道还敢做什么吗？"

张仪做了秦国的相国以后，马上写信给楚国的相国："想当初，我陪你喝酒，并没有偷你的玉璧，可是你却鞭打我。现在你可要好好守卫你的国家，我准备要偷你的城邑呢！"

秦惠王十年，派遣公子华和张仪围攻魏国的蒲阳。占领了蒲阳之后，张仪劝说秦王把蒲阳归还给魏国，并派遣公子繇到魏国作人质。秦王答应之后，张仪又跑到魏国，游说魏王道："秦王对待魏国多好啊，魏国可不能失礼！"魏国于是便把上郡和少梁进献给秦国，来答谢秦惠王。秦惠王很高兴，就任命张仪为宰相。

张仪担任秦国宰相，有四年之久。后来，他又做秦国的将军，率兵攻城略地，立下了军功。

再后来，张仪到魏国去做宰相，然而暗地里是替秦国工作，想让魏国屈服于秦国，为其他诸侯国做个榜样。但魏王没有上张仪的当。秦王大怒，派兵攻占了魏国的曲沃和平周，同时，暗中派人给张仪送来很多金银财宝。张仪感到很惭愧，就继续留在魏国活动。四年后，魏襄王去世，魏哀王继位，张仪又游说魏哀王，但魏哀王也不上当。张仪于是暗中指使秦国攻打魏国，魏国被打败。

第二年，齐国又在观津打败了魏国。秦国趁机出兵，魏国军队再次被秦军打败，八万魏军被杀。张仪于是再次劝说魏王：

魏国土地面积不到一千里，士兵不超过三十万人。地势平坦，没有什么天险。魏国的南面跟楚国交界，西面跟韩国交界，北面跟赵国交界，东面跟齐国交界。四面都是外国，兵卒必须同时守卫四方，守边的不能少于十万人。这种地势，本来就像个战场。假如魏国跟楚国好，不跟齐国好，那齐国就会从东面进攻；要是齐国好，不跟赵国好，那赵国就会从北面进攻；不和韩国合作，那韩国就会从西面进攻；不和楚国好，那楚国就会从南面进攻。

这种情况真是难办啊！

现在，主张合纵的人一统天下，相约成为兄弟关系。但是，即使是亲兄弟，也有为钱财而互相争夺的情况，何况是这么多各怀心事的诸侯国呢？苏秦的合纵主张，其实早就过时了。

大王如果不侍奉秦国，秦国就会出兵，很快就可以断绝诸侯之间互相联合救援的道路。联合救援的道路一断，大王的国家就陷入了孤军作战的境地，国家也就岌岌可危了。

我替大王着想，大王不如侍奉秦国。如果侍奉秦国，楚国和韩国就一定不敢轻举妄动，这样，大王就可以高枕无忧了。

况且，秦国最担心的国家，首先就是楚国；而最容易削弱楚国的国家，首先就是魏国。楚国虽然看上去富裕强大，实际上外强中干。魏国如果出动全部士兵攻打楚国，一定能战胜。战胜楚国之后，魏国可以马上归服秦国，把祸害转嫁给秦国，这样，魏国就可以安定了。大王要是不听从我的意见，一旦秦国进攻魏国，那时再想侍奉秦国就晚了。

魏哀王被张仪说服，从此背弃合纵盟约，并通过张仪向秦国请求和解。张仪回国以后，再次做了秦国的宰相。三年后，魏国又背叛了秦国，加入合纵。秦国于是攻打魏国，魏国战败，再次侍奉秦国。

秦国想攻打齐国，齐国便和楚国合纵相亲，让秦国不敢下手。张仪于是出使楚国。

楚怀王听说张仪来了，特地腾出上等宾馆，亲自安排他住宿。张仪对楚怀王说："大王如果信得过我，就应当与齐国断绝往来，废除盟约。如果大王能做到这一点，我会请求秦王献出商、於一带六百里土地，并进献美女做大王的侍妾。秦国和楚国嫁娶通婚，可以长期合作，成为兄弟国家。这样，北面可以削弱齐国，西面可以加强秦国，对我们都有利。"

楚王非常高兴，立刻答应了张仪。大臣们都来表示祝贺，唯独陈轸表示不安。楚王很生气："我不费一兵一卒，就白捡了六百里土地，大臣们都表示祝贺，只有你表示不安，这是为什么？"

陈轸回答说："在我看来，您根本不可能得到商、於一带的土地，而齐、秦两国倒是能联合起来。如果齐、秦两国联合起来，那么楚国就麻烦了。"

楚王说："何出此言呢？"

陈轸回答："秦国之所以重视楚国，还派张仪出使楚国，完全是因为楚国与齐国结盟。如果我们与齐国断绝了往来、废除了盟约，那么楚国就会孤立。楚国一孤立，就没用了。那么，秦国何必送给我们六百里土地呢？我敢肯定，张仪回到秦国后，一定会辜负大王。这样一来，我们既得罪了齐国，又放纵了秦国，两国军队必然会合起来攻打楚国。我为大王着想，建议您暗中与齐国联合，只是表面上与齐国绝交，并派人跟随张仪到秦国去。假如秦国真的给我们土地，再跟齐国绝交也不迟，假如秦国不给，那我们也不会有什么闪失。"

楚王不听，很自以为是地说："陈先生还是闭嘴吧！不要再说了！就等我得到土地好了。"

随后，楚王便把相印授予张仪，还赠送财物给他。同时，与齐国断绝了往来，废除了盟约。

张仪回到秦国，假装车绳失手，从车上摔了下来，三个月没有上朝。楚王听说了这件事，心想："张仪是不是觉得我与齐国绝交还不够彻底？"于是，楚王派勇士北上，专门去辱骂齐王。齐王非常愤怒，于是委屈自己侍奉秦国。秦国和齐国联合以后，张仪马上就去上朝，对楚国来的使者说："我有受封的城邑六里，愿意把它奉献给楚王。"楚国使者说："我奉楚王的使命，来接受六百里土地，没听说过六里。"使者回国报告楚王，楚王非常愤怒，要出动军队进攻秦国。陈轸说："我陈轸现在可以开口说话了吗？要我说，与其进攻秦国，不如割地贿赂秦国，跟它联合出兵攻打齐国。这样，我们相当于让出土地给秦国，然后向齐国索取赔偿。这样不至于与秦国太对立，对我们国家的安全有好处。"

楚王还是不听从陈轸的意见，出动军队攻打秦国。楚国出兵，正中秦国下怀，马上联合齐国，一起来攻打楚国，八万楚兵被杀头，楚将也身首异处。秦、齐两国占领了丹阳和汉中，楚国不服，增兵出征，与秦军展开激烈战斗，结果楚军大败，楚国只好割出两个城邑来跟秦国议和。

秦国想得到黔中这个地方，并愿意用武关外的土地来换。楚王说："我不要土地，只要你们交出张仪，我就把黔中交出来。"秦王心动，想把张仪交给楚国，但是不忍心说出来。张仪心里明白，就自愿请求到楚国去。秦惠王有些内疚，明白无误地告诉张仪："楚王怨恨你不履行议约，没有献出商、於一带的六百里土地。只要你一到楚国，他就会杀了你！"张仪说："我和楚国大夫靳尚很友好，靳尚侍奉楚夫人郑袖，郑袖说的话，楚王都听从。况且，我奉大王的使命出使楚国，楚国不敢轻举妄动。即使楚国杀了我，那么只要秦国能得到黔中这个地方，我也无怨无悔。"

于是张仪出使楚国。楚怀王见张仪来了，马上把他抓了起来，准备杀掉。这时候，靳尚对郑袖说："不久的将来，您肯定会失宠于大王，您知道为什么吗？"郑袖问："为什么？"靳尚说："秦王非常重视张仪，听说张仪马上就要被楚国所杀，就准备拿出土地贿赂楚国，还准备把秦国美女嫁给楚王，用宫廷里能歌善舞的

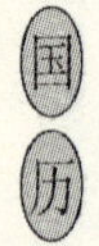
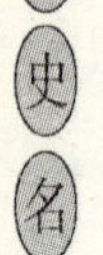

宫女作陪嫁。如果这样的话，秦国女子就必定会得宠，而您就会被冷落。您不如替张仪说情，让他出狱。秦国听说张仪没什么危险，就不会再考虑送土地和美女给楚王了。”

郑袖信以为真，日日夜夜劝说楚怀王：“秦国不可得罪。现在，秦国还没有得到土地，就派张仪来到楚国，可见极为重视大王。可是大王不但没有回礼，反而要杀掉张仪。这样做，秦国必然非常愤怒，必然立刻攻打楚国。请让我们母子都迁徙到江南去，以免被秦王任意宰割。”楚怀王后悔了，就赦免了张仪，像以前一样以礼相待。

张仪被放出来以后，还没等离开楚国，就听说苏秦死了。于是，张仪游说楚王道：

秦国的领土占天下的一半，兵力相当于四个国家，背靠天险，又有黄河环绕，四周都是要塞，固若金汤，牢不可破。秦国有勇士一百多万，兵车一千辆，战马一万匹，粮食堆积如山。士兵英勇善战、视死如归，君主贤明，将帅机智。秦国不出兵则已，一出兵就会席卷各国，无坚不摧。相比之下，其他国家则跟羊群没有什么不同，牛羊斗不过老虎，那是显而易见的。如今大王不跟猛虎交往，却跟群羊交往，这种策略是错的。

天下强国，不是秦国就是楚国，不是楚国就是秦国，两国相争，势不两立。大王如果不跟秦国友好交往，秦国势必出兵，这样一来，楚国轻则重伤，重则亡国，那么国家就危险了。

以秦国的实力，要是攻打楚国，只要三个月就可以让楚国难以为继。但是，楚国要等待诸侯的救援，却要在半年以后。等待弱国的救援，却忽视了强秦的能力，这是很值得大王反思的。

主张诸侯合纵、一致抗秦的人是苏秦。他做了燕国的相国以后，就暗地里跟燕王策划攻打齐国，瓜分它的土地。然后，苏秦假装犯罪，逃到齐国，齐王接纳了他，还让他做相国。两年以后，阴谋被发觉，齐王极其愤怒，在市集上把苏秦五马分尸。这样一个欺诈虚伪的苏秦，却要统一诸侯，联合抗秦，怎么可能成功呢？

秦国和楚国接壤，本来就亲近。大王如果愿意听从我，我会争取让秦国太子来楚国做人质，让楚国太子到秦国做人质，并奉

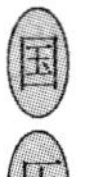

送秦国美女来作大王的侍妾，奉献拥有万户的都城作为礼物，争取让秦楚两国成为兄弟国家，世世代代永不反目。

楚怀王想答应张仪。屈原说："以前大王被张仪欺骗过，张仪一来，我以为大王会烹杀他。可是现在不但不杀他，还听信他的胡言，这绝对不行。"可是楚怀王坚持己见，还是答应了张仪，跟秦国亲善。

张仪离开楚国，接着就到韩国去，游说韩王：

韩国土地贫瘠，物产少而粗劣，只要有一年歉收，人民连糟糠都吃不饱。土地面积又小，不过九百里而已。大王的士兵也少，连后勤人员都包括在内，也不超过三十万。再除去守卫边疆的士兵，只能剩下二十万。而秦国呢，有武装士兵一百多万，兵车一千辆，战马一万匹，而且战士们勇猛善战，一打起仗来都奋不顾身。秦国的战马也精良无比，前蹄一跃，后蹄一蹬，腾空而起，前

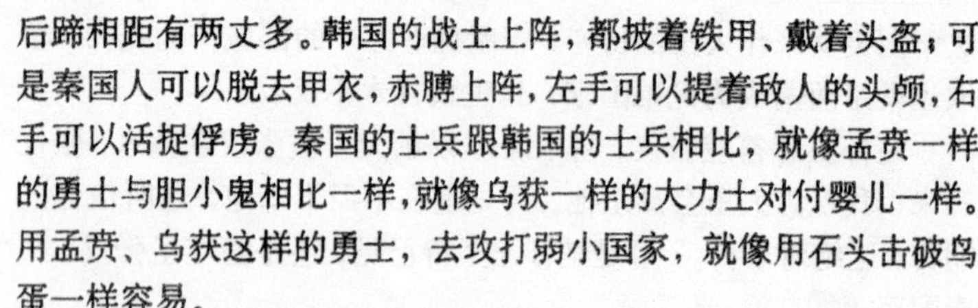

后蹄相距有两丈多。韩国的战士上阵，都披着铁甲、戴着头盔，可是秦国人可以脱去甲衣，赤膊上阵，左手可以提着敌人的头颅，右手可以活捉俘虏。秦国的士兵跟韩国的士兵相比，就像孟贲一样的勇士与胆小鬼相比一样，就像乌获一样的大力士对付婴儿一样。用孟贲、乌获这样的勇士，去攻打弱小国家，就像用石头击破鸟蛋一样容易。

可是，弱小的国家自不量力，糊里糊涂地听从合纵的胡言乱语，还互相掩饰自己的弱点，都振振有词地说："听从我的计策吧，可以在天下称霸！"如果国君听信这种虚假的言论，肯定会给国家带来巨大的灾难。

我替大王着想，建议您归附秦国。其实，秦国最大的愿望，无非是削弱楚国，而要削弱楚国，就需要韩国帮忙。这主要是因为韩国的地理位置和地势。如果大王能侍奉秦国，帮它攻打楚国，秦王一定很高兴。

韩王听信了张仪的建议。张仪回国报告秦惠王，秦惠王高兴，赏他五个城邑，封号叫武信君。随后，又派张仪去游说齐湣王：

天下强国，齐国出类拔萃。人民能安居乐业，大臣也关系融洽。但是，大臣们替大王做的谋划，都缺乏长远眼光。主张合纵的人，肯定会对大王说："齐国西有赵国，南有韩国和魏国。齐国靠海，也很强大。大家联合起来，即使有一百个秦国，对齐国也无可奈何。"大王可能赞同这种说法，但并没有考虑到它的实质。大家都觉得合纵可行，但是都没有考虑到隐藏着的危害。我听说，齐国和鲁国打了三次大仗，鲁国三次获胜，但不久之后却灭亡了。虽然得到了战胜的虚名，随之而来的却是亡国的现实。这是为什么呢？这是因为齐国强大而鲁国弱小。今天的秦国跟齐国，正像齐国跟鲁国一样。秦国和赵国曾两次交战，两次交战，都是赵国战胜。随后，又打了两次，赵国死亡的士兵有几十万，虽然有战胜的名声，但是国家已经空虚残破了。这是为什么呢？因为秦国强大而赵国弱小。

现在秦、楚两国通婚，结成兄弟国家。韩国、魏国、赵国都服从了秦国。如果大王不侍奉秦国，那就太危险了。假如齐国遭到进攻，那么即使想侍奉秦国，也不可能了。希望大王仔细考虑这个问题。

齐王说："齐国偏僻落后，没有听到过像您这样的的高见。我完全同意您的看法。"于是也答应了张仪。

张仪离开了齐国，去游说赵王：

秦王派我来，跟大王您谈一点不成熟的看法。大王您召令天下抵制秦国，秦军不敢出兵函谷关，已经有十五年了。在这十五年里，秦军修造武器装备，整治兵车战马，练习骑马射箭，国人则勤力耕作，积蓄粮食，增强自己的实力，但从来不敢轻举妄动。

现在呢，秦国已经攻占了巴蜀，兼并了汉中，夺取了西周和东周，迁移了九鼎。秦国多年以来，无法施展，积怨已久。现在秦兵正准备攻打赵国，希望在甲子日与您会战。因此，我特地来事先告知大王。

当初，大王之所以信赖合纵联盟，恐怕主要是因为信赖苏秦。可是，苏秦并不是个可以信赖的人，他迷惑各国诸侯，混淆黑白，颠倒对错，还想阴谋颠覆齐国，最后被五马分尸。只要看看苏秦的下场，就会知道，合纵不能成功，是情理之中的事情。

现在楚国和秦国成了兄弟国家，韩国和魏国归顺了秦国，齐国也献出了盛产鱼盐的土地，这等于是斩断了赵国的右臂。右臂被斩断，却要跟人家决斗，这可太危险啦！

现在秦国派遣了三位将军，并联合了齐国、韩国、魏国的军队，约定四国团结一致攻打赵国，攻破之后，四国共同瓜分赵国土地。

我替大王着想，您应该跟秦王会晤，当面商量，尽可能不要打起来，希望大王赶快拿定主意。

赵王说："当初合纵的时候，我还小，不参与国家大事。其实，我心里本来就有疑惑，认为统一合纵、反对秦国，并不符合国家的长远利益。我早就准备改变心意，割让土地给秦国，并对以前的过失表示歉意。我正要套车出发，您刚好来了。"赵王于是答应了张仪。

张仪离开赵国，马上又往北到了燕国，游说燕昭王：

大王最亲近的国家，无非是赵国，而赵国并不值得您亲近。

从前，赵襄子曾经把姐姐嫁给代王，企图吞并代国。有一次，他与代王约会，暗地里叫工匠制作铜勺子，把勺柄加长加重，足以用来杀人；然后，赵襄子告诉厨子："等酒喝到迷迷糊糊的时候，你就送上热汤，然后看准时机，用铜勺勺柄来击杀代王。"厨子依计行事，杀了代王，代王的脑浆淌在了宴会的地上。赵襄子的姐姐听到了这个消息，伤心欲绝，便磨利簪子自杀了。这件事，天下尽人皆知。

赵王这样狠毒，六亲不认，难道还值得您去亲近吗？赵国曾经攻打过燕国，两次围困燕都，大王因此割让了十个城邑。现在赵王已经服从了秦王，如果大王不去服从秦国，秦国肯定会联合赵国进攻燕国，那么燕国就危险了。

如果大王能去侍奉秦国，秦国一定会很高兴，赵国也不敢轻举妄动。这样，燕国西面有强秦为后盾，而南面没有齐、赵两国的威胁，燕国就安全多了。

希望大王仔细考虑这个问题。

燕王也被说服了，愿意侍奉秦国，并献出了五个城邑。

张仪终于说服了诸侯各国，马上回国向秦王报告。可是，还没到达咸阳，秦惠王就去世了，武王继位。秦武王从小就不喜欢张仪，登位之后，大臣们就诽谤张仪说："张仪不诚实，到处卖国，谋求私利。秦国如果再任用他，恐怕会被天下人取笑。"秦武王于是更加讨厌张仪。

各诸侯国听说张仪跟秦武王有嫌隙，就纷纷背叛连横路线，又实行合纵外交。

秦国大臣不停地诋毁张仪，同时，齐国也对他表示不满。张仪害怕自身难保，就觐见秦武王说："我有个想法，希望大王能听听。"秦武王说："怎么个想法？你就随便说吧！"

张仪于是说："齐王非常憎恨我张仪，无论我在哪个国家，他都会出兵攻打。为秦国考虑，希望您让我到魏国去，那么齐国肯定会出兵攻打魏国。魏国和齐国一打起来，谁都无法脱身，大王就可以趁机进攻韩国，还可以出兵函谷关，威胁周京，那么周朝的祭器一定会交出来。这样，大王就能挟持天子，成就帝王的大业啦！”

秦王认为有道理，就派出三十辆兵车，把张仪送到了魏国。齐国果然出兵攻打魏国。魏哀王很害怕，于是张仪说：“大王不要忧虑，请让我来退却齐军！”

随后，张仪就派遣自己的家臣冯喜到楚国去，然后作为楚国的使者前往齐国，对齐王说：“大王非常憎恨张仪，但是，大王的所作所为，却是在帮助张仪。”

齐王很奇怪地问：“我对张仪恨之入骨，张仪在哪里，我就会打到哪里，怎么可能帮助张仪呢？”

冯喜回答说：“您的这种做法的确就是在帮助张仪啊。张仪从秦国出来时，跟秦王约定说：‘齐王非常憎恨我张仪，无论我在哪个国家，他都会出兵攻打。为秦国考虑，希望您让我到魏国去，那么齐国肯定会出兵攻打魏国。魏国和齐国一打起来，谁都无法脱身，大王就可以趁机进攻韩国，还可以出兵函谷关，威胁周京，那么周朝的祭器一定会交出来。这样，大王就能挟持天子，成就帝王的大业啦！’秦王同意，所以才派了三十辆兵车，把张仪送到魏国。现在张仪到了魏国，大王果然进攻魏国，这是中了张仪的奸计啊！大王这样做，对内会使国家疲惫，对外会增加仇敌，给自己造成威胁，而张仪却因此而得到秦王的信任。所以，我才说您是在帮助张仪。”齐王恍然大悟，马上撤军。

齐国撤军之后，张仪受到了魏国的重用，在魏国担任宰相。一年之后，死在了魏国。

陈轸斗张仪

陈轸，也是个游说各国的辩士。

陈轸曾经跟张仪一起侍奉秦惠王，都受到重用，因而勾心斗角。张仪在秦王面前诋毁陈轸：“陈轸经常来往于秦国和楚国之间，本可以为秦国办成很多事，可是实际上什么都没办成。现在楚国仇视秦国，而对陈轸却很好，为什么呢？就因为陈轸为自己想得多、为大王想得少。陈轸早就想离开秦国，到楚国去发展，大王为什么不随他的便呢？”

秦惠王于是就问陈轸："我听说你想离开秦国到楚国去，有这回事吗？"

陈轸答："对，有这回事。"

秦惠王说："哦，张仪说的果然没错！"

陈轸说："其实，不仅张仪知道这回事，连路过秦国的人都知道这回事。从前，伍子胥忠于他的国君，所以天下的国君都争着要他来辅佐自己；曾参孝敬他的父母，所以天下的父母都希望能有他这样的儿子。因此说，那些被贩卖的奴仆和侍妾，如果不出里巷就被卖掉，那就是好奴仆、好侍妾；那些被遗弃的妇女，如果能嫁在本乡本土，就是好女人。如果我陈轸不忠于国君，楚国又凭什么认为陈轸是忠臣呢？忠于国君，却要被抛弃，我陈轸不去楚国，那该去哪里呢？"

秦惠王感到惭愧，就更加友好地对待陈轸。

后来，秦惠王让张仪做了宰相，陈轸就只好投奔楚国。楚国没有重用他，而是派他出使秦国。陈轸路过魏国，想要会见犀首，犀首谢绝不见。陈轸让人转告犀首："我有要事相告。您要是真的不愿见我，我可就走了，连一天也等不得。"

犀首马上会见他。陈轸问："您为什么总是喜欢喝酒呢？"

犀首答："唉，无事可做啊！"

陈轸说："我给您一些事情做，您愿意吗？"

犀首说："当然愿意。你准备怎么做？"

陈轸说："魏国的田需约定诸侯合纵相亲，可是楚王怀疑他，无法接受他的建议。您可以对魏王说：'我跟燕、赵两国国王有交情，他们多次派人来，叫我过去聊聊。希望大王能让我去两国走走。'如果魏王允许您前去，那么请您不要多用车辆，只用三十辆车就可以，但是要让外界知道，你是要到燕国和赵国去。"

陈轸依计行事。燕国和赵国听到了消息，就派人来迎接犀首。楚王听到了这件事，非常愤怒，说："魏国不是好东西！让田需跟我结盟，却又派犀首前往燕国和赵国，这是欺骗！"于是，楚王不再理睬合纵的事。而齐国听说犀首来到了北方，很重视，也把国家大事委托给他。犀首终于成功了，在齐、燕、赵三国都很有发言权。陈轸这才到秦国去。

当时，韩、魏两国交战，已经打了整整一年。秦惠王想制止这场战争，向左右大臣征求意见。有的大臣认为应该制止，有人说还是让他们打下去才好，秦惠王犹豫不决。恰好在这个时候，陈轸回到了秦国。

陈轸拜见秦惠王，惠王问："您离开我，到了楚国，还想念我吗？"

陈轸说："大王您听说过越国人庄舄的故事吗？"

秦惠王答："没听说过。"

陈轸说："越国人庄舄在楚国当官，生病了。楚王问手下人：'庄舄本来是越国乡下的小人物，如今在楚国当官，富贵了，你们说，他还会思念越国吗？'侍从回答说：'一般说来，人们如果思念故乡，都是在他生病的时候。要是他想念越国，就会操越国的口音；要是不想念越国，就会操楚国的口音。'楚王派人去听，结果庄舄还是操越国口音。如今，我虽然被您抛给了楚国，但是怎么能忘了秦国的口音呢？"

秦惠王说："好，是我对不起您，很抱歉。现在韩、魏两国交战，已经打了整整一年了，还没有和解的迹象。有人说制止它为好，有人说不救为好，我不知道怎么办才对。希望能替我考虑考虑。"

陈轸回答说："大王肯定听说过卞庄子刺虎的故事吧？卞庄子想去刺杀老虎，有人制止他说：'不忙！那两只老虎正在吃牛，吃到美味的时候，它们肯定会争，一争就肯定要斗，一争斗，就会大的伤，小的死。你可以趁大虎受伤的时候去杀掉它，这样才一举两得，别人会以为你杀了两只老虎。'卞庄子认为有理，便耐心等待。过了一会儿，两只老虎果然争斗起来，大的受伤，小的死亡。卞庄子趁机杀掉了那只受伤的老虎。果然一举两得。如今，韩、魏两国已经打了一整年，要不了多久，必然是大国受伤，小国灭亡。大王可以趁机攻打那受伤的大国，这样必然可以一举两得，事半功倍。我们应当再等一等，等他们差不多了，再进攻。"

秦惠王说："好的，还是您有计谋。"不久之后，大国果然受伤，小国果然灭亡。于是秦国出兵，取得了彻底的胜利。这都是陈轸的功劳。

第四十七章

白起王翦列传

中国历史名著文库

杀人如麻的白起

白起善于用兵，是秦昭王的得力大将。

昭王十四年，白起率军攻打韩国和魏国，杀敌二十四万，俘虏了魏将公孙喜，占领了五个城邑。第二年，进攻魏国，夺取了大小城邑六十一个。在以后的几年中，白起多次进攻赵国、楚国，占领了数十个城邑，还攻下了楚国的都城，改为南郡。昭王三十四年，白起进攻魏国，俘虏了魏国三员大将，杀敌十三万。又与赵将贾偃交战，把贾偃的士兵二万人淹死在黄河里。昭王四十三年，又进攻韩国，占领五个城，杀敌五万。

昭王四十五年，白起攻占了韩国的野王县。野王县处在韩国的上党与韩国的其他地区之间，野王县一被秦军占领，上党就孤立了。上党郡守冯亭跟百姓商议道：“秦军日益进逼，可是韩国无法接应我们，不如把上党归附赵国。赵国如果接受我们，秦国就会生气，就会进攻赵国。赵国一挨打，肯定会亲近韩国。韩国和赵国要是团结一致的话，就可以抵挡秦国了。”百姓同意，冯亭就派人通知赵国。赵孝成王跟平阳君、平原君商议这件事。平阳君说：“还是不要接受，否则得不偿失。”平原君的看法不同：“无缘无故就得到一个郡，为什么不要？”赵国最后接受了上党，封冯亭为华阳君。

两年后，秦国派王龁进攻韩国，占领了上党。上党百姓害怕秦军，都逃到了赵国。赵国为了安抚上党的百姓，驻军在长平，抵御秦军。不久，王龁进攻赵国。赵国派老将廉颇带兵，但是多次遭到秦军的重创。

廉颇修筑了壁垒，固守不战，秦军多次挑衅，赵军就是不出来迎战。赵王多次责备廉颇战术保守，但是廉颇坚持己见，就是不出兵。秦国没有机会彻底打跨赵军，就派人到赵国施行反间计，

扬言道："秦国最担心的，就是怕马服君赵屠的儿子赵括来做将领。廉颇好对付，他坚持不了多久，马上就要投降了。"赵王本来就对廉颇有怨言，现在听说了这些话，马上就派赵括去代替廉颇，准备让他带兵迎击秦军。秦国听说赵括当了赵军将领，就偷偷派白起去统帅秦军，而让王龁做副将。

赵括一到军营，马上就出兵攻打秦军。秦军假装战败逃跑，赵军乘胜追击，一直追到秦军的壁垒之下。秦军壁垒坚固，牢不可破，赵军无可奈何；同时，秦军早已安排了奇兵二万五千人，断绝了赵军的后路；而另外一支五千人的骑兵，则在赵军之间穿梭，把赵军一分为二，连粮路也被切断了。紧接着，秦军出动轻骑部队进击赵军。赵军战败，便修筑壁垒固守，以便等待救兵到来。

秦王听说赵军的粮路已经被断绝，就亲自到河内去，赏赐百姓，然后征调十五岁以上的壮丁到长平，去拦截赵国的救兵和粮食。

到了九月间，赵军已经缺粮四十六天，军队内部甚至开始偷偷杀人来吃。赵军困守无望，就孤注一掷，主动来攻打秦军，想趁机突围。赵括亲自上阵搏斗，被秦军射死。赵括一死，赵军群龙无首，四十万士兵全部投降。白起认为赵国士兵反复无常，怕他们会作乱，就采取欺骗手段，把他们都活埋了，只允许未成年的二百四十人归还赵国。

长平之战，赵军死了四十五万人。赵国人极为震惊。

昭王四十八年，秦国又一次出兵，王龁进攻皮牢，占领了它，司马梗则平定了太原。韩国和赵国很担心，就派苏代携带重礼，去游说秦国的丞相应侯。

苏代问应侯："白起曾经擒获了赵括，对吗？"

应侯答："是的。"

苏代又问："秦军又要围攻赵国邯郸吗？"

应侯说："是的。"

苏代说："如果赵国灭亡，那么秦王就可以称霸天下了，那么白起就会位列三公。白起替秦国攻占了七十多个城邑，南面平定了鄢邑、郢都和汉中，北面大败赵括，这样的功勋，即便是周公、召公和太公望，也不过如此。所以，赵国一旦灭亡，秦王一旦称霸天下，那么白起肯定会位列三公。可是，您愿意在他的下位吗？只怕到时候，您不愿意也不行了。因此，不要去攻打赵国，不要让白起不停地立功。”

应侯为了自己的利益，向秦王进言说：“秦国军队征战四方，已经很疲劳了，应该让他们休息。不要再攻打韩赵两国，我们可以让它们割地讲和。”秦王听从了应侯的话，割取了韩国的垣雍和赵国六个城邑，讲和了。白起知道这件事之后，从此跟应侯有了嫌隙。

不久之后，秦国进攻赵国邯郸，因为当时白起生病，秦王就派王陵带兵，结果久攻不克，损失惨重。白起病好以后，秦王想让他去代替王陵攻打邯郸。白起推辞说：“邯郸其实不该打。我们虽然打败了长平的赵军，但是自己的士兵也损失了半数以上，国内也空虚之极。我们跋山涉水去打人家的国都，赵军在里面迎战，

各诸侯国的援军在外面配合，秦军占不到便宜。不能再打了，应该撤回来。”秦王不想撤军，就派应侯去动员白起，白起始终推辞，后来实在拗不过，就借口生病。

秦王没有办法，就派王龁代替王陵带兵，围攻邯郸八九个月，还是攻不下。这时候，楚国派春申君与魏公子汇合，带领几十万士兵攻打秦军，秦军伤亡惨重。白起听到这个消息，就说："唉，秦国不信我的话，现在怎么样？”秦王听到这些话，很气愤，硬要白起去带兵，白起借口病重，就是不去。应侯去动员他，也毫无作用。

秦王特别生气，干脆罢免了白起，贬为士兵，要他马上移居阴密。当时白起的确身体不好，未能成行。三个月后，诸侯各国的军队急攻秦军，秦军多次退却，天天有坏消息传到秦都。秦王觉得很没面子，就派人遣发白起，不能让他留在咸阳城里。

白起动身以后，走出咸阳城西门十里，暂时停留在杜邮。这时候，秦昭王跟应侯等大臣商议说："白起迁居的时候，看上去郁郁不乐，很不服气，有怨言。留着他是个祸害。”于是，秦王派使者赐给白起一把剑，让他自杀。

白起感叹："我到底做过什么伤天害理的事，苍天为什么这样惩罚我呢？”然后沉默不语，过了很久，又说："我的确该死。长平一战，赵军投降的有几十万人，我骗他们，把他们全都活埋了，这就足够使我千刀万剐！”随后含泪自刎。

白起死于秦昭王五十年。秦国人觉得白起死得冤枉，都很怜悯他，都主动祭祀他。在他们看来，白起是了不起的常胜将军。

王翦灭楚

王翦从小就爱好军事，服事过秦始皇。秦始皇十一年，王翦带兵攻打赵国，攻克了十个城邑。秦始皇十八年，王翦带兵攻打赵国，彻底战胜了赵国，赵王投降，赵国被平定，改设为郡。一年后，燕国派荆轲刺杀秦王，秦始皇派王翦攻打燕国，燕王逃跑，王翦便平定了燕国蓟都。秦国又派王翦的儿子王贲进攻楚国，大败楚军；随后，王贲回师进军魏国，魏王投降，魏国的领土被秦国占领。

秦始皇灭亡了韩、赵、魏三国，赶跑了燕王，还多次击破楚国的军队，心里有些骄傲。秦国有个将领，名叫李信，年轻勇敢，曾经率领几千士兵活捉了燕国太子丹。秦始皇很欣赏李信，就问他："我想攻占楚国，你估计要动用多少兵力？"李信回答："不超过用二十万人就足够了！"秦始皇又问王翦，王翦回答："绝对不能少于六十万人。"秦始皇心里想："看来王将军是老了，竟然这样胆小如鼠！还是李将军勇敢，他的话更可信。"于是就派李信和蒙恬率领二十万士兵南下，去攻打楚国。

王翦的话没被采纳，就借口生病，告老还乡了。

李信与蒙恬进攻楚国，大胜。随后，李信去攻打鄢邑和楚都，攻下了它们，然后带队西进，与蒙恬在城父会师。楚军尾随秦军三天三夜，突然发力，大败李信的军队，攻入两个壁垒，杀死七个都尉，秦军战败逃跑。

秦始皇听到这个消息，立刻亲自前往王翦的家乡，当面向王翦道歉："前些天我没有采纳您的意见，现在秦军果然战败。如今楚军日益逼近，将军您难道忍心置之不理吗？"

王翦推脱说："老臣体弱多病，脑子也糊涂，大王还是另选良将吧！"

秦始皇再次请求，王翦于是说："大王如果一定要任用我，那就非六十万人不可。"秦始皇高兴地说："就听将军的！"于是，王翦率军六十万出征，秦始皇亲自送到灞上。

王翦临出发时，要求秦始皇赏赐很多的良田、住宅、园林、池塘。秦始皇说："将军放心走吧，为什么担心贫穷呢？"王翦说："作大王的将军，即使有功劳，也难得封侯。所以，我要趁着大王还信任我的时候，及时请求赏赐园林、池塘，为子孙后代争取一点产业。"秦始皇大笑。

到了关口以后，王翦又多次派使者赶回朝廷，向秦始皇请求良田。有人说："将军请求赏赐，做得也太过分了吧？"王翦说："不对。秦王残暴，而且不容易信任人，现在他把秦国所有的军队都委托给我一个人，我要是不多请求田地住宅，作为子孙的产业，他能不怀疑我吗？"

王翦来到前线，接替了李信的职位，带领秦军围攻楚国。楚国听说王翦带了大部队前来进攻，就倾尽国内兵力来抗拒秦军。可是王翦并不出战，而是加固壁垒防守。楚军多次出兵挑战，秦军始终不出兵迎战。

王翦每天让士兵休息洗澡，还改善伙食慰劳他们，自己也跟士兵一起吃饭。过了好多天，王翦派人到军中察看，然后问："军营中在玩游戏吗？"回报说："正在扔石头和跳远呢！"这时候，王翦才说："行了，这些士兵可以用了！该打仗了！"

当时，楚军已经多次挑战秦军，但秦军一直没有反应，所以楚军就撤退休息。趁着他们撤退，王翦率军出击，大败楚军。楚军逃跑，秦军奋起直追，一直追到了蕲县以南，杀死了楚将项燕，楚军彻底溃败。秦军于是乘胜占领了楚国境内的很多城邑。再过了一年，秦军又俘虏了楚王，完全占领了楚国，改为郡县。

楚国被平定之后，王翦接着讨伐南方，平定了百越。同时，王翦的儿子王贲跟李信则平定了燕国和齐国。

秦始皇二十六年，秦国完全兼并了天下。而秦国之所以能兼并天下，王翦立下了汗马功劳。

第四十八章

孟尝君列传

中国历史名著文库

孟尝君养士

孟尝君姓田名文，父亲名叫田婴，是齐威王的小儿子、齐宣王的异母弟弟。

田婴从齐威王的时候起，就担任要职，掌管政事，曾经跟邹忌和田忌去援救韩国，攻打魏国。齐威王去世之后，齐宣王继位，田婴又与田忌、孙膑一起攻打魏国，在马陵打败魏军，俘虏了魏国太子，杀死了魏将庞涓。齐宣王七年，田婴出使韩国和魏国，韩魏两国后来随顺了齐国。齐宣王九年，田婴在齐国已经升任丞相，之后，在职时间长达十一年之久。齐宣王去世后，齐闵王继位，闵王把薛邑封赐给了田婴。

田文出生之前，田婴已经有了四十多个儿子。田文的母亲是个下贱的小妾，田文在五月五日出生，田婴觉得不吉利，就告诉田文的母亲说："不要养大他。"可是田文的母亲不忍心，还是偷偷地养活了他。

等田文长大了，母亲就向田婴引见田文。田婴责怪田文的母亲说："我不是让你抛弃这个孩子吗？可是你却偷偷养活他，你怎么这么大胆？"田文在旁边看着，为母亲感到不公，就叩头对父亲说："您不愿养育五月五日出生的儿子，原因是什么？"田婴说："这一天出生的儿子，将来会长得跟门户一样高，这对父母亲不利。"田文说："人是受命于天呢，还是受命于门户？"田婴默不作声。田文接着说："如果是受命于天，你还担心什么呢？如果是受命于门户，那么加高门户就是了，有什么了不起的呢？"田婴恼羞成怒说："你住口！"

过了很长一段时间，田文找了个机会，问他父亲田婴："儿子的儿子叫什么？"

田婴答："叫孙子。"

田文接着问："孙子的孙子叫什么？"

田婴答："叫玄孙。"

田文又问："玄孙的孙子叫什么？"

田婴答："我不知道。"

田文于是说："您在齐国做宰相，掌握齐国大权，已经这么多年了。可是，这么多年，齐国没有扩大，您自己虽然家财万贯，门下却连一个贤能的人都没有。如今您的姬妾身着绫罗绸缎，而士人连粗布衣服都穿不上；您的奴仆侍妾早已厌倦了大鱼大肉，而士人连温饱问题都没有解决。可是，直到现在，您还在横征暴敛，想把财产留给您自己都不知道的什么人，我田文真是无法不感到奇怪。"

这一席话让田婴刮目相看，于是才器重田文，让他主持家事，接待宾客。田文待人和善，宾客一天一天地增多，田文的名声也随之传遍了各国。各国都派人请求薛公田婴把田文立为太子，田婴答应了他们。田婴去世后，田文接替君位，这就是孟尝君。

孟尝君广招天下宾客，优待他们，并为他们安家立业。天下士人于是蜂拥而至，争相归附孟尝君。最多的时候，食客达到了几千人，而且，不论贵贱，一律与孟尝君平起平坐。孟尝君接待宾客座谈时，总是在屏风后面安排秘书人员，负责记录孟尝君跟宾客的谈话，记录宾客亲属的生活情况，等等。这样，等宾客离开的时候，孟尝君已经派人给宾客的亲属送去了慰问品和财物。

有一次，孟尝君招待客人吃晚饭，有一位客人无意中遮住了灯光。另一客人很生气，以为饭菜不一样，就放下碗筷，拂袖而去。孟尝君马上起身，端着自己的饭菜跟他比较。客人惭愧之极，觉得没脸见人，拔剑自刎了。士人们听说了，更是愿意归附孟尝君。孟尝君对门客来者不拒，对他们都很好，所有人都认为孟尝君最亲近的是自己。

齐闵王二十五年，孟尝君出使秦国，秦昭王看重孟尝君的贤能，想任命他为丞相。有人劝说秦昭王道："孟尝君有才有德，又是齐国的王族，如果做了秦国的丞相，一定会偏向齐国，那对秦国非常不利。"秦昭王只好作罢，但是又不想让别国得到孟尝君，就把他软禁起来，准备杀死他。

孟尝君马上派人去走访秦昭王的爱妾，请求帮忙解围。昭王的爱妾说："我想得到您的白狐皮衣。"本来，孟尝君有一件白狐皮衣，珍贵异常，天下无双，可是，已经献给了秦昭王，再也找不到另外一件了。孟尝君为此忧虑，问遍门客，可是谁也没有办法。这时候，有个坐在角落里的人站了起来，说："我有办法得到白狐皮衣。"这个客人善于偷窃，便在夜里装成一只狗，潜入秦国王宫的仓库里，把白狐皮衣偷了回来。孟尝君马上把它献给秦昭王的爱妾。爱妾也马上替他向秦昭王求情，秦昭王一时心软，就释放了孟尝君。

孟尝君被释放以后，立即飞驰离开，更改了通行证，为了出关，连姓名都改了。半夜，孟尝君已经到了函谷关。这时候，秦昭王已经后悔了，派人快马加鞭追赶他。孟尝君到了关口，关口

法令规定，只有鸡叫以后才能让旅客出入。孟尝君料到后有追兵，心里焦急，但没有办法。这时候，又有个平时不被注意的门客站了出来，模仿鸡叫，像真的一样，他一叫，许多鸡就跟着啼叫起来，于是，孟尝君一行出了关。刚出关不久，秦国追兵赶到了关口，但孟尝君已经出关，追兵只好无功而返。

当初，善于偷窃和模仿鸡叫的两个门客，觉得自己没有什么才能，总是感到惭愧；而其他门客也觉得，与鸡鸣狗盗之徒为伍，降低了自己的身份。可是，孟尝君在秦国陷于危难时，正是这两个人救了他。

孟尝君回国后，被任命为齐国的丞相，主持政务。

有一年，孟尝君的家臣魏子替主人去收租税，往返了三次，却一点东西都没拿回来。孟尝君奇怪，问他是怎么回事，他回答说："我遇到了一个贤人，很难得，我就把收来的租税，都以您的名义送给了他，所以什么都没能拿回来。"孟尝君很生气，立刻斥退了魏子。

过了几年，有人在齐闵王面前诽谤孟尝君，说他要作乱。后来，田甲劫持齐闵王，齐闵王怀疑是孟尝君指使的，孟尝君有口难言，只好外逃。这时候，当初接受了魏子租税的那个贤人出现了，上书申诉孟尝君不会作乱，并请求用生命担保，之后，在王宫门前自刎，以死来给孟尝君作证。齐闵王大吃一惊，马上派人跟踪调查，发现孟尝君果然无辜，便又召回孟尝君。孟尝君借口有病，告老回到了薛邑。

过了一些年，齐闵王灭掉了宋国，很骄傲，想清除孟尝君。孟尝君逃往魏国，被魏昭王用作宰相。不久之后，魏国与燕国联合，一起来打败齐国。齐闵王逃亡到莒邑，死在了那里，然后齐襄王继位。齐襄王刚刚继位，害怕孟尝君，就跟他结交友好，重新亲近他。

田文死后，谥号称为孟尝君。他的几个儿子争着继位，齐国和魏国趁乱灭掉了薛邑。孟尝君于是断了香火，没有后代。

冯煖客孟尝君

孟尝君在世的时候，有一个出众的门客叫做冯煖。

当初，冯煖听说孟尝君礼贤下士，对天下士人来者不拒，就穿着草鞋来见他。孟尝君问："先生远道而来，有什么可以指教我呢？"

冯煖回答："我没有什么才能，听说您待人很好，而我又贫困，所以才到您这里讨口饭吃。"

孟尝君把他安顿在下等客房。十天后，孟尝君问客房的管理人："冯煖这几天都做了些什么？"

管理人回答说："冯先生很穷，除了一把剑，一无所有，而且剑柄是用草绳缠的。他弹着那把剑吟唱道：'长剑回去吧，吃饭没有鱼。'"

孟尝君于是把冯煖迁到中等客房，吃饭有鱼了。五天后，孟尝君又问客房管理人，管理人回答说："客人又弹着剑唱道：'长剑回去吧，出入没有车了。'"

孟尝君于是又把冯煖迁到上等客房，出入可以乘车了。又过了五天，孟尝君又问管理人，管理人回答说："先生又常常弹着那把剑唱道：'长剑回去吧，无法养家。'"孟尝君听了，有些不高兴。

在以后的一年里，冯煖没有再说什么。这时候，孟尝君担任齐国的宰相，在薛邑受封一万户。他的食客有三千人，封邑的收入不够用来供养食客，就派人到薛邑放债。一年多了，却收不回债款，利息更是收不着，这样下去，食客就会养不起了。孟尝君很忧虑，问手下人："你们看，谁可以派到薛邑去收债？"客房管理人说："冯煖先生年纪大，没什么能耐，但看上去能说会道，可以让他去收债。"

孟尝君于是就召见冯煖，对他说："宾客们不知道我田文不成器，光临门下的有三千多人，因为封邑的收入不够用来供养宾客，所以我在薛邑放出有息债款。可是薛邑年成不好，百姓不能还我利息。如今实在没办法了，希望先生去向他们索取利息。”冯煖说："好吧！"

冯煖到了薛邑，马上把借了债的都叫来集会，收到利息钱十万。然后，他准备了一些酒，买了肥牛，让所有借了债的，都带着契约来验证。大家到了之后，冯煖就招待他们吃肉喝酒。酒喝得正畅快的时候，他拿着契约到大家面前验证，能还利息的，跟他们约定期限；穷得还不起利息的，就把他们的契约拿来烧掉。

冯煖说："孟尝君之所以放债，是为了让穷苦百姓能度过难关；之所以索取利息，是因为自己经济困难，无法供养食客。现在呢，有钱的已经约定了期限，贫穷的已经烧掉了契约、废除了债务。各位先生请尽情吃喝。有这样的主人，是各位的造化，可

不要辜负他啊！”在座的人都起立，拜了两拜。

孟尝君听说冯煖自作主张，烧掉了契约，非常气愤，马上叫人召回冯煖。冯煖一到，孟尝君指着冯煖呵斥：“我田文有食客三千人，所以才在薛邑放债。食邑收入少，百姓还大多不能按时还我利息，食客就快养不起了，所以才请先生去收债收息。可是您收到利息之后，却都花掉了，买了牛肉酒食给他们吃喝，还烧掉了契约，你想干什么？”

冯煖说：“请您息怒，慢慢听我说。如果不准备很多牛肉酒食，他们就不可能都来集会，我就不可能知道他们谁穷谁富。富人，就让他们限期交纳。要是穷人，即使整天追着他们讨债，追他十年，也只能是利息越欠越多，还是还不了；如果追讨得太急了，他们就会逃跑躲债。再说，如果我们追得太急，大家就会认为您贪财图利、不爱百姓，这对您的名声有损害。烧掉根本没用、徒有虚名的债券，却使薛邑的百姓亲附您，扩大了您的好名声，这有什么不好吗？”

孟尝君听了，非常感激冯煖。

齐闵王听信了秦楚两国的谗言，认为孟尝君的名声超过了自己，独揽了齐国的政权，于是罢免了孟尝君。众食客见到孟尝君被罢免，都离开了他。冯煖没有离开，而是自告奋勇地对孟尝君说：“请您借给我一辆车子，派我去秦国，我肯定可以让您重新受到齐国的重视，而且食邑会更大。”孟尝君于是就为冯煖准备了车子和礼物，派他出使秦国。

冯煖到了秦国，游说秦昭王道：“天下的说客，只要是到过秦国的，没有谁不想加强秦国而削弱齐国；而到过齐国的，却都想加强齐国而削弱秦国。秦国和齐国都很强大，难分雌雄，势不两立，谁胜出，谁就能得到天下。”

秦昭王非常恭敬地问：“有什么办法，可以使秦国称雄呢？”

冯煖说：“大王也许已经听说齐国罢免孟尝君的事了吧？”

秦昭王回答：“听说了。”

冯煖说：“齐国之所以受到全天下的重视，就是因为孟尝君。可是如今，齐闵王听信谗言，罢免了他，他心里委屈，必然会背

叛齐国。如果他背叛齐国，来到秦国，那么他就会把齐国的实情以及各种内幕，全都端出来给秦国，那么齐国可就是秦国的啦！您应该赶快派人带着礼物去偷偷地迎接孟尝君，千万不要错过这个大好时机！如果齐国反悔，重新重用孟尝君，那么齐秦之间，谁胜谁负，就难说了。”

秦昭王马上派了十辆车子，载着百镒黄金去，匆匆忙忙地去迎接孟尝君。

冯煖辞别秦昭王，快马加鞭返回齐国，劝说齐闵王道：“天下的说客，只要是到过齐国的，都想加强齐国而削弱秦国；而到过秦国的，却都想加强秦国而削弱齐国。秦国和齐国实力相当，难分上下，此消彼长，势不两立。现在我听说，秦国派遣使者，用十辆车载着百镒黄金来迎接孟尝君。孟尝君要是不接受，那倒是好办；可是假如他接受了，去担任秦国的宰相，那么秦国可就会成为强者，而齐国就会沦为弱者，那么齐国可就危险了。大王为什么不在秦国使者到来之前，重新重用孟尝君呢？如果您再次重用他，并且增加他的采邑表示道歉，那么孟尝君不可能不接受。秦国虽然是个强国，但是总不至于来聘请人家的宰相吧？”

齐闵王点头同意。但是又不放心，就派使者到边境去打探，正好碰上了秦国的车马，使者马上掉头，飞快地回报齐闵王。齐闵王惊慌，立刻召回孟尝君，恢复了他的宰相职位，并增加了一千户给他。秦国人听说孟尝君已经官复原职，只好掉转车马，离开了齐国。

孟尝君官复原职之后，重回都城。冯煖远远地去迎接他，孟尝君见了冯煖，长叹说：“我田文一直爱好宾客，对人没有半点差错，所以食客三千。可是，我一被罢免，大家就都背弃我，离开了我，连头也不回。如今，多亏先生您，我才得以恢复原职。那些人有什么面目再来见我呢？如果再来见我，我一定往他脸上吐口水，好好地羞辱他。”

冯煖听了，下车跪拜，孟尝君也立刻下车，扶起冯煖，问道：“先生是替宾客道歉吗？”

冯煖说：“不是的，是因为您的话错了。凡是有生命的东西，必然有死亡的时候，这是事物的必然规律；富贵的人会有很多门客，贫贱的人连朋友也很少，这也是很自然的人情世故。您注意过那些赶集的人吗？天一亮，大家都削尖了脑袋往集市里钻；太阳下山之后，经过集市的人都脚步匆匆，连头也不愿意回。他们并不是爱好早上而厌恶傍晚，而是因为集市上已经没有了他们所需要的东西。当初您失去职位，宾客都离开了，这是自然规律，没有什么大不了的，不值得您埋怨，以致断绝宾客的门路。希望您还能像往常一样对待他们。”

孟尝君拜了再拜说：“您说的对。就照您的话做。”

从那以后，孟尝君不但恢复了原先的声势，而且更煊赫了。

第四十九章

平原君虞卿列传

中国历史名著文库

毛遂自荐

平原君赵胜，是赵国的一位公子，以贤能闻名。像孟尝君一样，平原君也喜欢宾客，前来投靠的宾客有几千人。平原君担任过赵惠文王和赵孝成王的宰相，曾三度离开相位，又三度恢复相位，被封在东武城。

平原君家的楼房很高，从上面可以看见老百姓的住宅。有个老百姓是个瘸子，一瘸一拐地去打水。平原君的美女在楼上看风景，看见了这个瘸子，就大声嗤笑他。第二天，瘸子来到平原君门前，请求道："我听说您待人很好，士人们不远千里来投奔您，都是因为您能以士人为贵，而以侍妾为贱。我不幸身患残疾，而您的后宫有位美女，看我打水就嗤笑我，我希望能得到她的脑袋。"

平原君笑着说："可以！"

瘸子离开后，平原君笑着说："看这蠢货！竟想因为这点小事，就要杀我的美女，想得也太离谱了！"随后就把这件事忘了。

过了一年多，宾客陆陆续续地离开，超过了一半。平原君感到很奇怪："我赵胜招待各位，从来不敢失礼，可是为什么这么多人离开我呢？"有一个客人上前回答说："就是因为您不杀那个讥笑瘸子的美女啊！大家认为您爱好女色而轻视士人，士人于是就只好离开了。"平原君恍然大悟，立刻砍下那个美女的头，并亲自登门献给瘸子，向他道歉。从此以后，客人们才陆续来访。当时，齐国有孟尝君，魏国有信陵君，楚国有春申君，而赵国有平原君，这四个人都很出众，争相招揽天下贤士。

秦军攻打赵国，围攻邯郸，赵国派平原君去楚国请求救援，跟楚国订立合纵盟约。平原君准备带领门下文武双全的食客二十人同去，他对门客说："如果能用和平方式达到目的，那当然好。假

如和平方式不行，那就只好胁迫楚国，争取歃血为盟。总之，要是不能订立合纵盟约，我们就不回来！贤士不必到外面去请，在门下食客中找就足够了。”

找来找去，只找到了十九人，其余人没有什么可取，凑不够二十人。这时候，有位叫做毛遂的门客，向平原君自我推荐说：“听说您准备跟楚国订立合纵盟约，要带二十人一起前往，现在还缺少一人。希望我毛遂能有机会，作为备用人员，跟随您一起出发。”

平原君问：“先生在我门下几年了？”

毛遂说：“三年了。”

平原君说：“贤士生存于世，就像锥子放在布袋里，锥子的尖很快就会扎破布袋，显露出来。如今毛先生在我门下三年，从来没有听说过谁夸奖您，可见先生没有什么才能。您不能去，还是留下吧！”

毛遂说：“我可是今天才请求放在布袋里啊！假如我毛遂早就能放在布袋里，那早就脱颖而出了，露出的可不仅仅是锥尖而已！”平原君看毛遂很坚决、很自信，就带毛遂一起出发了。那十九个人相互交换眼色，都觉得毛遂很可笑。

到了楚国之后，毛遂跟那十九个人辩论，十九个人都大为佩服。平原君去跟楚王商议合纵盟约，从早上讨论到中午，还没有什么结果。那十九个人对毛遂说：“先生最出色，您去帮帮我们的主人吧！”毛遂于是找到平原君和楚王，对平原君说：“合纵的利害，三言两语就可以说得一清二楚。可是，两位从早上讨论到中午，还不能决定，这是为什么呢？”

楚王指着毛遂问平原君说：“他是干什么的？”

平原君答：“这位是我的家臣。”

楚王于是对毛遂大声呵斥：“退下去！我是和你主人谈话，你来干什么！”

毛遂握着剑把上前说：“大王之所以吆喝我，是因为楚国人多。可是，现在我与大王相距不过十步，楚国人再多，大王也依仗不上。再说，我的主人就在面前，你吆喝什么呢？况且，商汤凭着七十里土地称王天下，周文王凭着百里土地而臣服诸侯，难道是因为他们人多势重吗？不是的，他们的成功，是因为能够顺应形势。现在，楚国土地纵横五千里，军队上百万，这是称霸称王的资本啊！可是，秦国的白起率领几万军队，来挑战楚国，第一战就夺下了鄢邑和楚都，第二战就烧了夷陵，第三战就侮辱了大王的祖先。这是楚国的深仇大恨，也是赵国的耻辱。订立合纵盟约，楚国得到的利益，比赵国大多了。你为什么不想想该怎么顺应形势呢？我的主人就在面前，你吆喝什么呢？"

楚王说："恩……啊……先生说的的确有道理。我愿意订立合纵盟约。"

毛遂问："您完全决定了吗？"

楚王说："决定了！"

毛遂对楚王左右的人说："拿鸡、狗、马的血来！"然后，毛遂捧着铜盘，跪着把它进献给楚王说："大王应当先歃血为盟，其

次是我的主人，再次是毛遂。”于是，三人在殿堂上签订了合纵盟约。

合纵盟约签定以后，平原君回到赵国，心里很有感触：“我赵胜再也不敢随便判断人了。我考察士人，多则上千，少则几百，认为自己不会看错人。但是我却有眼无珠，看错了毛先生。毛先生平时默默无闻，可是一到楚国，就使赵国尊贵无比。毛先生的三寸之舌，要胜过百万军队啊！”于是把毛遂尊为上客。

虞卿救赵

虞卿是善于游说的读书人。他穿着草鞋打着雨伞，去游说赵孝成王。第一次见面，赵孝成王赏赐给他一百镒黄金、一对白色的玉璧；第二次见面，被任命为赵国的上卿。

赵国和秦国在长平交战，赵国战败，还牺牲了一名都尉。赵孝成王问大臣：“我军战败，还损失了一名都尉。我准备命令军队反扑敌军，怎么样？”楼昌说：“这不行，不如派人去讲和。”

虞卿不同意楼昌的意见，转而问赵王：“请问，秦国是想打败赵国的军队呢，还是不想？”赵王说：“秦国看上去已经不遗余力了，必定是想打败赵军。”虞卿说：“大王要是信我的话，就派人带上贵重的财宝去归附楚国和魏国，楚国和魏国想得到财宝，一定会接纳我国的使者。而秦国一听说这样的事，必定怀疑诸侯们在合纵联盟，一定会害怕。这样，再跟它讲和，就不至于太吃亏。”

可是，虞卿的意见没有被采纳。赵王很快派人出使秦国，商谈议和。然后，赵王又召见虞卿说：“我派人到秦国议和，秦国已经接纳我们了，您看结果会怎么样？”虞卿回答：“哎呀，大王不为什么偏偏不听我的话呢？我们的使者到了秦国之后，秦王一定会大力张扬这件事，给天下人看。楚国和魏国知道赵国向秦国求和，一定不会来救援大王。而秦国知道没有人来救大王，也不可能跟大王讲和，而是会继续出兵攻打我们，赵军必败无疑！”果然，秦国大肆张扬赵国来议和的事，始终不肯讲和，同时，向长平增兵。长平一战，赵军损失惨重，而秦军则乘势包围了邯郸。

邯郸之围解除之后，赵王派赵郝去跟秦国签约，割给秦国六个县讲和。虞卿问赵王：“秦军已经撤退了，依您看，他们之所以撤退，是因为无力再攻呢，还是因为爱护大王？”赵王说：“秦军早就已经不遗余力了，一定是因为疲惫不堪才撤军的。”虞卿说：“秦军不遗余力，终于因为疲惫不堪而撤军，可是大王却把秦军打不下来的土地送给他们，这是帮助秦国来攻打自己。要是明年秦军再来攻打，大王可就没得救了。”

赵王把虞卿的话告诉赵郝。赵郝说：“不要听虞卿胡说八道！他了解秦军有多厉害吗？现在不割地，要是明年秦军再来打，大王怎么办？到那个时候，恐怕就不是割让这几个弹丸之地了，弄不好连内地都得交出去！”赵王说：“要是割地给他们，您能肯定秦国明年不再来进攻我们吗？”

赵郝回答：“这个我可不敢说。以前，韩、赵、魏三国都与秦国关系很好。现在秦国只和韩、魏两国相好，却进攻大王，肯定是因为大王侍奉秦国比不上韩、魏两国。现在，我可以替您挽回过失，开放边关，互相往来，像韩、魏两国一样和秦国交往。如果明年大王还是被秦国攻打，肯定是因为大王对秦国侍奉得还不够好，一定是落在了韩国和魏国的后面。所以，明年怎么样，要靠大王您把握，我可不敢保证什么。”

赵王把赵郝的话告诉虞卿。虞卿回答说：“既然赵郝觉得，即使割地，也不能保证明年秦国不来进攻，那又何必割地呢！再说，秦国即使再能打，也不可能夺取六个县城；赵国即使再虚弱，也不至于连六个县城都守不住。秦军既然撤军，兵力一定是不足，我们不要太害怕它。我们可以用六个县城来笼络天下，去进攻秦国；这样，虽然失去了六个县城给，但能从秦国那里得到补偿。要是听从赵郝的意见，那么大王每年都要用六个县城服事秦国，只能多，不能少，那样下去，赵国可就没了！要是明年秦国再来要求割地，大王准备给它吗？不给的话，这会前功尽弃，秦国就会挑起祸端；要是给它的话，要不了多久，就没有土地可给了。大王的土地有限，而秦国的胃口无穷，用有限的土地去填无底洞，赵国怎么可能不灭亡！”

赵王觉得虞卿也有道理，犹豫不决，无法决定。这时候，楼缓从秦国回来，赵王于是就问楼缓：“给秦国土地好，还是不给好？”楼缓推辞说：“不好说啊！”赵王说：“没关系，不妨随便说说。”楼缓回答说：“我刚从秦国回来，如果说不给秦国土地，好像不太合适；要是说给它吧，又恐怕大王认为我是为了秦国。所以不敢回答。说实话，为大王着想，还是给它好。”赵王说：“好吧！”

虞卿知道了楼缓的话，马上朝见赵王说：“这是花言巧语，大王千万不要听信，千万不能割地！”

赵王又把虞卿的话告诉楼缓。楼缓说：“虞卿对天下大势还不

够了解。秦国和赵国关系恶化，天下人都会高兴，为什么呢？因为他们可以趁乱打赵国的主意。所以，还是赶快割地求和的好，以此来迷惑天下，平服秦国的野心。不然，其他国家会趁机来瓜分赵国。赵国现在是自身难保，怎么可能图谋秦国呢？所以说，虞卿是只知其一、不知其二啊！希望大王就这样决定下来，不要再考虑了！”

虞卿听说了楼缓的话，马上前往拜见赵王：“楼先生用这样的计谋来帮助秦国，赵国可就危险了啊！照他那样做，只能使天下人更加迷惑，却根本不可能平服秦国的野心！况且，我说不割地给秦国，并不是仅仅不给就了事。大王可以把六个县城送给齐国，齐国是秦国的大敌，得到六个县城，肯定会与大王合力攻秦。大王失去六个县城，却可以从秦国那里取得补偿。这样，齐、赵两国的深仇大恨就可以报了，还能向天下显示赵国是有所作为的。大王只要把联合齐国的想法张扬出去，秦国就会带着重礼来向大王求和。大王可以顺从秦国的意思，与它讲和。秦赵一讲和，韩国和魏国就会尊重大王；尊重大王，就会拿出贵重的财宝争先献给大王。这样，大王就可以与齐、韩、魏三国结盟，彻底改变自己的地位。”

赵王思之再三，觉得还是虞卿有道理，就派虞卿去会见齐王，跟齐王商讨对付秦国的办法。虞卿还没回国，秦国的使者就来到了赵国，请求议和。楼缓听说后，马上逃离了赵国。赵王感激虞卿料事如神，挽救了国家，就把一个县城赐封给虞卿。

第五十章
魏公子列传

中国历史名著文库

信陵君窃符救赵

魏公子无忌，是魏昭王的小儿子，魏安釐王的同父异母弟弟。魏昭王去世后，安釐王继位，封公子为信陵君。

信陵君为人仁慈厚道，礼贤下士，对所有士人都能以礼相待，从不因为自己的富贵而怠慢别人。因此，方圆几千里之内的士人，都争相归附，以至食客三千。当时，诸侯各国因为信陵君贤能，门客又多，所以十多年来不敢侵犯魏国。

有一次，信陵君跟魏王下棋，从北方边境传来了烽火警报，说："赵国侵略军来了，快到边界啦！"魏王马上抛开棋盘，想要召集大臣商议对策。信陵君劝止魏王说："赵王只是打猎而已，不是入侵。"两人于是就接着下棋。可魏王还是担心，心不在焉。过了一会儿，又从北方传来消息说："赵王只是打猎而已，不是侵掠。"釐王听了，非常吃惊，说："公子为什么猜得这么准？"信陵君回答："我的门客里面，有人能够打听到赵王的秘密行动，赵王的所作所为，门客总是把它报告给我，所以我了解情况。"

从此以后，魏王开始担心信陵君的贤能，不敢把国家大事委任给他。

魏国有个隐士，名叫侯赢，七十岁了，家里很穷，担任大梁城的看门人。魏公子听说有这么一个人，就前往访问，要赠送财物给他。侯赢不肯接受，说："我修身养性几十年，总不能因为自己太穷，就接受公子的财物。"

信陵君于是回府，摆设酒席，大宴宾客。客人坐定之后，信陵君带着车马，空着车子左边的座位，亲自到城门去迎接侯赢。侯赢整了整破旧的衣帽，好不谦让地上车就座，还坐在上位，想借此来观察公子的态度。信陵君握着马缰绳，显得更加恭敬。

侯赢又对信陵君说："我有个朋友，叫做朱亥，在市场的屠宰

场里干活，希望能委屈您的车马，让我去看看他。”信陵君于是驾车到市场里，侯嬴下车去会见朱亥，说个没完，暗中观察公子的反应。只见信陵君毫无怨言，脸色更加温和。当时，魏国的将相、王族、宾客，济济一堂，正在等着信陵君回去举杯祝酒；而信陵君却站在市场里，拿着马缰绳，听侯嬴唠叨；随从人员很气愤，都暗地里咒骂侯嬴。侯嬴看到魏公子的脸色始终不变，于是就辞别客人，登上车子。

来到宴会上，信陵君领着侯嬴坐在上位，并一一介绍宾客，宾客都很吃惊。酒喝得酣畅淋漓的时候，信陵君起身，专门来到侯嬴面前敬酒祝福。侯嬴感激，对魏公子说：“今天我侯嬴也太难为公子了。我只是个看城门的人，而公子却亲自驾着车马，大庭广众之下迎接我。我本不该去访问客人，却故意委屈公子的车马去拜访他。我想成全公子的美名，故意让车马等了我那么长时间，借此观察公子，发现公子更加恭敬，真的让我感动。市民都以为我侯嬴是小人，而把公子看作是礼贤下士的长者。”酒席至此结束，侯嬴从此成了信陵君的上宾。

侯嬴对信陵君说：“我所访问的屠夫朱亥，是个有才能的人，可是世人并不了解他，所以他才隐居在屠宰场里。这个人值得招纳。”信陵君于是多次前往拜访朱亥，可是朱亥从不回访致谢。

魏安釐王二十年，秦昭王在长平大败赵军，又顺势围攻赵都邯郸。信陵君的姐姐，是赵惠文王的弟媳，她多次送信给魏王和信陵君，请求援助。魏王派将军晋鄙带领十万军队去援救赵国。秦王派使者警告魏王说：“我占领赵国，易如反掌，要是谁胆敢援救赵国，那我攻下赵国以后，马上就调转军队，先进攻它。”

魏王害怕起来，派人让晋鄙停止进军，驻扎在邺县，名义上还是救援赵国，实际上是只看不战。赵国危急，赵王不停地派出使者来求援，还责备信陵君说：“我赵胜之所以要高攀您，跟您缔结婚姻关系，是因为您重义气，又能重视别人的难处。现在我危在旦夕，而魏国的救兵迟迟不来，您的义气跑到哪里去了？再说，即使您不把我赵胜当回事，任凭我去投降秦国，那您也应该为自己的姐姐考虑考虑呀！”

信陵君为此伤透了脑筋，多次请求魏王，并让自己的门客千方百计地游说魏王。魏王害怕秦国，始终不肯听从。信陵君估计，这样下去，终究还是不能得到魏王的帮助，但是信陵君又不愿赵国灭亡，于是就请宾客套了一百多辆车马，想率领宾客冲入秦军阵地，跟赵国共存亡。

信陵君带队经过城门，见到了侯嬴，就把要跟秦军决一死战的事情告诉了他。侯嬴说："公子自己努力吧，可惜老臣我不能随从。"信陵君走了几里路，心里不愉快，心想："我对侯先生够周到的了，天下谁人不知？可是如今，我就要死掉了，他连一言半语的话都没送给我，是不是我做错了什么事？"于是，信陵君又调转马头，追问侯嬴。

侯嬴正等着信陵君，一见到信陵君回来，就笑着说："我就知道您会返回来的！"随后接着说："您喜爱士人，美名传遍天下。

现在有了急难，不好好想想办法，却想冲入秦军阵地，白白送死，这有什么用呢？要是这样死掉，又何必供养门客呢？”

信陵君拜了两拜，请教侯嬴该怎么办。侯嬴支开了旁人，单独对信陵君说：“据说，晋鄙的兵符，总是放在魏王的卧室里。如姬最受宠幸，可以在魏王的卧室里进进出出，可以偷到兵符。我还听说，如姬的父亲被人谋杀，如姬怀恨三年，很多人都想替她报杀父之仇，但没有人能找到杀害他父亲的仇人。而信陵君您找到了那个仇人，把他的头进献给了如姬。如姬感戴您，即使替您去死，也不会推辞，只是还没有找到机会罢了。您如果开口请求如姬帮忙，她肯定会答应，那么您就能得到虎符，就可以夺取晋鄙的军队，然后带领军队去救援赵国、击退秦军。这可是五霸一样的功业啊！”

信陵君听从了侯嬴，请求如姬帮忙。如姬果然偷了晋鄙的兵符给他。

信陵君出发时，侯嬴说：“将军在朝外，君命有时可以不接受，为的是国家的安全。公子如果合了兵符，但晋鄙还是不愿意把军队交给您，那就危险了。我的朋友朱亥可以跟您一起去，这人是个大力士。晋鄙如果能听从，那就万事大吉；如不能，就让朱亥杀掉他。”信陵君听了，不禁落泪。侯嬴问：“公子怕死吗？为什么哭呢？”信陵君说：“晋鄙是一位叱咤风云的老将，恐怕他不会听从我，那就必然要杀他。我因此而哭泣，怎么会是怕死呢？”

信陵君于是请求朱亥同行，朱亥笑着说：“我只是市场里操刀的屠夫，公子却多次亲自上门问候。我之所以从不回访致谢，是因为那都是些小礼节，用不着讲究。如今您真的用得着我了，我怎么会不为您效命呢！”于是朱亥就跟信陵君一起出发了。

信陵君又去向侯嬴告别。侯嬴说：“我本来应当随从您，可是我年老不中用了。我可以留在这里，计算您的行程，等您到了晋鄙军营的那一天，我就面向北方自刎，来报答公子！”

信陵君到了邺县，假托魏王的命令代替晋鄙领兵。晋鄙合了兵符，总觉得这件事可疑，盯着信陵君的眼睛说：“我带领十万大军，驻扎在国境上，这是国家交给我的重任。现在您独自驾车来接替我，这到底是怎么回事？”晋鄙越想越怀疑，不想交出兵权。

当时朱亥在场，衣袖里藏着四十斤重的铁锤，看到晋鄙怀疑，就掏出铁锤，杀了他。信陵君于是取得了兵权。随后，他整编全军，发布命令说：“父子都在军营里的，父亲回家；兄弟都在军营里的，为兄的回家；独生儿子没有兄弟的，回家养亲。”最后，信陵君得到精兵八万，进攻秦军。秦军看到强兵来临，就解除包围撤退了。信陵君终于解救了邯郸，保存了赵国。赵王和平原君亲自到边界迎接信陵君，平原君背着箭袋在前面给信陵君引路。赵王拜了两拜说：“自古以来，没有哪个贤人能赶得上公子。”

信陵君和侯嬴分别以后，到达军营时，侯嬴果然面向北方自刎了。

魏王怨恨信陵君偷他的兵符，还假托命令杀死晋鄙，信陵君自己也知道。所以，在击退秦军、保存赵国以后，信陵君就派了一个将领，把军队带回魏国，而自己和宾客留在了赵国。赵孝成王感激信陵君，就跟平原君商议，要把五个县城赐封给信陵君。信陵君听说这件事后，并不推辞，流露出了当之无愧的神色。

宾客们见了，就有人劝说道：“有的事情不能忘记，而有的则应该忘记。别人对公子有恩，公子不可忘记；公子对别人有恩，希望公子能忘记它。况且，公子窃符救赵，对赵国来说虽然有功，但对于魏国来说，公子就不是忠臣了。可是公子却骄傲地把这件事当作自己的功劳，这样似乎不妥。”信陵君听了，立即责备自己，感到无地自容。

赵王对信陵君非常恭敬，每次信陵君来，赵王都亲自打扫台阶，亲自迎接，指引他走西边的台阶。而信陵君则总是谦让地侧着身走，从东边的台阶上去。每次与赵王聊天，信陵君也总是陈述自己的罪过，认为自己既辜负了魏国，对赵国也没有什么功劳。

赵王陪信陵君喝酒聊天，一直到傍晚，避而不谈献出五个县城的事，因为信陵君太谦让了，赵王无法开口。最后，信陵君留在了赵国，赵王对他非常优待。

重回魏国

赵国有两个隐士，一个叫做毛公，是个赌徒，还有一个叫做薛公，是个卖酒的。信陵君很想拜见这两个人，可是两人躲了起来，不肯见他。信陵君打听到了他们的住处，就偷偷地步行前去，跟两人交往，相处得非常融洽。平原君听说了这件事，对夫人说："当初，我听说你弟弟信陵君贤能之极，天下无双，可是现在，他竟然跟赌徒和卖酒的人打成一片。原来他只是个糊涂人而已！"平原君夫人把这些告诉了信陵君。

信陵君听了，很遗憾地说："当初，我也听说平原君贤能，所以才辜负了魏王而救援赵国，来帮助平原君。但是现在我才明白，平原君爱好交游，只不过是用来装潢门面而已，并不是真的要寻求贤士。我在魏国的时候，就时常听说毛公和薛公贤能，到了赵国以后，还担心见不到他们。我跟他们交往，还怕他们不要我呢！可是平原君呢，竟然把跟他们交往看作耻辱！唉，看来平原君才是不值得交往。"于是就整理行装，准备离开赵国。

平原君听说了这些话，就脱掉帽子来谢罪，坚决挽留信陵君。平原君的门客听说了这件事，也纷纷跑来归附信陵君。此后，天下士人又络绎不绝地前往归附信陵君。

信陵君在赵国住了整整十年。秦国知道信陵君不在魏国，就马不停蹄地前来进攻魏国。魏王没有办法，就派人去请信陵君回国。信陵君总是担心魏王会陷害他，不愿回去，而且还告诫门客说："有谁敢替魏王说话，一律处死！"宾客们很多都是背弃魏国来到赵国的，所以也都不去劝他回国。

这时候，毛公和薛公两人去见信陵君说："您之所以在赵国受到重视，是因为有魏国存在。现在秦国进攻魏国，魏国危急，而公子袖手旁观，假如秦军攻占魏国，毁坏先王的宗庙，那么公子还有什么脸面活下去呢？"话还没有说完，信陵君就变了脸色，吩咐手下准备车马，马上起程回去解救魏国。

魏王见到信陵君，两人感慨万千，相对哭泣。然后，魏王任命信陵君为上将军。各国听说信陵君担任上将军，马上就派军来救援魏国。信陵君统率五国军队，在河外打垮了秦军，赶走了秦将蒙骜。之后，联军乘胜追击，把秦军驱逐到函谷关，秦军从此不敢出关。当时，信陵君名震动天下，各国宾客踊跃进献兵法，信陵君都给它们题名，后世总称为《魏公子兵法》。

秦王害怕信陵君，就带了一万斤黄金，偷偷来到魏国，找到了以前晋鄙的门客，让他们在魏王面前毁谤信陵君说："信陵君在外流亡十余年，现在担任魏国的上将军，各国将领都服从他，各国只听说信陵君，没听说魏王。信陵君想趁这个时机称王，各国害怕他的声威，正想一起拥立他呢！"不但如此，秦国还多次派人施行反间计，假装来祝贺公子，然后就问："信陵君能立为魏王吗？"魏王每天都听到这些诽谤的话，就相信了。于是，信陵君被罢免了上将军的职位。

信陵君知道自己已经失去了魏王的信任，就借口有病，不再上朝，而是跟宾客通宵达旦地饮宴，纵情声色。四年之后，信陵君弄坏了身体，病死了。

秦国听说信陵君去世，马上就派蒙骜来攻打魏国，占领了二十个城邑。从此以后，秦国逐渐蚕食魏国，十八年后俘虏了魏王，彻底消灭了魏国。

汉高祖刘邦还没有起事的时候，多次听说信陵君的故事。等到就任天子以后，每次经过大梁，都祭祀信陵君。又过了几年，高祖特意吩咐五户人家，专门给看守信陵君的坟墓，而且世世代代都正式祭祀他。

第五十一章

春申君列传

中国历史名著文库

巧舌退秦舍身保主

春申君是楚国人，姓黄，名歇。

黄歇曾经游学各地，见多识广，所以被楚顷襄王派去出使秦国。当时，秦昭王已经征服了韩国和魏国，正准备联合韩国和魏国，一起攻打楚国。黄歇到了秦国之后，立刻上书劝说秦昭王：

当今天下，没有比秦、楚两国更强大的国家了。而大王攻打楚国，就好像两虎相斗，必然两伤，其结果，就是让别人乘虚而入，占了我们的便宜。因此，不如善待楚国。请允许我详细陈述其中的道理。

我听说，物极必反，冬夏换季就是这样；达到了极点就危险，堆积棋子就是这样。如今秦国的土地，遍及天下，面积之大，前无古人。可以说，大王现在的业绩已经达到了极点，不宜再做过多的打算了。

大王的当务之急是保持这种功绩、守住自己的威势，收敛吞并别国的野心，用仁义之心来抚慰天下，以免后患。如果大王倚仗军队的强大，想用武力臣服天下诸侯，恐怕会有后患。很多事情都是这样，虽然有个好的开头，但很少能够有个好结果。希望大王您能够善始善终。而要善始善终，就需要您小心谨慎，分清敌友，把握轻重，不要轻易动作。

楚国是秦国的好朋友，而韩国和魏国是秦国的敌人。可是，大王现在竟然相信韩国和魏国，真是不可思议，就像当初吴国相信越国一样。韩国和魏国表面上顺从秦国，但实际上却是想欺骗大王。为什么这么说呢？因为，秦国对于韩国和魏国，从来就没有过什么恩德，却留下了多年的仇恨。近十代以来，韩国和魏国深受秦国之苦，不知道多少父子兄弟死在秦国手下。国家被攻打，宗庙遭毁灭，人民剖腹断肠，体无完肤，身首异处，荒郊野外到处

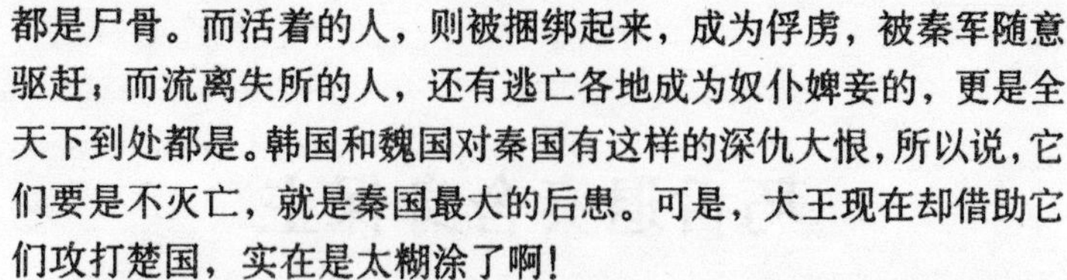

都是尸骨。而活着的人，则被捆绑起来，成为俘虏，被秦军随意驱赶；而流离失所的人，还有逃亡各地成为奴仆婢妾的，更是全天下到处都是。韩国和魏国对秦国有这样的深仇大恨，所以说，它们要是不灭亡，就是秦国最大的后患。可是，大王现在却借助它们攻打楚国，实在是太糊涂了啊！

再说，大王要攻打楚国，从哪里出兵？大王准备向仇敌韩国和魏国借路吗？如果这样，恐怕秦国军队只能是有去无回，还没碰到楚军，就已经被韩国和魏国消灭掉了。大王如果不向仇敌韩国和魏国借路，就只能攻打随水右边的地带。而那一带，都是无边的河水，还有一点不毛之地。大王即使攻占了它，也不能算是得到了土地。这样，大王虽然有了打败楚国的虚名，却并不能真正得到土地。

况且，秦国和楚国交战的时候，都会自顾不暇，那么韩魏齐等国就会趁机出兵，四处攻城略地，占我们的便宜。那样的话，大王即使打败了楚国，也不能使自己更强大，因为韩国、魏国和齐国已经趁机强大起来了，它们越强大，秦国就会越弱小！

替大王着想，秦国应该友好地对待楚国，两国联合，来对付韩国和魏国。韩国和魏国比较弱小，很快就可以顺从秦国。这时候，秦楚两国就可以动用兵力，去向齐国索取土地，两个大国强兵压境，齐国肯定不得不割地求和。这样一来，大王的土地就可以横跨中国东西，拦腰切断天下，这样就可以控制所有的国家，那么大王的霸业就成了！

秦昭王很兴奋："说得好！"马上就传令撤军，并且辞退了韩国和魏国。随后，还派遣使臣贿赂楚国，相约成为盟国。

黄歇回到楚国后，又与楚国太子完一起，被派到秦国做人质，在秦国住了好几年。

楚顷襄王病了，太子完却在秦国做人质，不能回去探望。太子完跟秦国宰相应侯关系比较好，于是黄歇就找到应侯说："您真的和楚太子相好吗？"应侯说："是的。"黄歇说："如今楚王重病，恐怕凶多吉少。秦国应该让楚太子回国。太子如果能够继位，那么他肯定会厚待秦国，并永远感激您。如果不让太子回国，那么别人就会继位为楚王，那么太子就只是流落在秦国的一个平民罢了，扣留他也没什么用处。楚国要是另立别人，必定不会服事秦国。所以，要是不让太子回国，那就会失去盟国、断绝了两个大国首脑之间的友谊，这样做可太不明智了！”

应侯把这些话传达给了秦王，秦王说：“让楚太子的师傅先去探问楚王病情，等他回来以后，再根据情况考虑怎么办。”

秦王没有上当，于是黄歇偷偷对楚太子说：“大王如果寿终，而您不在国内，那么阳文君的儿子一定会被确定为继承人，那您就没有机会了。不如逃离秦国，跟使臣一道出去。我可以留下来，用性命抵罪。”

楚太子于是换了衣服，扮作楚国使臣的车夫，逃出了关口。而黄歇留守在秦国，估计太子已经走远，没什么危险了，就亲自对秦昭王说：“楚太子已经回国，出关很远了。我该死，我愿以死受

罚。”

秦昭王非常愤怒，想让他自杀。应侯说：“黄歇作为人臣，能以死报效主子，实在难得。如果太子继位，他肯定会重用黄歇。所以，不如让他回国，借此与楚国搞好关系。”秦昭王听了，认为有道理，就派人送黄歇回国。

黄歇回到楚国不久，顷襄王就去世了，太子完继位，这就是考烈王。考烈王一即位，马上任命黄歇为宰相，封为春申君，赐给他淮北地区十二个县。十五年后，春申君黄歇对楚王说：“淮北地区邻近齐国，那里很关键，把它设为郡更合适。”随后，献出了自己的十二个县，请求封到江东。考烈王答应了他。

当断不断反受其乱

考烈王没有儿子，春申君很忧虑这件事，找了很多会生育的妇女进献给他，但无济于事。

赵国人李园带着自己的妹妹，来到了楚国，想把她进献给楚王。后来，李园听说楚王不会生小孩，担心妹妹以后会失宠，就开始想别的主意。

李园四处活动，最后做了春申君的家臣。服事春申君之后不久，李园请假回家，故意延误期限。回来之后，马上去觐见春申君，春申君问他的情况，他回答说：“齐王派使者求聘我妹妹，我陪那个使者饮酒，因此才延误了期限。”

春申君问：“齐王送彩礼了吗？”

李园回答：“还没有。”

春申君说：“可以让我看看你妹妹吗？”

李园答：“当然可以。”

于是，李园献上他妹妹，立即受到了春申君的宠幸。过了一段时间，李园知道妹妹怀有身孕后，就跟他妹妹商量。商量好了之后，李园的妹妹就去劝说春申君："楚王对您的尊重和信任，即使是亲兄弟也比不上。现在您作楚国的宰相已经二十多年了，位高权重，但是恐怕这种情况不会太长久。楚王没有儿子，他一旦去世，就只能另立兄弟；而另立的国君，肯定会重用他自己的亲信，那您就会被冷落。不仅这样，您受重用和掌权的时间长，对楚王的兄弟不可能没有一些失礼的地方，他们一旦继位，肯定就会报复您，那您可就太危险了。现在我已经有身孕了，但别人不知道。如果凭您的显贵，把我进献给楚王，楚王一定会宠幸我；如果老天保佑，让我生个儿子，那么您的儿子就会当王，就可以君临楚国。您看这样好不好呢？"

春申君完全同意她的看法，便让她搬出了自己的宅邸，然后禀报楚王。楚王召她进宫，几个月后生下一个男孩，被立为太子，李园的妹妹于是成为皇后。李园也受到了楚王的重用，执掌国家

大事。

李园得势之后，害怕春申君泄密，就暗地里收养亡命之徒，想要杀掉春申君灭口。

春申君担任宰相的第二十五年，考烈王病了。朱英暗示春申君说："人世间有不期而至的幸福，又有不期而至的灾祸。现在您处在不期而至的时代，侍奉不期而至的国君，怎么可能没有不期而至的人呢？"

春申君问："什么叫不期而至的幸福？"

朱英答："您担任楚国宰相二十多年了，名义上是宰相，实际上却是楚王。现在楚王病了，要不了多久就会去世，您就要辅佐幼主，代替他执掌国政，就像当初的伊尹和周公一样，等国王长大了再把政权还给他，这不就等于称王于楚国吗？这就是不期而至的幸福。"

春申君又问："那什么叫不期而至的灾祸？"

朱英答："李园是您的仇人，早就在收买亡命之徒了。楚王一去世，他必定抢先入宫掌权，并要杀您灭口，这就是不期而至的灾祸。"

春申君再问："什么是不期而至的人呢？"

朱英回答："您可以安排我担任郎中，楚王一去世，李园必定先入宫，我可以替您杀掉李园。我就是不期而至的人。"

春申君听到这里，以为朱英是为了当官，就说："您还是放弃这种想法吧！李园是个软弱的人，又和我很好，怎么可能到这一步！"朱英的话没被采用，害怕夜长梦多，就马上逃离了楚国。

十七天后，考烈王去世，李园果然先入宫廷，让亡命之徒埋伏在宫门以内。春申君一进宫门，就遭到刺杀，被砍掉了头，抛弃在宫门之外。随后，李园又派人杀掉了春申君一家老小。

过了一些年，李园的妹妹所生的儿子登位，这就是楚幽王。楚幽王登位的时候，春申君已经断绝香火很多年了。

第五十二章

范雎蔡泽列传

中国历史名著文库

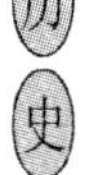
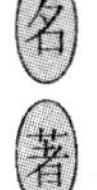

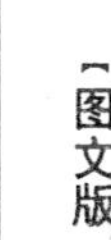

忍辱负重一步登天

范雎是魏国人，字叔。他本想侍奉魏王，但因为家里贫穷，连自己也养不起，只好先在魏国中大夫须贾手下任职。

魏昭王派须贾出使齐国，范雎也跟了去，在齐国逗留了好几个月。齐襄王听说范雎能言善辩，就派人赏赐范雎十斤黄金，还有一些牛肉、酒食，范雎坚决辞让，不敢接受。须贾知道了这件事，以为范雎把魏国的秘密泄露给了齐国，所以才得到这些礼物。回国以后，须贾把这件事告诉了魏国的宰相魏齐。魏齐非常气愤，让家臣鞭打范雎，打断了肋骨，牙齿也打掉了。范雎假装已经断气，魏齐就叫人用席子把他卷起来，扔在厕所里。那些喝醉酒的宾客们听说了，都跑过来看，轮流把小便撒在范雎身上，故意侮辱他，借此警告后人不要乱说话。

大家走开以后，范雎从席子中爬了出来，对看守说："如果您能放了我，日后一定重重答谢！"看守于是找到魏齐，请求放了席子里的死人。魏齐当时喝醉了，就随便地说："好吧，好吧！随便你！"范雎于是得以脱身。后来魏齐清醒了，派人到处搜捕他。魏国人郑安平听说了这件事，就带着范雎逃跑，藏了起来。从此以后，范雎改名换姓，叫做张禄。

当时，秦昭王的使者王稽正在魏国，郑安平就乔装打扮成兵卒，侍候王稽。王稽对郑安平说："我想到西方各国游历，魏国有没有贤人，可以跟我一同前往？"郑安平说："我有个老乡，叫做张禄，想会见您，谈论天下大事。他有仇人，所以不敢白天来见您。"王稽说："那好，夜里您跟他一道来。"晚上，郑安平带着范雎一起去见王稽。刚谈了一会儿，王稽就看出了范雎的贤能，于是与他约定了下次见面的时间地点，然后就离开了。

王稽告别了魏国，用车子载着范雎回秦国。到了湖关的时候，

远远看到有车马从西边来。范雎问："那边来的人是谁？"王稽答："是秦国宰相穰侯，他到东部巡视县邑。"范雎说："我听说穰侯独揽秦国政权，厌恶各国说客，这个人恐怕不会喜欢我，我还是先藏起来的好。"过了一会儿，穰侯车马到了，王稽就停下车来与他交谈。穰侯问王稽："您该不会带着诸侯国的说客一起来吧？他们一点好事不干，就会扰乱别人的国家，最可恨！"王稽忙说："不敢！不敢！"

两人随便聊了几句，很快就各奔东西。穰侯走后，范雎对王稽说："穰侯是个很聪明的人，只是不能雷厉风行。刚才他怀疑车子里有人，却忘记搜索了。"随后，范雎就下车步行，说："穰侯肯定会后悔！他会再来的。"走了十几里之后，穰侯果然派骑兵回头搜查车子，见果真没人，只好作罢。于是王稽和范雎顺利地进入了咸阳。

回到咸阳，王稽马上进宫，向秦昭王汇报工作。随后，王稽向昭王说："魏国有位张禄先生，是天下最能言善辩的人。他告诉我说：'秦国已经危如累卵，我可以解决危机，具体计谋要当面告诉秦王。'我看他不像是胡说，就用车子把他带回来了。"秦王并不重视这件事，但还是让范雎住了下来，用粗劣的饭菜招待他，很快，一年多过去了。

当时，秦昭王已经登位三十六年，厌恶天下说客，对他们根本不感兴趣。

穰侯和华阳君是秦昭王母亲宣太后的弟弟，而泾阳君和高陵君都是秦昭王的同母弟弟。穰侯当宰相，其余三人轮流当将领，都有封地，因为太后的偏爱，这四个人的财产比王室还多。后来，穰侯想越过韩国和魏国去攻打齐国，目的是扩大自己的封地。

范雎看到这种情况，就上书给秦昭王：

我听说，想让个人富裕，需要向国家索取，想让国家富裕，需要向诸侯索取。所以，如果君王英明，那么大臣就不可能太富裕。为什么呢？因为他们一富裕，就会篡权。更详细深刻的话，我不敢写在书面上；而浅薄的话，又不值得写给大王；所以，我在这封信上就不多说了。

我一直在想，大王从不召见我，是因为我愚蠢呢，还是因为大王轻视那推荐我的人？如果不是这样，那么希望大王能抽出时间见我一面。只要我说一句废话，就请杀掉我！

秦昭王于是派人去召见范雎。

秦王屏退了左右臣子，宫里空无一人。然后，秦王非常恭敬地问范雎："先生有何见教？"

范雎说："嗯嗯。"

过了一会儿，秦王又问："先生到底有何见教？"

范雎说："嗯嗯。"

一连三次都是这样。秦王奇怪："难道先生不肯指教？"

范雎说："臣不敢！想当年，吕尚遇到周文王的时候，只是个渔翁。因为他见解深刻，所以被周文王重用，终于称王于天下。假如周文王没有诚意，不跟吕尚深刻交谈，那么周文王就无法成就大业。如今呢，我是一个旅居外地的臣子，希望竭尽忠诚、为您效劳，但不知大王有无诚意。这就是为什么大王三次发问，我却没有回答的原因。"

秦王长跪说："先生这是什么话呢？秦国偏僻遥远，我也没有什么才能，幸蒙先生到来，使我得以向先生领教。希望先生畅所欲言，不要怀疑我！"

范雎听了感动，跪拜表示感谢，秦王也跪拜还礼。

范雎说："大王的国家，四周都有要塞，一夫当关、万夫莫开，地势险要，可攻可守，这是称王称霸的地形。而且，人民勇敢善战，这也是称王称霸的条件。凭着这些条件，要对付诸侯国，简直是易如反掌，称霸当王的大业马上就可以实现。但是，直到现在，秦国没有称王，是因为群臣还不够称职。现在秦国已经闭关十五年了，不敢向山东各国用兵，最主要的原因就是穰侯对秦国还不够忠诚，另外，大王也有失误的地方。"

秦王长跪说："愿闻其详！"

范雎说：

"穰侯越过韩国、魏国去攻打齐国，这很失策。要是出兵太少，就无法伤害齐国，要是出兵太多，秦国的负担就太重了。这在策

略上有问题。从前，齐闵王曾经向南攻打楚国，打败了楚军，杀死了楚将，攻占了方圆千里的土地，可是最后呢？齐国攻占的地方，连一尺一寸也没有保存下来。难道是齐国不想占有这些土地吗？不是的，是形势不允许它占有。当时，各诸侯国看到齐国疲惫，就起兵攻打齐国，打败了它，所以，齐国劳民伤财、死了不少士兵，最终却一无所获。齐国之所以这么失败，是因为它虽然攻打了楚国，却让利给了韩国、魏国。这就是所谓借兵器给敌人、送粮食给盗贼。为了避免这种失策，大王不如结交远邦而进攻近邻，这样，得到寸土就是大王的寸土，得到尺地也是大王的尺地。可是，您现在却放弃近邻，而去进攻远方的国家，这不是很荒谬吗？现在韩国和魏国地处中原，又是天下的枢纽，大王如果想称霸，一定要亲近中原地区的国家，成为天下的枢纽，以便威胁楚国和赵国。要是楚国强盛，我们就联合赵国；要是赵国强盛，我们就联合楚国。楚国和赵国与我们的关系好了，那么齐国一定害怕。齐国一害怕，必然会主动讨好秦国。而齐国一归附秦国，韩国和魏国就不得不归附秦国了。”

昭王说：“其实，我早就想把魏国拉过来。但魏国是个多变的国家，无法亲近。请问我该怎么办？”

范雎回答说：“大王可以和颜悦色对待它，用贵重的礼物去讨它欢心；不行的话，就割让土地贿赂它；再不行，就出兵攻打它。”

秦王听取了范雎的意见，派人攻打魏国，攻占了两个城。

在以后的几年中，范雎越来越受到秦王的宠幸。范雎看时机成熟了，就找机会游说秦王：

“我在山东时，只听说齐国有田文，没听说齐国有齐王；只听说秦国有太后、穰侯、华阳君、高陵君、泾阳君，没听说秦国有秦王。什么是王呢？独揽国家大权才叫作王，能够兴利除害才叫作王，能够掌握生杀予夺的大权才叫作王。现在的秦国，太后独断专行，肆无忌惮；穰侯出使国外，都不来跟大王您说一声；华阳君、泾阳君等人对法律视若无睹；高陵君任免官吏，记不起要向大王请示。他们已经掌握了为王的四种大权，这样下去，政权怎能不旁落，大王怎能长治久安呢？

“善于治国的，应该对内巩固自己的威信，对外重视自己的权力。现在穰侯出使国外，总是借助大王的威权，对诸侯各国发号施令，想打谁就打谁。如果打胜，那么利益是他的，要是打败，就归罪于诸侯各国，把战祸抛在百姓身上。臣子尊贵，君主就会卑微，现在穰侯尊贵，将置大王您于何处？

“臣子祸害君王，古已有之。想当初，崔杼、淖齿掌管齐国的时候，崔杼射伤了齐庄公的大腿，淖齿抽掉了齐闵王的筋骨，把他吊在房梁上，很快就折磨死了。李兑掌管赵国的时候，把主父囚禁在沙丘，活活饿死了。

“现在的秦国，太后和穰侯当权，高陵君、华阳君和泾阳君辅佐他们，终究会取代秦王您啊！这些人和淖齿、李兑是一类人啊！再说，夏、商、周三代之所以灭亡，就是因为君主把政权完全交给臣下，自己吃喝玩乐，不理政事。而那些大臣，为了他们

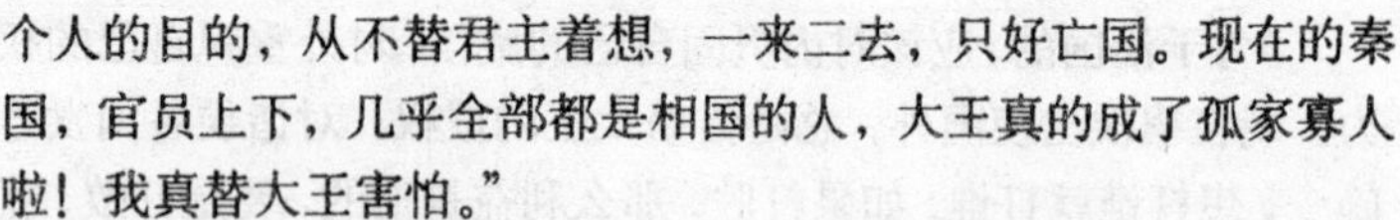
个人的目的，从不替君主着想，一来二去，只好亡国。现在的秦国，官员上下，几乎全部都是相国的人，大王真的成了孤家寡人啦！我真替大王害怕。”

秦昭王听了这话，大为惊恐。于是立即废掉太后，把穰侯、高陵君、华阳君和泾阳君驱逐到关外。然后，任命范雎为宰相，并把应城封给他，号称应侯。

君子报仇十年不晚

范雎担任了秦国的宰相，仍然被秦国人称为张禄。魏国人不知道张禄就是范雎，以为他早就死掉了。这时候，秦国准备讨伐韩国和魏国，魏国听说了，就派须贾到秦国活动。范雎听说须贾来到了秦国，就穿上破衣服，偷偷走小路去会见他。

须贾见到范雎，非常吃惊地说：“哎呀，范叔原来平安无事啊！”

范雎答：“是啊。”

须贾笑道：“范叔是来游说秦国的吗？”

范雎说：“不是。我范雎得罪了魏国宰相，所以才逃亡到这里，怎敢游说呢？”

须贾问：“现在范叔以什么为生？”

范雎说：“我给人家做雇工。”

须贾可怜他，就留他吃饭，感慨说：“唉，范叔怎么竟然贫寒到这种地步！”随后就拿出自己的一件厚绸袍子来送给他。过了一会儿，须贾问道：“秦国宰相张先生，是个什么样的人？您了解他吗？据说他很受秦王宠幸，国家大事都由他决定。现在我能不能办成事，也得靠张先生。你有跟张先生熟悉的朋友吗？”

范雎说：“我家主人跟他不错。所以，连我也有机会拜见他，我可以替您引见。”

须贾说："我的马病了，车轴也断了。要是没有四匹马拉的大车，我就决不出门。"

范雎说："那好办，我可以向主人借用一辆四匹马拉的大车。"

范雎回去，带来了四匹马拉的大车，自己亲自驾车，把须贾拉入秦国宰相府。相府里的人看见范雎，都自觉回避。须贾感到很奇怪。到了宰相住所门口，范雎对须贾说："您等着我，我先进去替您通报。"须贾在门口等着，等了很久，还不见范雎出来，就问看门的人："范叔还不出来，他干什么去了？"看门人答："谁是范叔？这里没有范叔。"须贾说："就是刚才同我一道坐车进来的那人啊！"看门人答："那是我们的宰相张先生！"

须贾大吃一惊，明白自己受骗了，就袒露上身，爬着进入相府，向范雎认罪求情。范雎在大堂之上接见了须贾。须贾见到范雎，马上磕头认罪说："我须贾犯了该烹该煮的死罪，是死是活，随您处置，我没有怨言！"

范雎问："你自己说说，你的罪过有多少？"

须贾答："我的罪过太大，再怎么说都不过分。"

范雎说："没那么严重，你的罪状只有三条而已。您从前以为我私通齐国，因而在魏齐面前说我的坏话，这是第一条罪状。魏齐把我扔到厕所里，让我遭受奇耻大辱，可是您不加制止，这是第二条罪状。不仅如此，您喝醉了酒，还往我身上撒尿，您可真是忍心啊！这就是第三条罪状。不过，我可以免您一死，因为您毕竟还有一点老朋友的情谊，而且还送了一件厚绸袍子给我。所以我放过您！"

须贾谢恩，然后回到住处。范雎进宫，向秦昭王报告了这件事，然后让须贾回国。

须贾向范雎辞别，范雎借这个机会大摆筵席，把各国使者都请来，大家一起坐在大堂上，面前都是山珍海味。而须贾被安排在堂下，只给他准备了一盆喂牲畜的豆子，让两个受过黥刑的囚徒夹着他，像喂马一样地喂他。一边喂，范雎一边数落他："转告魏王，赶快拿魏齐的头来！不然的话，我要血洗大梁！"须贾回国之后，把这些话原原本本地告诉了魏齐，魏齐吓坏了，逃跑到赵国，藏在了平原君家里。

范睢担任宰相以后，王稽对范睢说：“有三种事情无法预料，而且让人无可奈何。君王也许会突然去世，这无法预料。您也可能突然死去，这也无法预料。我也可能突然断气，这更是无法预料。如果君王突然去世，那么您尽管替我感到遗憾，也无可奈何。要是您突然死去，那么您尽管替我感到遗憾，也无可奈何。假如我突然死去，那么您尽管替我感到遗憾，也还是无可奈何。”

范睢听了，知道王稽是想趁早封官进爵，但是对他的这种说法很不高兴。不过，他还是进宫对秦昭王说：“如果没有王稽，我进不了函谷关；如果不是大王贤明，没有谁会重视我。现在我的官职达到了宰相，爵位排在了列侯，而王稽的官职还那么低微，这可不是他帮助我的本意啊！”

秦昭王马上召见王稽，任命他为河东郡守。还召见了郑安平，

任命他为将军。这时候，范雎散发了家里的财物，施舍给那些处于困境中的人。对于有恩于自己的人，范雎一定报答；对于与自己有过节的人，范雎也一定报复。

秦昭王想替范雎报仇，他听说魏齐在平原君家里，就虚情假意地写了一封信给平原君："我早就听说您刚正仁慈，希望能有机会跟您结成朋友。如果您能有时间过访我，我会非常荣幸，愿意陪您作十天的长饮。"平原君畏惧秦国，又觉得信写得很真诚，就来到秦国，会见秦昭王。

秦昭王同平原君喝了几天酒，然后对平原君说："从前，周文王得到吕尚，把他当作太公；齐桓公得到管夷吾，把他当作仲父；现在呢，范先生也是我的叔父。范先生的仇人住在您家，希望您能派人回去，拿他的头来；不然的话，我不让您出关。"

平原君说："显贵之后，不能忘了卑微的朋友；富裕之后，不能忘了贫穷的朋友。魏齐是我赵胜的朋友，他现在处境不好，即使住在我家里，我也不会把他交出来。何况，他并不是住在我家里。"

秦昭王无法说服平原君，就写信给赵王说："大王的弟弟平原君现在秦国，范先生的仇人魏齐在平原君家里。请大王马上派人拿魏齐的头来；不然的话，我就起兵攻打赵国，而且不让平原君出关。"赵孝成王见信，马上出兵包围平原君的家，捉拿魏齐。

魏齐连夜出逃，去找赵国的宰相虞卿，虞卿估计自己也说服不了赵王，就解下自己的相印，跟魏齐一道抄小路逃跑。可是跑了没多远，考虑到各诸侯国都不可能马上抵达，就又跑回大梁，想让信陵君帮忙，让他们到楚国避难。

信陵君害怕秦国，不肯接见，还说："虞卿是怎样的人呢？可靠吗？"当时，侯嬴正在旁边，就说："是啊，了解人实在是太不容易啦！当初，虞卿穿着草鞋，打着伞，第一次见赵王，赵王赏赐他一双白璧、一百镒黄金；第二次见面，赵王任命他为上卿；第三次见面，赵王授给他相印，封为万户侯。那时候，天下人都争着了解他。魏齐现在处境艰难，去求虞卿帮忙，虞卿以人情为重，解下相印，放弃荣华富贵，与魏齐一起秘密外逃。虞卿急士人所

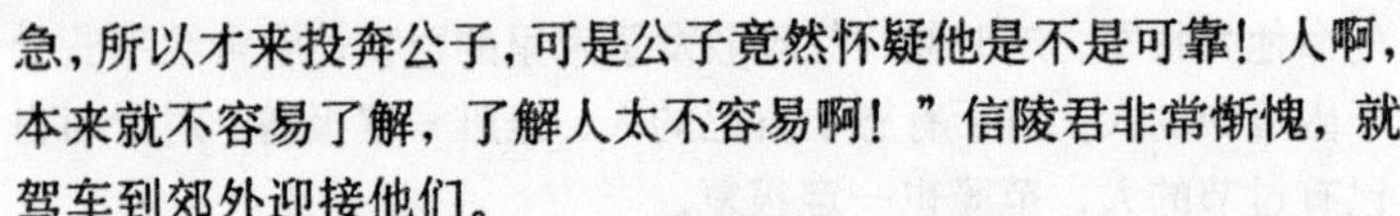

急，所以才来投奔公子，可是公子竟然怀疑他是不是可靠！人啊，本来就不容易了解，了解人太不容易啊！”信陵君非常惭愧，就驾车到郊外迎接他们。

魏齐听说信陵君刚开始并不想见他，很伤心、很愤怒，就拔剑自刎了。赵王听说，马上派人赶过来，割下了魏齐的头，送到秦国。秦昭王于是释放平原君回国。

几年后，秦赵交战，秦昭王采用范雎的计谋，用反间计欺骗赵国，赵国上当，让赵括代替廉颇担任将军，结果，长平一战，赵军大败，紧接着，都城邯郸也被秦军包围。

不久之后，范雎同白起发生冲突，就进谗言杀了白起。随后，范雎举荐郑安平，让他去进攻赵国。郑安平无能，被赵军围困，危急之下，带着士兵两万人投降了赵军。依照秦国法律，举荐别人，如果被举荐的人犯罪，那么举荐人也有罪。所以，范雎应该被卒灭三族。秦昭王不想杀掉范雎，就下令全国：“有谁胆敢谈论郑安平事件，就与郑安平同罪！”不但如此，还赏赐范雎。

两年后，范雎所举荐的另一个朋友王稽叛国，被处死刑。

秦昭王唉声叹气，于是范雎上前说：“君主有忧愁，是臣子的耻辱；君主受耻辱，臣子就应该被处死。大王发愁，我愿意受罚。”

秦昭王说：“楚国深谋远略，士兵也勇敢，我很担心楚国会图谋秦国。我们如果不早作准备，恐怕无法应付楚国啊！现在白起已经死去，而郑安平等人叛变，国内没有良将，而国外多敌国。我因此发愁。”

秦昭王想以此来激励范雎，逼迫他想办法。但是范雎诚惶诚恐，什么办法也想不出来。

蔡泽听说了这件事，就来到了秦国。

勇夺相位全身而退

蔡泽是燕国人，曾经游学各国，到处谋求官职，但总是得不到赏识。蔡泽心灰意冷，就去找唐举看相，说："我听说先生曾给李兑看过相，说他：'百日之内就会掌握国家大权'，后来果然被你说中了。真的有这回事吗？"

唐举说："当然有这回事！"

蔡泽于是问："那你看，像我这样的人怎么样？"

唐举仔细地端详他，然后笑着说："先生鼻子上翘，肩膀高耸，脖子粗短，大脸盘，矮鼻梁，又有点罗圈腿。我听说，人不可貌相，说的就是先生啊！"

蔡泽觉得唐举是在开他的玩笑，就说："我本来就是富贵之人，我只想知道我能活多大年岁。"

唐举说："先生的年寿，从现在起往后，还有四十三年。"

蔡泽很高兴，笑着离开了，然后对他的驾车人说："我端着精米饭，吃着肥肉，骑着骏马，腰里系着绶带，藏着黄金印，在君王面前打拱作揖，这样富贵的日子，四十三年足够了！"

蔡泽高高兴兴地到赵国去，但是吃了闭门羹。又前往韩国、魏国，在路上碰到了强盗，炊具被抢走了。后来，听说范雎举荐的郑安平和王稽在秦国都犯了大罪，范雎很惭愧，蔡泽觉得这是个机会，就来到了秦国。

蔡泽准备拜见秦昭王，先派人去激怒应侯说："燕国游客蔡泽，是当今天下最才华横溢的政治家。要是让他见到秦王，秦王肯定会难为您，然后把您的职位让给蔡泽。"应侯听了，很不服气："三皇五帝的故事，诸子百家的学说，我都已经熟烂于心了；几个人一起跟我辩论，我都能驳倒他们。这个人怎能可能夺取我的职位呢？"

范睢于是派人召见蔡泽。蔡泽进来之后，立即恭敬地作揖问候。范睢本来就心情不好，见到他更是不舒服，就非常傲慢。范睢指责蔡泽说："据说，您扬言要取代我，要当秦国的宰相，有这回事吗？"

蔡泽回答："有这回事。"

范睢说："好吧，让我先听听您有什么见识！"

蔡泽说："历史上的大臣，要说忠诚，没有谁能超过比干。然而，比干却既不能保存殷朝，也无法保存自己；要论明智，没有几个人能比得上伍子胥，可是伍子胥既不能保全吴国，也不能终老全身；要说孝顺，申生是出类拔萃的，可是晋国大乱，他也无能为力。这些都是忠臣孝子，可是国破家亡，自己也不得好死。这是为什么呢？是因为君主不够英明，对老朋友还不够信任。现在您的君主是不是足够仁慈，是不是能够完全信任自己的大臣？您跟他们几个人比起来，谁更有功劳，谁更贤能？"

范睢："我不如他们贤能，我的君主好像也不见得特别仁慈，不见得对我特别信任。"

蔡泽说：

"这就对啦！如今，秦王仁慈不足，而您又没有得到绝对的信任，但是您的俸禄多、职位高，财富与权势都超过了历史上的贤臣。这个时候，如果不主动隐退，恐怕会后患无穷啊！万事万物都是盛极则衰，这是天地间的自然规律。现在您冤仇已报，别人的恩德也已经报答，心愿全部实现，权势兴盛无比。这个时候，您应该考虑引退了。

"如果您不愿意引退，那么请看看以前的例子。

"当初，商鞅替秦孝公申明法令，统一制度，安定人民，加强军事，所以秦国才无敌于天下，成就了霸业；功业完成了，可是商鞅却被五马分尸。

"再说大将白起，率领几万军队就打得楚国溃不成军，攻占楚国那么多城邑，不费吹灰之力；又越过韩魏两国去进攻强大的赵国，活埋了赵括的四十多万士兵，接着又围攻赵都邯郸。从那时候起，楚国和赵国再也不敢进攻秦国，就是因为白起。白起亲身上阵，征服了七十多个城邑，可是，功业完成之后，秦王却赐他宝剑自杀。

“还有楚国的吴起，劳心劳力，耗尽心血，终于安定了楚国的政局，使楚国威镇诸侯；可是，功业完成之后，吴起却身首异处。

“越国的大夫文种，替越王深谋远虑，率领越国上下，团结全国力量，辅佐越王勾践，终于征服了吴国，使越国成为霸主。可是，结果怎样？结果是被越王勾践所杀。

“这四个人，功成而不退，最终弄得死无全尸。这就是人们所说的：‘能伸而不能屈，能进而不能退’。而范蠡就明白这一点，回避了世俗，发他自己的财，终老天年。

“现在您作秦国的宰相，功劳已经达到了极点，该考虑引退了。如果这个时候还不隐退，弄不好就会步商鞅、白起、文种等人的后尘。如果您在这个时候归还相印，让贤能的人来接替自己，

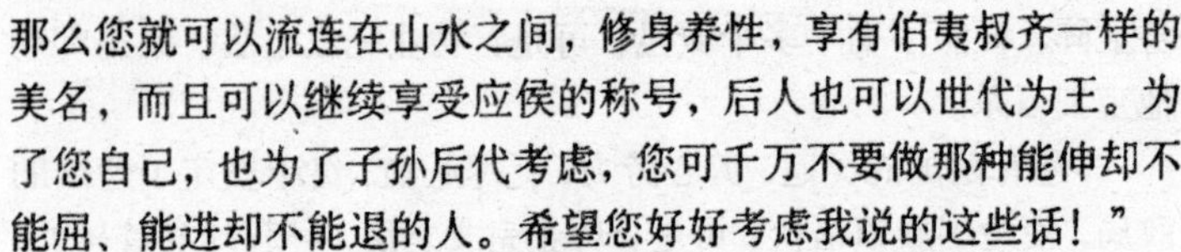

那么您就可以流连在山水之间，修身养性，享有伯夷叔齐一样的美名，而且可以继续享受应侯的称号，后人也可以世代为王。为了您自己，也为了子孙后代考虑，您可千万不要做那种能伸却不能屈、能进却不能退的人。希望您好好考虑我说的这些话！”

范雎听了这一席话，很受触动，马上就把蔡泽奉为上宾。

几天后，范雎上朝，对秦昭王说：“我有个客人叫蔡泽，能言善辩，博学多才，对三皇五帝的事情、春秋五霸的业绩，都了如指掌。我见过的人太多了，没有谁比得上他，我也比不上。您可以把秦国的大事委托给他，他肯定不会辜负您的期望。”

秦昭王于是召见蔡泽，两人一见如故，非常融洽。范雎趁机请求辞去宰相职务，秦昭王坚决挽留，范雎就借口病重，最终免去了相位。他辞职之后，蔡泽作了宰相。

蔡泽担任宰相几个月后，看到有一些人反对他，就托病归还了相印，被封为纲成君。之后，蔡泽在秦国住了十多年，侍奉过昭王、孝文王、庄襄王。最后侍奉秦始皇帝，为秦始皇统一天下贡献了不少力量。

第五十三章

乐毅列传

中国历史名著文库

乐毅伐齐

乐毅是个军事家，起初在赵国做官。后来，赵国发生沙丘之乱，赵武灵王被囚禁身亡，国内一片混乱，乐毅就离开赵国，去了魏国。

燕昭王与齐国有仇，念念不忘要报复齐国。可是，燕国土地狭小，位置偏远，力量也很薄弱，无法制服齐国，所以燕昭王就降低自己的身份，礼贤下士，招徕天下贤人，以图一朝奋起，消灭齐国。正在这个时候，乐毅替魏昭王出使燕国，燕昭王知道乐毅贤能多才，就郑重地接待他，非常恭敬。乐毅推辞、谦让一番之后，知道燕昭王的确是有诚意的，就委身成了他的臣子。

当时，齐国非常强大，在南边打败了楚国宰相唐眜，在西边挫伤了三晋，并同三晋合击秦国，帮助赵国灭了中山，打败了宋国，土地扩大了一千多里。齐国强大，于是齐闵王就很张狂，与秦昭王争夺帝号。秦国名声不好，各诸侯国都想背弃秦国，归服齐国。于是，齐闵王更加自满，胡作非为，于是百姓遭殃，怨声载道。

燕昭王见齐国百姓有怨言，就想趁机攻打齐国，并征求大臣们的意见。乐毅回答说："齐国有霸王基业，地大人多，而我们势单力薄，不宜进攻。大王如果一定要攻打它的话，那不如联合赵国、楚国和魏国，这样就牢靠多了。"燕昭王于是派乐毅去劝说赵惠文王签订盟约，同时，还派使臣去联合楚国和魏国。为了防止秦国捣乱，又让赵国用甜言蜜语去哄说秦国。各国苦于齐闵王的骄横残暴，都很愿意跟着燕国去攻打齐国。

于是，燕昭王出动了全部军队，派乐毅担任上将军出战。赵惠文王也把相国大印授给乐毅，让他领兵。这样，乐毅就统领赵、楚、韩、魏、燕五国的军队去进攻齐国，在济西打败了齐军。之

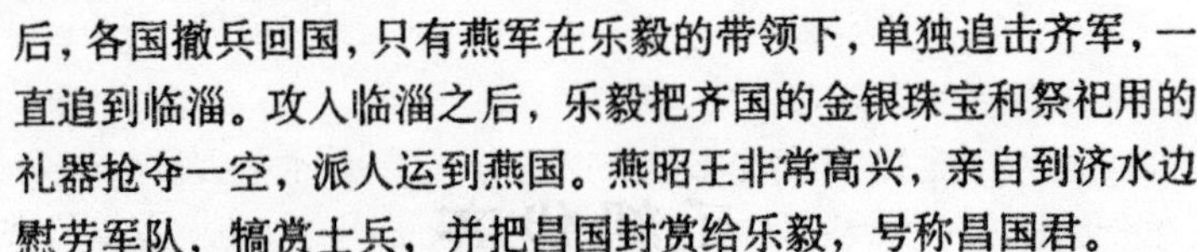

后，各国撤兵回国，只有燕军在乐毅的带领下，单独追击齐军，一直追到临淄。攻入临淄之后，乐毅把齐国的金银珠宝和祭祀用的礼器抢夺一空，派人运到燕国。燕昭王非常高兴，亲自到济水边慰劳军队，犒赏士兵，并把昌国封赏给乐毅，号称昌国君。

乐毅留在齐国，征战了五年，攻下了齐国七十多个城邑，只剩下了莒邑和即墨没有降服。这个时候，燕昭王死了，燕惠王即位。燕惠王在做太子的时候，曾经与乐毅有嫌隙，现在他登位做了君王，就准备报复乐毅。

齐国的田单听到了这个消息，就派人到燕国去施行反间计，放出谣言道："齐国差不多要彻底灭亡了，只剩下了两个城邑还没有被降服。为什么这区区两个小城，就总是打不下来呢？那是因为乐毅与燕国的新王有嫌隙，想把战争延续下去，这样，乐毅就可以有理由留在齐国，然后好趁机在齐国称王。齐国最担心的，就是怕别的将军到来，代替乐毅。"

燕王本来就怀疑乐毅，现在听了这些谣言，更是担心，马上就召回了乐毅，让骑劫代替他统兵。乐毅知道燕王不怀好意，害怕被杀，就投降了赵国。赵国知道乐毅是个人才，就把观津封给乐毅，封号为望诸君。乐毅在赵国受到尊重和宠信，让燕国和齐国都很震惊。

骑劫取代了乐毅之后，齐国恢复了信心，派大将田单去攻打燕军，在即墨城下打败了骑劫，然后追击燕军，一直追到黄河，收复了所有被乐毅夺去的城邑。随后，齐军从莒邑迎回了齐襄王，进入临淄，安定齐国。

到了这个时候，燕惠王才知道上了齐国的当，很后悔用骑劫代替了乐毅；可是又怨恨乐毅投降赵国，担心赵国让乐毅乘燕军的疲惫来攻打燕国。燕惠王思之再三，派人向乐毅表示歉意说："先王把整个国家委托给了将军，将军果真替燕国打败了齐国，报了先王的仇，寡人我不敢忘记将军的功劳！寡人考虑到将军您长久在外，风餐露宿，过于辛苦，所以才调将军回来暂且休息，一起谋划国事。可是将军误听了别人的坏话，所以误会了寡人，放弃了燕国，去归顺赵国。将军替自己打算，本无可厚非，但您用什么来报答先王对您的情意呢？”

乐毅回复燕惠王说：

圣贤的君王，不随便任用和赏赐亲信，而是根据功劳的多少、才能的强弱来赏赐和任用。先王就是这样的人。所以，我才借替魏国出使的机会，到燕国考察。承蒙先王错爱，我得到了任用，位于群臣之上。

先王命令我说：“我与齐国有深仇大恨，不论齐国以后是强是弱，都要找机会向齐国报仇。”

我说：“齐国有霸王基业，地大人多，而我们势单力薄，不宜进攻。大王如果一定要攻打它的话，那不如联合赵国、楚国和魏国，这样就牢靠多了。”

先王听了，认为有道理，就派我出使赵国，并联合其他各国。随后，我们一起攻打齐国，齐军大败。我长驱而入齐国国都，把

珠玉财宝、战车兵甲、珍贵礼器全部没收，送回燕国，让燕国扬眉吐气。可以说，自从五霸以来，要论战功，没有谁比得上先王。先王心里满足，所以划分土地封赏我，想让我也能像小国的诸侯一样。我没有自知之明，所以并不推辞。

我听说，善始者不一定善终。是啊！从前伍子胥辅佐吴王阖闾，成就了战功；但是吴王夫差就不喜欢伍子胥，赐他一死，还把他的尸体装进皮袋，在江河里漂浮。吴王夫差一直都不认为伍子胥的意见宝贵，所以把伍子胥沉江之后，并不后悔；伍子胥没有料到，不同的君主有不同的器量，因此在沉江之后还是阴魂不散。

保存性命，建功立业，是我的上策。要是我回国，就可能遭受侮辱，弄不好还会败坏先王的名誉，这是我最担心的事。想来想去，还是不要回去吧！

古代的君子，即使在断交以后，也不说对方的坏话；忠臣离开本国以后，也不为自己的名声辩白。所以我就不多说了。不过，我还是担心您的手下人，只会讨您喜欢，蒙蔽您的视听，希望大王能注意这一点。

燕王见信，非常感动。于是就把乐毅的儿子乐间封为昌国君。而乐毅则来往于燕国和赵国之间，与燕国的关系也重新好转起来。乐毅得到了燕、赵两国的信任，成为两国的客卿。最后，乐毅死在了赵国。

乐间和乐乘

过了几年，燕王受相国栗腹的鼓动，想攻打赵国，向乐间征求意见。乐间说："赵国是可以四面做战的国家，赵国的人民也熟悉军事，必要的时候可以人人皆兵。不要进攻它！"

燕王没有听从乐间的意见，还是派兵进攻赵国。赵国派遣廉颇迎击燕军，燕军大败，栗腹和乐乘被赵军抓走。乐乘是乐间的同宗，乐间看乐乘被抓到赵国去了，就也跑到了赵国。之后不久，赵国围攻燕国，燕国割让了大量土地求和，赵军才解围离去。

燕王后悔没有采用乐间的意见，就送信给乐间说："商纣王当政的时候，箕子不受重用，可他还是不停地直谏，希望纣王听从；另外一位贤臣商容，也是很不得志，并且受到各种侮辱，但他也像箕子一样，希望能通过自己的努力，使纣王有所改变。直到最后，王朝民心涣散，已经无力回天，二位才隐退于江湖。商纣王是那么凶狠残暴，可是箕子和商容却能竭尽作为人臣的职分。现在我虽然愚钝，但毕竟还不至于像纣王那样凶暴。您跑到赵国去，好像不太可取。希望您能回来。"

乐间没有被打动，与乐乘两人还是留在了赵国，并且受到了赵国的重用。

一年后，乐乘、廉颇带领赵军围攻燕国，燕国用厚礼求和，赵

军才解围。又过了几年，赵悼襄王重用乐乘，让他取代廉颇。廉颇率军攻打乐乘，乐乘逃跑，廉颇逃亡到魏国。又过了十六年，秦国灭亡了赵国。

很多年过去了，转眼到了汉朝。高祖刘邦经过赵国的土地，问手下："乐毅有后代吗？"有人回答说："有个乐叔。"高祖于是把乐卿县赐封给乐叔，封号为华成君。华成君是乐毅的孙子。乐氏家族还有乐瑕公、乐臣公等人，赵国快要被秦国灭亡的时候，他们逃亡到了齐国的高密县。

第五十四章

廉颇蔺相如列传

中国历史名著文库

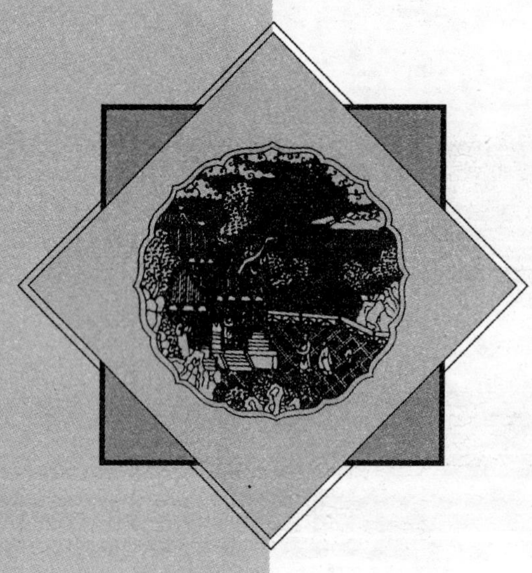

完璧归赵

赵惠文王的时候，有个楚国人献给他一块玉璧，叫做和氏璧，是无价之宝。秦昭王听说了这件事，派人送信给赵王，表示愿意用十五座城来换取和氏璧。赵王与大将军廉颇等人商量：要是把和氏璧给秦国吧，怕秦国得到玉璧之后耍赖，一座城也不给；要是不给吧，又怕秦军借机来攻打赵国。想来想去，大家犹豫不决，想找个随机应变的人去答复秦国，怎么也找不到合适的。这时候，宦官长缪贤说："我的家臣蔺相如可以担当这个任务。"

赵王问："你凭什么知道他行呢？"

缪贤回答："我曾经犯罪，打算偷偷逃亡到燕国去。我的家臣蔺相如劝止我说：'你凭什么了解燕王的？'我告诉他：'我曾经跟随大王去会见燕王，燕王私下握着我的手，说愿意交个朋友。他应该还记得这件事。'蔺相如对我说：'那时候，赵国强大，燕国弱小，而您被赵王宠爱，所以燕王想与您结交。而现在呢？您是从赵国逃跑到燕国去的，燕国害怕赵国，必定不敢留您，反而会把您捆绑起来，送回赵国。您不如主动向君王请罪，说不定可以免去死罪。'我听从了他的意见，大王也开恩赦免了我。根据这件事，我认为他有智有谋，可以担当重任。"

于是赵王召见蔺相如，问他："秦王说他愿意拿出十五座城，请求换取我的玉璧，你看我该不该答应？"

蔺相如回答："秦国强，赵国弱，不能不答应。"

赵王说："要是秦王得到玉璧之后耍赖，不给我那十五座城，怎么办？"

蔺相如说："秦国要求用土地换玉璧，如果赵国不答应，那么理亏在赵国。赵国要是给了玉璧，而秦国不献出土地，那么理亏在秦国。权衡这两种情况，还是答应它比较好，可以让秦国理亏。"

赵王问："谁可以出使秦国，办好这件事呢？"

蔺相如说："如果大王真的没有合适的人选，我愿意捧着玉璧出使秦国。要是秦国果真献出那十五座城，那么玉璧就留在秦国；否则，我保证把和氏璧完完整整地带回赵国。"

赵王于是就派蔺相如带着和氏璧到秦国去。

秦王在章台接见蔺相如，蔺相如捧着和氏璧献给秦王。秦王喜形于色，把玉璧递给妃嫔和侍从人员观赏，左右侍从都高呼万岁。

蔺相如看出秦王并不想献出土地给赵国，就走上前去，对秦王说："玉璧虽好，但还是有点瑕疵，我可以指给大王看。"秦王于是把玉璧交给他。

蔺相如拿到玉璧，马上后退几步，靠着殿柱站定，怒发冲冠地对秦王说：

"大王想得到这块玉璧，派人送信给赵王。赵王立刻召集全体大臣商议，大家都说：'秦国贪婪，依仗自己强大，想用空话骗取和氏璧，不可能割出土地来补偿我们。'都不打算把玉璧给秦国。而我认为，即使平民百姓之间交往，也不会相互欺骗，何况堂堂大国呢！要是因为一块玉璧，就惹怒秦国，也实在是犯不着。最后，赵王就斋戒了五天，然后非常郑重地把玉璧交给我，派我来到秦国。

"今天我来到贵国，大王只在一般的宫殿里接见我，礼节非常随便；拿到了玉璧，又传递给妃嫔看，来戏弄我。我看大王并没有诚意拿出那十五座城给赵王，所以就又收回了玉璧。大王如果一定要逼迫我，那我今天就不要命了，即使死了也要把玉璧撞碎在殿柱上！"

说完，蔺相如握着玉璧，怒视殿柱，看上去马上就要用它撞击殿柱。

秦王怕他撞破玉璧，就连忙道歉，再三请求不要撞碎玉璧。还拿来地图，指出十五座城给蔺相如看。蔺相如估计秦王只是做样子而已，实际上不可能真的献出这些城邑，所以就对秦王说："这块和氏璧，是天下公认的宝玉啊！赵王送出玉璧的时候，曾经斋戒了五天，现在大王也应该斋戒五天，然后在朝堂上设九宾大典接见，这样我才敢献上玉璧。”秦王思前想后，觉得用武力强夺不太合适，就答应斋戒五日，然后把蔺相如安置在广成宾馆。

蔺相如猜测，秦王虽然答应斋戒，但肯定会违背诺言，不可能献出城邑，于是便让他的随从穿着破衣服，怀揣着璧玉，从小路逃回了赵国。

秦王斋戒五天后，在朝堂上设九宾大礼，延请臣蔺相如。蔺相如来到，对秦王说：“秦国自从穆公以来，已经有了二十多个国君，但一个信守盟约的都没有。我实在是怕被大王欺骗而辜负赵国，所以派人拿着玉璧回去，已经从小路到达赵国了。不过，秦国强大，赵国弱小，大王只派了一个使臣到赵国，赵国就立刻派我捧着玉璧来了。秦国这样强大，如果先割让十五座城邑给赵国，赵国难道还敢留下玉璧？我很清楚，欺骗大王是死罪，但为了不

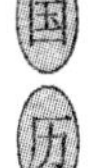

辱我的使命，我愿意下汤锅受烹煮之刑。只是希望大王与群臣再仔细计议这件事。”

秦王与大臣们面面相觑。侍从人员想把蔺相如拉下去杀掉，秦王制止说：“杀了蔺相如，还是得不到玉璧，反而毁坏了秦赵两国的友好关系。还是好好款待他，让他回国。赵王怎么可能为了一块玉璧就欺骗秦国呢！”

蔺相如回国后，赵王认为他贤能，就任命他为上大夫。

后来，秦国并没有把城邑给赵国，赵国也没有把和氏璧送给秦国。

负荆请罪

过了一段时间，秦国攻打赵国，占领了石城。第二年，再次进攻赵国，杀了两万人。

这时候，秦王派人告诉赵王，说要与赵王在渑池友好会见。赵王害怕，不想去。廉颇和蔺相如说：“大王不去，只能表示赵国既薄弱又胆小！还是去的好。”赵王无奈，只好起程，蔺相如随行。廉颇送到边境上，跟赵王告别说：“大王这次前去，会见的时间，再加上来回路上的时间，不会超过三十天。要是三十天还不回来，请允许我们拥立太子为王，来断绝秦国的妄想。”赵王同意，于是起程到了秦国，在渑池与秦王会见。

秦王喝酒喝到畅快的时候，对赵王说：“我听说赵王爱好音乐，请弹奏一曲，意下如何？”赵王于是就弹起了瑟。秦国御史走上前来写道：“某年某月某日，秦王跟赵王一起喝酒，命令赵王弹瑟。”蔺相如知道赵王吃了亏，就走到秦王面前说：“赵王听说，秦王擅长演奏秦地乐曲，请允许我献上盆缶，互相娱乐。”

秦王很生气，不答应。蔺相如于是捧着缶走得更近，下跪请求秦王，秦王还是不肯。蔺相如说：“大王与我蔺相如距离不过五步，如果大王还是不答应，那我蔺相如只好以死相拼了！”秦王的侍从蹿上来，要杀蔺相如，蔺相如怒目圆睁，呵退了他们。秦王没有办法，就为他敲了一下缶。蔺相如于是回头招呼赵国御史写道：“某年某月某日，秦王为赵王击缶。”

这件事过去了，秦国的大臣们又说：“请用赵国的十五座城邑给秦王献礼。”蔺相如说：“请用秦国的咸阳城给赵王献礼。”就这样，一直到酒宴结束，秦国虽然百般刁难赵国，但是一点也没有占到赵国的便宜。当时，赵国布置了重兵，严阵以待，所以秦国最终也没敢动武。

赵王回国后，因为蔺相如的功劳大，任命他为上卿，官位在廉颇之上。

廉颇很不高兴：“我身为赵国的将军，有攻城野战的大功。而蔺相如呢？只不过随便说了几句话，立了点小功劳，可是职位却爬到了我上面！况且，蔺相如本来是个地位低贱的人，我太丢脸了，做他的下级，我可受不了！”还扬言说：“我碰见蔺相如，一定要好好羞辱他！”

蔺相如听到了这些话，就避免跟廉颇见面。每逢朝会的时候，蔺相如常常借口生病，以免跟廉颇排位次。后来，蔺相如外出，远远望见了廉颇，连忙掉转车头躲避。蔺相如的家臣实在看不下去了，就一齐进言说：“我们之所以离开亲人来投靠您，只是因为仰慕您。如今您和廉颇同朝为官，他口出恶言，可您却畏缩逃避，胆子也太小了吧！即使是普通人，也不至于这样，何况身为将相的人呢！我等没有才能，请允许我们告辞！”

蔺相如再三劝阻他们，可是家臣们还是要走。没有办法，蔺相如就问他们：“你们看，廉将军和秦王相比，谁更有威严？”

家臣们回答：“当然是秦王更威严。”

蔺相如说：“像秦王那样的威严，我也敢在朝堂上大声呵斥他，难道我还会害怕廉将军？我只是考虑到，强大的秦国之所以不敢侵犯赵国，主要是因为有我们两人在。如果我们两个闹矛盾，就好像是两虎相争，必然两伤。我处处避免与廉将军冲突，并不是怕他，而是从国家大局着想，把私人恩怨放在后面。”

廉颇听说了这些话，就袒露上身，背上荆条，到蔺相如家里请罪。一见到蔺相如，他就惭愧万分地说："我这个浅薄小人！不了解将军胸怀的宽阔啊！"两人终于和好，结成了至死不逾的朋友。

秦国和赵国长平之战，秦国使用反间计，廉颇被免职。廉颇失去了权势，门客们于是纷纷离开，烟消云散。不久，廉颇再次被任用为大将，门客又都回来了。廉颇说："你们还是滚开吧！"门客并不生气："唉！您怎么明白得这么晚啊？现在的天下，大家都是以做买卖的方式交朋友，您有权势，我们就跟随您；您没有权势，我们就离开。这是很自然的事情啊，有什么可埋怨的呢？"

过了几年，赵孝成王去世，悼襄王继位，派乐乘代替了廉颇。廉颇很气愤，攻击乐乘，乐乘逃跑。廉颇这种做法算是作乱，不敢再回赵国，便投奔了魏国。

廉颇在魏国住了很久，并不被魏国重用。当时的赵国多次被秦军围困，很想接廉颇回来，而廉颇也很想再被赵国任用。于是赵王派使者去探望廉颇。廉颇有个仇人，叫做郭开，他给了使者很多钱，让他毁谤廉颇。廉颇会见赵国使者，为了显示自己老当益壮，就特意在他面前吃了一斗米的饭，外加十斤牛肉，还披甲上马，表示自己还可任用。可是，使者回来向赵王报告说："廉将军的确老了，不过饭量还很好。但是，他跟我坐在一起，一会儿时间就拉了三次屎。"赵王听了，认为廉颇已经老朽，就不再征召他了。

楚国听说廉颇在魏国，就偷偷派人去迎接他。廉颇于是就担任了楚将，可是没有建立任何战功。廉颇感叹说："我想指挥的是赵国的士兵啊！"

廉颇最后死在了寿春。

赵奢赵括和李牧

赵奢赵括和李牧都是赵国的名将。

赵奢本来是赵国的农官，负责征收租税。有一次，平原君家不肯交租，赵奢依法办事，杀了平原君家九个主事的人。平原君气急败坏，准备杀掉赵奢。赵奢面不改色，劝说平原君道："您是赵国的贵公子，在赵国数一数二，如果您不奉公守法，那么国法就会削弱；国法削弱，那么国家就会衰弱；国家衰弱，那么诸侯各国就会来进兵攻打，他们一来攻打，赵国就难以立足，甚至会国破家亡；要是那样，您怎么可能保持现在的富足呢？凭着您这么高贵的地位，如果奉公守法，那么全国上下就会公平；上下公平，国家就强盛；国家强盛，赵国的江山就稳固；而您作为赵国的贵族，就会受到天下人的重视啊！"

平原君听了，认为赵奢贤能，就把他介绍给赵王。赵王让他

管理全国赋税，管理得非常好，人民富裕，国库充足。

秦国借口要攻打韩国，军队驻扎在赵国的阏与。赵王召见廉颇，询问道："我们是不是该救援韩国？"廉颇回答："路太远，地形险峻、狭窄，很难救援。"赵王又召见乐乘，乐乘的意见和廉颇一致。赵王又召见赵奢，赵奢回答说："路途遥远，地形险峻、狭窄，适合援救。就好像两只老鼠在洞里争斗，只要勇敢，就能胜利。"赵王于是便命令赵奢为将，去援救阏与。

军队出发三十里之后，赵奢向全军下令："有为军事进谏的，斩！"

秦军驻扎在武安以西，擂鼓呐喊，整训军队，把武安的屋瓦都震动了。赵军中有个军官建议马上援救武安，赵奢立即砍了他的头。

赵奢不再前进，而是驻扎下来，坚守营垒，整整二十八天没有继续进军的迹象，而且又增筑堡垒。秦军间谍潜入赵军驻地，来打探消息，赵奢装作不知道，用好饭好菜款待他，然后送他离开。间谍把这些情况报告给秦军，秦将很高兴，说："赵军出征三十里，就停下来，不敢前进，只忙于增筑堡垒，看来阏与他们是保不住了！"

赵奢一送走秦军间谍，马上就下令全军备好铠甲武器，尾随着向阏与进发，两天一夜就到了目的地。赵军营垒筑成，秦军大惊，立刻倾巢出动，前来攻打。

这时候，赵军军士许历请求为军事进言，赵奢说："让他进来！"许历说："秦军没有料到赵军这么快就到了这里，他们的来势很猛，将军应该加重我们的兵阵，以逸待劳。不然，肯定会失败。"赵奢说："我愿意接受建议。"许历说："请按军令砍我的头。"赵奢说："等回邯郸以后再处理吧！"

许历于是又请求进言，说："按这里的地形，谁先占据北山，谁就能胜利，否则就失败。"赵奢答应了，立即发兵一万，迅速占领北山。秦军到达后，要争夺山头，却无从下手，赵奢趁机出兵，大败秦军。秦军撤围逃走，阏与之围解除，赵军胜利回国。

赵奢有功，被封为马服君，用许历任国尉。从此，赵奢跟廉颇和蔺相如官位相等。

赵孝成王七年，秦军与赵军在长平对峙。当时，赵奢已经去世，而蔺相如则重病不起。赵王派廉颇带兵对抗秦军，秦军多次打败赵军，而赵军则坚守营垒，不应战。秦军多次挑战，廉颇也不理睬。

秦军无从下手，就散布谣言说："秦国谁都不怕，就怕赵奢的儿子赵括担任将军。"赵王听信了谣言，用赵括为将，替代了廉颇。蔺相如进谏赵王说："大王是凭虚名任用赵括，可是赵括根本就不行。他只会读他父亲留下的兵书，没有实战经验，也不懂得随机应变，用不得啊！"赵王不听，还是任命赵括为将。

赵括从小学习兵法，谈论起用兵之道，没有人是他的对手。赵括曾经跟他父亲谈论用兵，赵奢也难不倒他，但并不认为他行。赵括的母亲问赵奢为什么，赵奢说："打仗，那可是要死人的啊！而

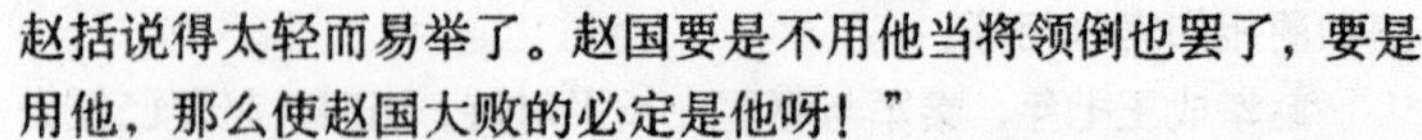

赵括说得太轻而易举了。赵国要是不用他当将领倒也罢了，要是用他，那么使赵国大败的必定是他呀！”

现在赵括被赵国委以重任，就要出发了，他母亲上书给赵王：“不能派赵括去当将领。”赵王问：“为什么？”赵括的母亲回答说：

“当初他父亲在世的时候，身为大将，却能善待所有人，能亲自捧着食物饮料招待客人，结交了几百个好朋友，大王和贵族所赏赐的东西，全都分给了军官和下属；而且，为了国家大事，自从上任以来，就不再过问家事。可是，如今赵括刚刚当上将军，就傲慢地对待部下，军官连抬头看他都不敢。大王赏赐的财物，他都拿回来，藏在家里，而且还天天留意便宜的田产，有利可图的就买下来。这哪里像他父亲？他们两人太不一样了，希望大王不要委派他。”

赵王说：“老夫人就放心吧，我已经决定了。”赵括的母亲没办法，只好说：“假如他做了什么不该做的事，我该不会受株连吧？”赵王答应了。

赵括代替廉颇以后，更改了全部号令，新立了各种规矩，还撤换了所有军官。秦国大将白起听说这些，就派军出战，打了几下就假装失败逃跑，然后趁机截断了赵军运粮的道路，把赵军切割成两部分，赵军军心涣散，失去了战斗力。整整四十多天，赵军没有粮食吃，饿得不行了，赵括就亲自率领精锐部队，与秦军决一死战。秦军射死了赵括，赵军大败，几十万大军投降，秦军把他们全都活埋了。这一战，赵军前前后后死了四十五万。

长平之战后的第二年，秦军攻打邯郸，包围了一年多，赵国差一点就被灭掉。好在楚魏等国前来救援，才化险为夷。

所有这些不利，都与赵括的过失有关。赵括母亲因为有言在先，所以逃过了被株连的厄运。

李牧是赵国的优秀将领，常年镇守北部边境，驻扎在代地、雁门郡，防御匈奴。他的权力很大，可以自己任免官吏、掌握税收。他每天都要杀几头牛犒劳士兵，教士兵射箭、骑马。

在军事上，李牧非常严格谨慎，认真地把守烽火台，向四处发派侦察人员。为了保存实力，李牧制订规章说：“如果匈奴入境抢掠，我军必须立即进入营垒坚守。擅自出击者，斩首不赦！”于是，每次匈奴入侵，战士们都进入营垒防守，不出来应战。这样过了好几年，也没有什么伤亡和损失。

后来，匈奴觉得李牧是胆小怕事，不把李牧当回事；赵国的边防兵也在心底里瞧不起李将军。赵王听说了，责备李牧，可是李牧仍然像以前一样。赵王发怒，召他回京，派另外的人替代了他。

新将领上任之后，每次匈奴来犯，都领兵出战。结果，差不多每次都要战败，伤亡惨重，边境地区民不聊生，百姓无法耕种和放牧，怨声载道。于是，赵王重新请李牧出山，李牧闭门不出，借口说自己有病，不能带兵。赵王只好强迫他出来任职，李牧说：“大王如果一定要任用我，就得允许我像以前那样做，否则我不敢接受命令。”赵王答应了他。

李牧重回边境，还是按照原来的法规办事。就这样过了好几年，匈奴一无所得，但是人们还是认为李牧胆怯。守边的士兵们无事可做，也都希望与匈奴一战。于是，李牧就精选了兵车一千三百辆、战马一万三千匹，还有勇士五万人、神射手十万人，全部组织起来，进行军事演习。同时，又大力组织人民放牧，原野上到处都是赵国的百姓。

匈奴听说了，马上派出小股兵力入侵，李牧部众假装战败逃走，丢下几千散兵给匈奴。匈奴单于觉得这是个机会，就亲自率领大批军队入侵。这时候，李牧布下了各种灵活奇特的战阵，大败匈奴，匈奴十几万人马有来无回。紧接着，赵军乘胜进军，攻占了匈奴好几个聚居区，降伏了好几个匈奴将领，单于逃跑。这次战役以后，整整十多年的时间里，匈奴不敢靠近赵国边境。

赵悼襄王元年，赵王派李牧攻打燕国，攻下了武遂、方城等地。过了几年，秦军在武遂打败赵军，杀了赵将扈辄，杀死士兵十万。赵国于是任命李牧为大将军，大败秦军。李牧有功，被赵王赐封为武安君。

赵王迁七年，秦国派遣王翦攻打赵国，赵王派李牧和司马尚出兵抵抗。秦国不能取胜，就出大本钱贿赂赵王的宠臣郭开，施

行反间计，说李牧和司马尚想要谋反。赵王听信谗言，便派人去代替李牧。李牧不接受命令，赵王便派人秘密逮捕了李牧，杀了他。李牧已经死去，赵王又撤销了马司尚的职务。

三个月后，王翦攻打赵国，俘虏了赵王，灭亡了赵国。

第五十五章

田单鲁仲连列传

中国历史名著文库

田单奇计保国

田单，是齐国王族的远房亲属。齐闵王的时候，燕国派乐毅攻打齐国，齐闵王出逃，继而退守莒城。田单逃往安平，叫他的族人们把车轴两端锯掉，然后裹上铁皮，这样车子就更加坚固，以便随时逃跑。

不久之后，安平被攻陷，城中人抢路逃难，许多人由于车轴断裂，车子毁坏，而被燕军俘虏了。只有田单的族人，因为车轴有铁皮罩着，得以逃脱，到了即墨。当时，燕军差不多已经占领了整个齐国，只剩下莒城和即墨两个城了。燕军听说齐王在莒城，就集合兵力猛攻莒城。淖齿在莒城中杀了闵王，然后就矢志坚守，坚持了好几年。燕军久攻不下，只好转移兵力，去围攻即墨，即墨大夫出城迎战，战败阵亡。

城中人公推田单说："安平逃亡的时候，只有田单的族人因为车子有铁笼，才得以保全，足见他懂得兵法。"于是就拥立他为将军，发动即墨城的力量抵抗燕军。

过了不久，燕昭王去世，惠王继位，他和乐毅有嫌隙。田单听说这个消息，就想离间他们的君臣关系，扬言说："齐王死了，齐城很容易攻下来，但是剩下的两个为什么久攻不下呢？那是因为乐毅不想攻下来。乐毅跟国君不好，所以不愿回国，想以攻打齐国为名，在齐国多留一段时间，以便收买人心，然后在齐国称王。齐国人现在最害怕的，就是怕燕国调派其他将领来，那样，即墨城可就一天都保不住啦！"燕王听了，马上就派骑劫接替了乐毅的职位。乐毅非常气愤，投奔了赵国，燕国军民也都忿忿不平。

离间成功，田单又有了新的主意。他命令城中居民，每顿饭之前，一定要先在庭院中摆放食物，祭祀祖先。居民们按照命令摆放食物，结果引来了麻雀，先是在空中盘旋，然后就找机会飞

下来偷吃祭品。居民们对此感到有些奇怪。田单于是乘机解释说："麻雀代表神仙，它们由天而降，是要把天机传授给我们。"

不但如此，田单还告诉城中人说："神仙还会派一个人来当我的军师呢！"有个士兵觉得这些话不着边际，就开玩笑说："您看我像不像那个神仙军师？"说完就转身而去。田单马上起立，把他叫回来，请他坐在朝东的上座，拜他为师。那士兵坦白说："我是骗您的，实际上没什么本领。"田单制止说："不要说了！您就当自己是神仙军师吧！"于是就尊他为师，每次发布号令，都要把神师宣扬一番，让大家觉得所有的号令都很神秘。

不久之后，田单又扬言说："我们不怕别的，就怕燕军把齐兵俘虏之后，割掉他们的鼻子，然后把他们安排在队伍的前头，来和我们作战，那种场面太可怕了。要是燕军总是这么做，那么即墨可就守不住了。"燕国人听到这些话，为了让齐军害怕，就照着做了。城中人看到那些投降的齐国人都被割掉了鼻子，军民都很愤怒，更加坚定地防守，惟恐被燕军俘获。

然后，田单再次放出风去，说："我们还害怕燕国人破坏城外的那些坟墓，凌辱我们的祖宗，那样我们会伤心欲绝。"燕国人听了，马上就去把所有的坟墓全部挖开，焚烧尸骨。即墨人从城头上望见了，都痛哭流涕，恨死了燕军，一致要求出城决战。

田单知道时机成熟了，就亲自带着铁锹，和士兵们一起修建防御工事，把自己的妻妾家人也编在队伍中劳作，并拿出自己的所有食物犒劳将士。命令披甲的士兵都埋伏不出，特意派那些老弱残兵和妇女儿童站到城头上去防守。还派人到燕军营地去洽谈投降事宜，燕军听说后都高呼万岁；同时，又收集民间黄金，得到一千镒，由城中最有名望的富豪前去送给燕国将军，说："即墨就要投降了，希望大军进城以后，不要掳掠我们的妻妾。"

燕将极为高兴，答应了他。从此以后，燕军放松了戒备，就等着齐国人投降了。

田单又在城中收集了一千多头牛，给它们披上红绸子衣服，上面画满五彩龙纹，牛角上端绑上匕首，把浸满油脂的芦苇绑在牛尾上。然后，齐军在城墙上凿了几十个洞，夜里把这些奇形怪状的牛放出去，点燃了牛尾上的芦苇。牛的尾巴着火，痛得不得了，就狂怒地直奔燕军阵营。正在睡觉的燕军被突然吓醒，看到火光冲天，到处都是快速移动着的火把，他们并不知道那是牛尾巴，只看见一群庞然大物浑身都是龙纹，横冲直撞，只要被碰上，非死即伤。

在那一千多头牛后面，是齐国的五千名精兵强将，他们乘着火牛的攻势，不声不响打入了燕军阵地，即墨城里的人也紧随着他们，老弱妇孺都擂鼓助威，杀声惊天动地。燕军大为惊骇，溃败逃亡。最后，燕国将军骑劫被杀，士兵死伤无数，剩下的或者逃亡，或者投降。

齐国人乘胜追击，所经过的城邑纷纷叛离燕国而归附田单。田单的士兵一天天增多，就更是无往不胜，燕军只好一天天溃败逃亡，终于退到了黄河边上。燕军曾经占领的七十几座城，全部

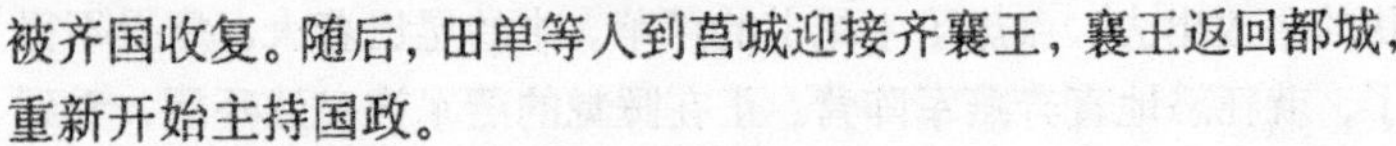

被齐国收复。随后，田单等人到莒城迎接齐襄王，襄王返回都城，重新开始主持国政。

襄王感激田单，封他为安平君。

鲁仲连功成身退

鲁仲连是齐国人。他长于谋略，经常有些出人意料的妙计，却不肯出官任职。

赵孝成王的时候，秦昭王派大将白起领兵，在长平打败赵国军队，杀了四十多万人；随后，又乘势包围了赵都邯郸。赵王惊恐万分，向各国请求救援，而诸侯各国害怕秦军，没有人敢答应。魏王本来派晋鄙领兵救援赵国，可是后来又怕惹恼秦国，于是停军不敢前进。停军之后，魏王心里有些内疚，于是就派外籍将军新垣衍从小路混入邯郸城，通过平原君给赵王出主意："秦军包围赵国，并不是真的想攻占邯郸，它的本意是想称帝。如果赵王能派使臣去拥戴秦昭王称帝，秦王一定高兴，肯定会撤兵。"平原君听了，不知道真假，犹豫不决。

恰巧在这个时候，鲁仲连游历到了赵国，正好遇上秦军包围赵都。鲁仲连听说魏国将军想让赵王尊秦昭王为帝，就去拜见平原君，问："您打算怎么办？"

平原君说："唉！我赵胜现在哪里还敢谈论国事！不久以前，四十万大军死在国外，现在国内又被秦军包围，而我却无能为力。魏王派外籍将军新垣衍来，让我劝赵王尊秦为帝。现在新垣衍还在这里。唉！我赵胜真的不知道怎么办才好！"

鲁仲连说："我一直以为您贤能无比呢，现在才知道并不是这样。新垣衍在哪儿？我可以替您对付他，赶他回去。"

平原君说："我可以介绍你们相见。"平原君于是去见新垣衍，说："有位鲁仲连先生，现在在我这里，请让我作介绍，让他和您交个朋友。”新垣衍说：“我早就听说，鲁仲连先生人品高尚，而且才能出众。可是我新垣衍呢，只是给人家当差的，现在我有职务在身，不便会见鲁仲连先生。”平原君说：“可是我已经替你们安排好了。”新垣衍没办法，只好答应了。

鲁仲连见到新垣衍后，闭口不说话。新垣衍先打破僵局说：“现在还留在这围城之中的人，都是有求于平原君的。不过，我看先生的样子，不像是有求于平原君，那么为何还久留围城之中，不肯离开呢？”

鲁仲连说：“秦国是个抛弃礼义的野蛮国家，用权诈手段来驱赶它的战士，像对待俘虏一样奴役它的百姓。要是那秦王称起帝来，肆无忌惮地在全天下胡作非为，那么，我鲁仲连宁可跳入东海自杀，也不愿去做他的百姓。我之所以要来拜见将军，是想帮助赵国啊！”

新垣衍说：“先生准备怎样帮助赵国呢？”

鲁仲连说：“我准备让魏国和燕国都来帮助它，而齐国和楚国呢，本来就在帮助它了。”

新垣衍说：“燕国帮忙，我信。至于魏国，可就不一定了，我就是魏国人，先生怎么说服魏国帮忙呢？”

鲁仲连说：“魏国现在还没有看清秦国称帝的危害，要是让魏国看清这种危害，它必然会帮助赵国。”

新垣衍说：“那您说说，秦国称帝有什么危害？”

鲁仲连说：“从前，齐威王曾经倡导仁义，率领天下诸侯去朝拜周天子。那时候，周朝贫弱，除了齐国，没有哪个诸侯愿意去朝拜它。一年后，周烈王去世，齐王奔丧迟到了，周朝恼怒，斥责齐国说：‘天子逝世，是天塌地裂的大事。连刚继位的天子都在守丧，可是你们齐国奔丧却迟到了，该杀！’齐威王勃然大怒：‘呸，你凭什么骂我？你母亲只不过是个婢女！’结果，齐威王最尊重周朝，最后却被天下人耻笑。

“周烈王活着的时候，齐威王总是去朝拜，死了却忍不住骂他，实在是因为无法忍受周天子的苛求啊！那些做天子的，本来就是这样，这也不足为奇。而秦国如果称帝，不知道要比周天子

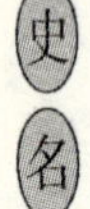

放肆多少倍！”

新垣衍说：“先生难道没见过那些仆役吗？十个仆人却随从一个主人，服服帖帖的。为什么呢？难道是因为仆人一定比主人弱小、比主人愚笨吗？不是的，是因为畏惧主人啊！”

鲁仲连说：“唉！魏王跟秦王相比，难道就像仆人跟主人一样吗？”

新垣衍说：“是的。”

鲁仲连说：“要是真的这样，那我准备上书秦王，让他烹煮魏王，把他剁成肉酱。”

新垣衍听了，很不高兴：“先生说话，未免太过分了！再说，先生又怎么可能说服秦王，让他那样对待魏王呢？”

鲁仲连说：

“当然能，您可以慢慢听我说。从前，九侯、鄂侯和周文王，

是纣王的三公。九侯有个女儿，很漂亮，九侯把她进献给纣王，可是纣王却认为她不美，把九侯剁成了肉酱。鄂侯替九侯不平，跟纣王争论，所以也被杀掉，晒成了肉干。周文王听说了这件事，忍不住长叹一声，因此纣王就把他关在监狱里，想置他于死地。大家都是王，可是为什么有人却要落个肉干肉酱的下场呢？

“齐闵王曾到鲁国去，夷维子为他赶车。夷维子问鲁国人：‘你们准备用何种礼节来接待我们的国君呀？’鲁国人说：‘我们要用十副太牢的礼仪，好好款待你们国君。’夷维子不高兴：‘这算什么礼节啊？我们国君，那可是天子啊！天子到诸侯国巡行，诸侯应当让出自己的寝室，交出宫廷的钥匙，还要亲自安排酒宴，在堂下侍候天子用餐，等天子吃完以后，才能退下去治理朝政。’鲁国官员听了，很生气，干脆就把他们拒之门外。

“齐闵王在鲁国吃了闭门羹，便打算到薛地去，向邹国借路。当时，邹国国君刚好去世，齐闵王想进去吊丧。夷维子对邹国的新君说：‘天子来吊丧，主人应该调转灵柩的位置，把坐北朝南改为坐南朝北，这样，天子才好向南面吊丧。’邹国群臣不同意，说：‘如果非得这样，我们准备集体自杀。’最终，齐闵王没敢进入邹国。

“邹鲁两国臣子，算不上有多贤能、多忠诚，但是，齐闵王想在邹鲁两国行天子之礼时，他们都坚决反对，甚至不惜一死。而现在呢，虽然秦国是拥有兵车万乘的大国，但魏国也一样啊！既然都是万乘大国，都有称王的名号，那么，为什么秦国打了一次胜仗，就顺从地尊它为帝？如果真的要屈服于秦国，那么，堂堂的魏国大臣，可就比不上邹鲁两国的奴仆婢妾了。再说，秦王一旦称帝，就肯定会在全天下党同伐异，到处安插自己人，还会差遣自己的子女和善于进谗的婢妾，做各国诸侯的妃嫔姬妾。到了那个时候，魏王还能安然无恙吗？而将军您，又怎么可能继续得到宠信呢！”

听到这里，新垣衍站起身来，拜了两拜，向鲁仲连道歉说：“起初，我以为先生也不会太了不起，可是现在我知道了，先生果真是难得的贤士。我马上就离开赵国，以后再也不敢鼓吹尊秦为帝

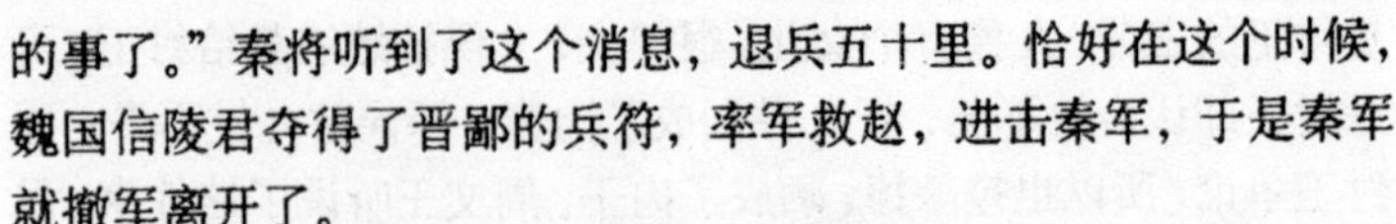

的事了。”秦将听到了这个消息，退兵五十里。恰好在这个时候，魏国信陵君夺得了晋鄙的兵符，率军救赵，进击秦军，于是秦军就撤军离开了。

从此以后，平原君多次打算封赏鲁仲连，可是鲁仲连再三辞谢，始终不肯接受。平原君为了表达谢意，就设酒宴来款待他，酒宴达到高潮的时候，平原君起身上前，向鲁仲连送上千金作为谢礼。鲁仲连笑道：“一个受到天下人敬重的高士，就应该为人排忧解难，而不应该索取报酬。要是索取报酬的话，那就成了做买卖的商人，我鲁仲连绝对不屑于做那种事。”说完，就辞别了平原君，终身不再与平原君见面。

二十多年过去了，有位燕国大将进攻齐国，占领了聊城，有个聊城人跑到燕国去说燕将的坏话，燕将害怕被杀，不敢回国，就坚守聊城。齐国大将田单攻打聊城，士卒死伤无数，可是打了一年多，还是攻不下来。鲁仲连听说了，就写了一封信，系在箭上，射进城中，送给燕将。信上写道：

明智的人，不该违背时势；勇敢的人，不会贪生怕死；忠诚的大臣，不该只关心自己。如今，您逞一时意气，背叛燕王，不考虑燕王的得失，这不能算是忠臣；你这样坚守下去，肯定会死于齐军手下，聊城肯定会失守，那么你就得不到什么名声，所以你也无法成为勇士；名声会败坏，功业也无从建立，所以你不能算是智者。

现在呢，生死、荣辱、贵贱，都摆在你面前，可以供你选择，你还有机会。这种机会稍纵即逝，希望您能把握住，好好考虑清楚，不要同俗人一般见识。

况且，这聊城你是守不住的。现在燕国大乱，根本没有精力来救助你。而你孤身一人，凭借疲惫不堪的聊城百姓，就想抗拒整个齐国的兵力，实在是太不现实了！虽然你善于用兵，即使粮草供应不上，城中百姓吃人肉、烧枯骨，但士兵却毫无背叛之心，这足以说明你像孙膑一样长于用兵了，你的才能已经闻名天下了！虽然如此，但是为您着想，还是回归燕国比较好。如果你能保全人马，带他们回国，燕王一定会感激；看到你安全回国，百姓会像重见父母般高兴；朋友们也会四处宣扬你的功绩，那么你的声名也会越来越大。这是名利双收的事情啊，为什么不做呢？

假如你还是不想回归燕国，那么也可以抛开世俗偏见，归顺齐国呀！齐王可以割地封爵给你，你可以非常富足，而且世代称王。无论是回国，还是留在齐国，都可以使你名利双收，希望你仔细考虑，从中选择。

拘守小节的人，无法成就大业。从前，管仲射中了齐桓公的带钩，这是犯上；他遗弃公子纠，不能以死相报，这是贪生怕死；曾经被人捆绑、镣铐相加，这也是耻辱。可是，管仲不以这些小节为耻，而是胸怀天下，终于辅佐齐桓公成为五霸之首，自己也成就了万世功业。所以说，太顾及小的节操，是不明智的，对建功立业和平定天下，都没有什么好处。现在，你是因为小节而束缚自己的手脚呢，还是以大局为重？希望你尽快选择。

燕国将领看了鲁仲连的信后，哭了三天，还是犹豫不决。想回燕国吧，嫌隙已经产生，恐怕会被诛杀；想投降齐国吧，在齐国又杀伤无数，恐怕投降后也没有好日子过。最后，他长叹道："与其被杀，还不如自杀。"于是自杀。聊城大乱，田单趁机进兵，血洗聊城。

田单平定聊城之后，班师还朝，向齐王报告了鲁仲连的事迹，准备给他封官晋爵。鲁仲连拒绝受封，逃到海滨隐居起来。他说："与其屈服于人而富贵，不如轻视世俗而贫贱。能随心所欲才是最理想的生活。"

第五十六章

吕不韦列传

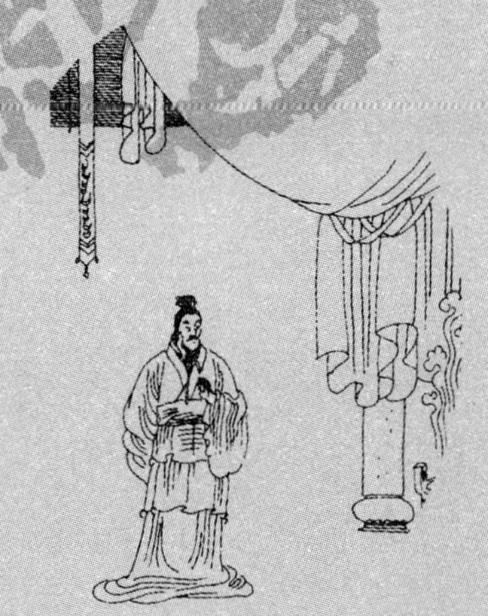

中国历史名著文库

奇货可居立子楚

吕不韦早年是个大商人，往来于各地做买卖，由于经营得当，积累了上千金的家产。

秦昭王四十年，太子死了。两年后，昭王把次子安国君立为太子。安国君有二十多个儿子。安国君非常宠爱一位姬妾，立她为正夫人，号称华阳夫人。华阳夫人没有儿子。安国君还有一位姬妾，叫做夏姬，夏姬有个儿子，名叫子楚。由于夏姬不受宠爱，所以子楚也不受重视，被秦王派到赵国去作人质。秦国总是攻打赵国，于是赵国对子楚很不好。

当时，吕不韦正在赵都邯郸经商，见到子楚生活窘迫、非常不得意，有些可怜他，心里想："贵为秦王的孙子，竟然也会落魄成这个样子！不过，说不定日后可以发达呢！说不定是奇货可居呢！"谋划再三，主意已定，就去拜见子楚，一见面就对他说："我能光大你的门第！"子楚笑着说："你还是先光大自己的门第吧！然后再来光大我的门第！"吕不韦说："您有所不知，我的门第，要等您的门第光大之后，才能光大起来。"

子楚明白吕不韦的意思，就请吕不韦坐下深谈。吕不韦说："秦王年纪大了，安国君被立为太子。安国君宠爱华阳夫人，华阳夫人自己没有儿子，但说话很有分量，差不多能决定让谁做继承人。现在你们兄弟有二十多人，您排在中间，又不受重视，而且总是在国外作人质，这样看来，根本无法跟那些整天在大王面前的兄弟竞争。大王死后，安国君即位，那么您可是一点儿当太子的机会都没有啊！"

子楚无奈地说："对呀，是这样。我该怎么办呢？"

吕不韦说："您旅居国外，很穷，没什么钱奉献给亲戚，也没办法结交朋友。这我知道。我吕不韦虽然也不富裕，但愿意拿出

千金，替您去侍奉安国君和华阳夫人，让他们立您为继承人。”

子楚万分感谢，叩头说：“如果计策成功，我愿意分封秦国土地，跟您共同享受荣华富贵。”

吕不韦于是就拿五百金送给子楚，作为日常的费用，让子楚广交朋友。又拿出五百金，到处购买奇珍异品，自己带上这些东西，到秦国去活动。到了秦国之后，先去求见华阳夫人的姐姐，把带来的东西全部献给华阳夫人。趁这个机会，吕不韦开始编瞎话，说子楚如何如何贤能精干，如何如何朋友众多、遍布天下，如何如何思念父亲和华阳夫人。华阳夫人听说了，非常高兴。

华阳夫人一高兴，吕不韦心里就有了底，马上让华阳夫人的姐姐去劝说华阳夫人：“凭美色来侍奉人，总不是办法，一旦人老珠黄，人家就不会再宠爱你了。现在夫人你侍奉太子，很受宠爱，但自己却没有儿子，等过了一些年，年龄渐长，你还靠什么来维持自己的地位呢？依我看，不如趁早找个有才能而且孝顺的儿子，认他作亲儿子，争取让他以后成为太子，成为秦王。这样，丈夫在世的时候，你会受到尊重；丈夫去世以后，亲儿子继位，你更是不会失去地位和权势。这就是‘一句话，万年福’啊！现在你正当年，应该在这个时候为将来打好基础。如果年老色衰，即使想再进一言，也起不到多大作用了！现在子楚贤能，但是在二十多个孙子里，排行不靠前，按理说不能立为继承人，他的母亲又不被宠幸，只好依附于夫人。夫人如果能抓住这个机会，举拔他作继承人，那么夫人会终生受益。”

华阳夫人觉得姐姐的话有道理，就在奉承太子的时候，委婉地谈到在赵国作人质的子楚，说他特别贤能，所有跟他结交的人都赞不绝口。接着，还流着泪说：“臣妾有幸得到您的宠爱，不幸没有儿子，希望能让子楚做我的儿子，让他来作继承人，使我也有个可以托身的人。”安国君答应了她，就跟华阳夫人刻写玉符作为凭证，约定立子楚为继承人。随后，安国君和夫人还送了很多东西给子楚，并且请吕不韦来辅导他。从此以后，子楚的声誉青云直上。

吕不韦娶了邯郸最漂亮而又能歌善舞的女子，与她同居，知道她有了身孕。有一次，子楚跟吕不韦饮酒，看到那个女子，很喜欢她，于是站起来向吕不韦敬酒，请求得到她。吕不韦很生气，但一想到已经为子楚破费了很多家财，所以干脆一不做二不休，献出了自己的姬妾。这位姬妾因为是赵国人，所以被称为赵姬。赵姬隐瞒了已经怀有身孕的事，后来，生下一个儿子，取名叫政。子楚于是立赵姬为夫人。

秦昭王五十年，派军围攻邯郸。赵国情况危急，想要杀掉子楚。子楚跟吕不韦想办法，送了六百斤黄金给守城的官吏，得以逃脱，逃到了秦军的营地，随后顺利回到了秦国。子楚跑了，赵国就想要杀死子楚的妻子和儿子，但子楚的妻子是赵国富豪家的女儿，有办法，也躲开了。六年后，秦昭王去世，太子安国君立为秦王，华阳夫人当了王后，子楚成为太子。赵国为了跟子楚搞好关系，护送子楚的妻子和儿子政回到了秦国。

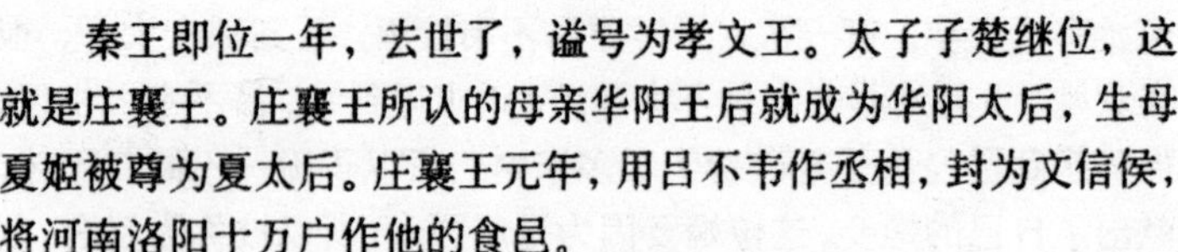

秦王即位一年，去世了，谥号为孝文王。太子子楚继位，这就是庄襄王。庄襄王所认的母亲华阳王后就成为华阳太后，生母夏姬被尊为夏太后。庄襄王元年，用吕不韦作丞相，封为文信侯，将河南洛阳十万户作他的食邑。

庄襄王即位三年就死了，太子政继位作秦王，尊奉吕不韦作相国，号称他为“仲父”。当时，秦王年纪还小，太后经常与吕不韦私通。吕不韦声名显赫，光是家僮就多达万人。

当时，魏国有信陵君，楚国有春申君，赵国有平原君，齐国有孟尝君，他们都礼贤下士，喜欢结交宾客，借此互相倾轧。吕不韦认为秦国这样强大，不应该不如他们，于是也招来了文人学士，优厚地对待他们，招来的食客有三千人。

那时候，诸侯中有很多能言善辩之士，例如荀子等人，著书立说，遍布天下。吕不韦要他的门客人人都记下所见所闻，汇编成二十多万字，书名叫《吕氏春秋》。书成之后，把它公布在咸阳都市的城门上，并在上面悬挂千金，邀请各诸侯国的游士宾客，说若有能增减书上一个字的人，就奖给他千金。

欺世盗名饮鸩酒

秦王政也就是后来的秦始皇，他长大之后，太后仍然经常与吕不韦私通，淫乱不止。吕不韦害怕事情被发觉，灾祸会降临到自己头上，就偷偷找来一个阴茎粗大的人嫪毒，作为门客，让嫪毒用他的阴茎挑着桐木做的小车轮行走，然后，特意让太后知道这件事，来引诱太后。

太后听说后，果然很想要得到嫪毒。吕不韦于是就进献嫪毒，同时，安排人告发嫪毒，说他有罪，当受宫刑。随后，吕不韦偷偷对太后说：“可以让嫪毒假装受了宫刑，这样他就可以在宫中供职啦。”太后就暗中送了很多东西给主持宫刑的官吏，假装惩罚嫪毒，拔去了他的胡须，变成宦官的模样，使他得以进宫侍奉太后。进宫之后，太后就经常偷偷与缪毒通奸，有了身孕。太后担心事情败露，于是就假装去卜卦，然后宣扬说，卦辞要求她回避一段时间。有了借口之后，太后就搬家到了雍宫。

离开了皇宫，缪毒更是肆无忌惮，经常去看太后，所受的赏赐非常丰厚，权力也越来越大。那时候，缪毒的家僮有数千人，那些为谋求官职而投奔缪毒的多达一千余人。

秦始皇七年，庄襄王的母亲夏太后去世。孝文王后也就是华阳太后，跟孝文王合葬在寿陵。夏太后的儿子庄襄王埋葬在芷阳，所以夏太后单独另葬在杜地的东边。她生前曾说："葬在这个地方，向东可望见我的儿子，向西可望见我的丈夫。百年之后，这一带会成为有上万户人家的城邑。"

秦始皇九年，有人告发缪毒，说他根本不是宦官，常常与太

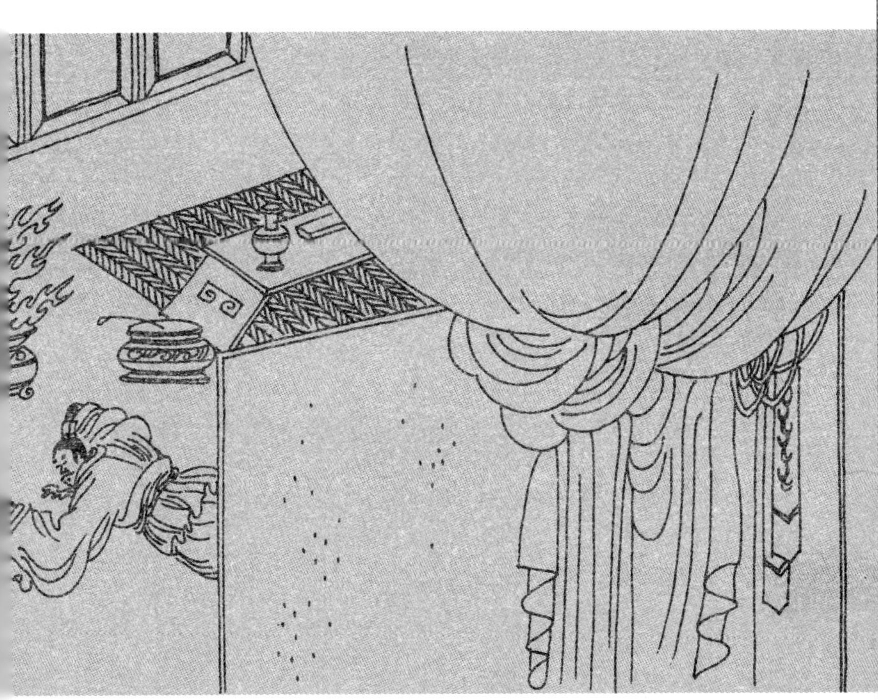

后私通，还生下两个儿子，不但如此，缪毒还跟太后密谋："秦王要是死了，就用我们的儿子继位。"秦王听说了，马上下令让有关官吏查办，得知了事情的全部真相。

九月份，缪毒被诛灭三族，太后所生的两个儿子也被杀掉，太后被软禁在雍宫。缪毒家的所有门客都被抄没家产，并迁徙到了蜀地。这件事还牵连到了相国吕不韦，秦王想要杀掉他，但因为他曾经侍奉秦王的父亲子楚，功劳很大，另外，有很多人跑来为他说情，所以秦王最终没有动手。

秦始皇十年，吕不韦被免去相国的职务。不久之后，齐人茅焦来游说秦王，秦王就到雍宫接回了太后，太后一回咸阳，秦王马上把吕不韦遣发到他河南的封地去。

一年后，各国诸侯的使者都络绎不绝地去访问吕不韦。秦王害怕吕不韦作乱，就给他写信说："你对秦国有什么功劳？可是，秦国竟然封你在河南，食邑竟然有十万户！你本来是赵国人，你跟秦国有什么亲缘关系？可是你竟然号称仲父！不要再妄自尊大了，你马上带着家属迁徙到蜀地去住！"

吕不韦见信，意识到自己已经成了秦王的眼中钉肉中刺，害怕被满门抄斩，就喝鸩酒自杀了。

第五十七章

刺客列传

中国历史名著文库

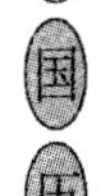

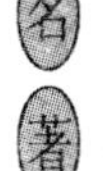

专诸刺王僚

专诸是吴国堂邑人。伍子胥从楚国逃亡到吴国之后，认识了专诸，知道他有才能。

当时，伍子胥去见吴王僚，用攻打楚国的种种好处来劝说吴王，吴王动了心。吴公子光说："那伍子胥的父亲和兄长，都被楚国害死了。现在他劝大王攻打楚国，只是想为自己报私仇而已，并不是真正为吴国着想。"吴王觉得有道理，就停止攻伐楚国。伍子胥很不高兴，对公子光有些不满。他知道公子光正想谋杀吴王僚，便对吴王僚说："那公子光呀，有内乱的野心，整天想着要反对你，所以不愿意对外用兵。"同时，为了让公子光与王僚互相削弱，便推荐了专诸给公子光。

公子光的父亲是吴王诸樊。诸樊有三个弟弟：大弟叫馀祭，二弟叫夷昧，三弟叫季子札。诸樊知道季子札贤能，就不扶立自己的儿子作太子，而是依次传位给他的三个弟弟，想在最后让季子札做国王。诸樊死了以后，传王位给了馀祭；馀祭死后，传王位给了夷昧；夷昧死后，应当传王位给季子札，季子札却逃走了，不肯继承王位，吴国人于是就拥立夷昧的儿子僚为吴王。公子光对僚即位为王很不满，说："要是以兄弟为顺序，那么季子应当即位；要是让儿子继位呢，那么我公子光才是真正的嫡系后代，应当继位。"所以，公子光暗中招养谋臣，想找机会自立为吴王。

公子光得到专诸以后，对他非常恭敬。吴王僚九年，楚平王死了。那年春天，吴王僚想乘楚国有丧事，派他的两个弟弟，公子盖馀和公子属庸，去率兵围攻楚国的灊地；又派延陵季子到晋国去，观察诸侯国的反应。

盖馀和属庸出兵之后，被楚国断了退路，不能回国。这时候，公子光对专诸说："这可是个千载难逢的好时机！机不可失，时不

再来，要是现在不争取，怎么会成就大业呢！况且，我光才是真正的王位继承人，应当即位。季子即使以后回来，也不会废除我的。”

专诸说：“当然啦，是个机会！我们应该马上杀掉吴王僚。他母亲年老，孩子幼小，两个弟弟又率兵攻伐楚国，被楚军断了退路。现在的吴国，外面被楚国牵制，朝内又没有他的人，他根本就没有办法对付我们。”

这些话正中公子光下怀，马上叩头说：“我公子光以自己的性命担保，只要您能帮我，我不会亏待您的。”

四月的一天，公子光预先埋伏了全副武装的兵士，然后准备酒筵请吴王僚赴宴。吴王僚很警惕，让自己的兵士排成长队，从宫廷一直排到公子光的家中，所有的门户台阶、左右各处，都是吴王僚自己的亲信。他们夹道侍立，手里都拿着刀，严阵以待。

酒喝到尽兴以后，公子光假装脚痛，来到地下室，偷偷吩咐专诸，让他把匕首放在烤熟的鱼腹中，然后把它端进去。专诸依计行事，来到吴王僚面前，然后突然擘开鱼腹，取出匕首刺杀吴王僚，吴王僚毫无防备，立刻身亡。吴王僚左右的武士一惊，马上缓过神来，一刀砍死了专诸。一时间，屋子里一片混乱。公子光预先埋伏的兵士倾巢出动，攻击吴王僚的随从，杀得一个不剩。

于是，公子光自立为王，这就是吴王阖闾。阖闾感戴专诸，封他的儿子为上卿。

豫让漆身吞炭

豫让是晋国人，曾经侍奉过范氏和中行氏，但是无从施展，没有什么名声。后来，他去服事智伯，得到了尊重和信任。

智伯攻打赵襄子，赵襄子反攻，联合韩魏两国，一起消灭了智伯。灭了智伯以后，他们三家平均瓜分了智伯的土地。赵襄子最怨恨智伯，就把智伯的头砍下来，等变成骷髅之后，再涂上油漆，作为饮酒用的器皿。

智伯倒台，豫让逃亡到了深山里。智伯的下场让豫让很伤心，自叹说："唉！士为知己者死，女为悦己者容。我这一辈子，只有智伯了解我，我一定要为他报仇，哪怕死无葬身之地，我也问心无愧了！"于是豫让更名改姓，扮成一个犯罪受刑的人，到赵襄子的宫中粉刷厕所。赵襄子上厕所，豫让就掏出秘藏的匕首，扑上去刺杀赵襄子。赵襄子心中一惊，躲开了。手下人听到了厕所里的动静不对头，就跑近来，捉住了刺客。

审问之后，赵襄子才知道，原来刺客就是豫让。当时，豫让身上还藏着短剑，毫不畏惧地大喊："我要为智伯报仇！我一定要杀掉你！"

赵襄子的手下人都要杀死豫让。襄子却说："这可是个有义气

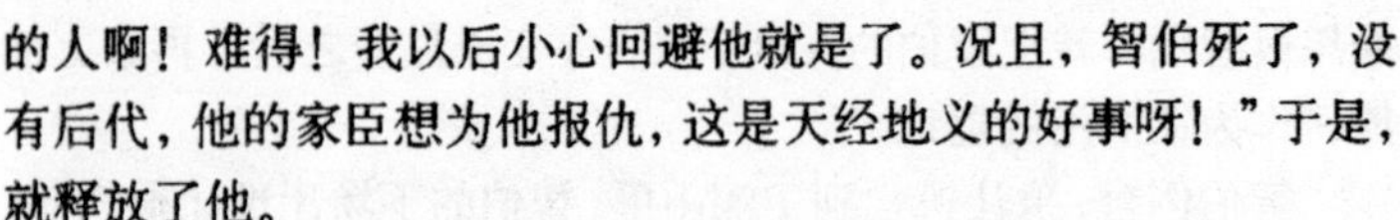

的人啊！难得！我以后小心回避他就是了。况且，智伯死了，没有后代，他的家臣想为他报仇，这是天经地义的好事呀！”于是，就释放了他。

过了不久，豫让又全身涂漆，使身体长满漆疮；还吞炭使声音变得沙哑，让自己无法被人辨认出来。他在街上讨饭，妻子路过自己面前，竟然也没有认出他。他又去见他的朋友，朋友觉得有些像他，就问：“你是豫让吗？”豫让回答：“我就是。”

他的朋友为他流泪说：“凭您的才能，委身去侍奉赵襄子，赵襄子必定会亲近宠信您的。等他亲近宠信您了，您便可以为所欲为，即使杀掉他也很容易。何苦要摧残自己的身体呢？何苦要把自己丑化成这个样子呢？再说，用这种方式去报复赵襄子，不是也很困难吗？”

豫让非常坚定地说：“要是我已经委身服侍赵襄子，那么就不应该杀他。要是既侍奉他，又想杀他，这就是怀了不忠之心来侍奉君主，这不是作为人臣的正途。我现在这样做，虽然很艰难，但是这样做符合道义，可以使那些三心二意地侍奉君主的臣子感到羞愧。”

过了一段时间，赵襄子要外出，豫让便带了刀，藏伏在他必然要经过的桥底下。襄子乘车过桥的时候，拉车的马很敏感，感到了危险，受了惊，就狂奔开来。停车之后，赵襄子说：“肯定是豫让藏在那里。”派人一查，果然就抓到了豫让。

襄子责备豫让说：“您何必这么跟我过不去呢？想当初，您不是也曾经侍奉过范氏和中行氏吗？智伯把他们都消灭了，但您并不为他们报仇，反而委身作智伯的臣子。现在智伯已经死了，您为什么偏偏要这样卖力地替他报仇呢？”

豫让说：“我侍奉范氏和中行氏，范氏和中行氏都像对待普通人一样对待我，因此，我只能像对待普通人那样报答他们。至于智伯，他像对待名士一样地对待我，我因此也要像对待名士一样报答他。”

襄子感慨万分，流着眼泪说：“唉！豫先生，您为智伯尽忠，已经得到了世人的承认；而我对您的宽赦，也已经达到极至了。您还是做个选择吧，我不可能再放过您了！”于是便命令卫士围住豫让。

豫让说：“我听说，贤明的君主，不掩盖别人美德；而忠臣，就应该为名节而牺牲。从前您宽赦了我，天下无人不称颂您的贤德。今天的事情，我应当伏法受死，这个我不怕；但是，我没有完成自己的愿望，死不瞑目。希望您能给我一件衣服，让我来刺破它，以此表达我替智伯报仇的意愿，那么，即使死了也没有什么遗憾了。您也许觉得我的要求奇怪，可是我还是要说出来。”

襄子十分赞赏豫让的义气，便脱下衣服，让人拿给豫让，豫让拔剑，三次刺破衣服。随后，仰天长叹：“我总算可以去九泉之下面见智伯了！”于是伏剑自杀。

豫让死的那天，赵国的志士听到了这个消息，都为他流泪哭泣，把他当作忠义的化身。

聂政刺侠累

聂政是轵县深井里人，杀过人，为了躲避仇家，跟母亲和姐妹搬到了齐国，以屠宰为业。

那时候，濮阳人严仲子侍奉韩哀侯，因为跟韩国宰相侠累之间有嫌隙，怕侠累杀他，便逃离了韩国，到处游历，物色能够替他报复侠累的人。到了齐国之后，齐国有人告诉他，说聂政是个勇士，为了躲避仇家，现在正在做屠夫。

严仲子于是就去求见聂政，多次登门拜访。有一次，严仲子特地准备了丰盛的酒食，亲自送到聂政的母亲面前，讨她的喜欢。喝到尽兴时，严仲子又捧出黄金一百镒，上前为聂政的母亲献礼。聂政觉得这份厚礼不寻常，不敢收，就再三向严仲子辞谢。严仲子执意要送，聂政辞谢说：“我客居此地，以杀狗为业，虽然比较贫穷，但也可以勉强得到一些美食，来奉养老母。现在我有能力供养母亲，不敢接受您的赐予。”

严仲子让旁人避开，然后对聂政说道：“我有仇要报，游历各国，就是为了寻找一个可以帮我报仇的人。我不久之前来到了齐国，大家都说您有义气、值得信赖，所以我才进献百金，为您赡养老母贡献一点绵薄之力，也希望能跟您交个朋友，并没有太多的奢求。”

聂政说：“当初，我之所以降低志向，屈辱自己，跑到齐国来，甘愿在市井里做个屠夫，就是希望借此奉养老母。老母在世，我聂政是不敢为人拼命的。”

严仲子再三请求，聂政始终不肯接受。严仲子没有办法，尽了宾主的礼仪之后，就离去了。

过了几年，聂政的母亲死了。安葬完母亲之后，聂政说：“唉！我只不过是个市井里的小民，操刀屠宰牲畜而已。而严仲子呢，却

是诸侯国的卿相，不远千里，屈驾来结交我。我没有什么能耐，但严仲子却捧上百金，给我母亲作为献礼；我虽然不肯接受，但感谢他了解我聂政。像他这样贤能的人，来亲近我这样一个家贫地僻的人，我怎能无动于衷呢！况且，他从前邀请我聂政，我是因为有老母在才辞谢；现在老母已经寿终，我聂政应当为知己的人去效力了。”

聂政于是西去卫国的濮阳，进见严仲子说：“从前我没有答应您，是因为有母亲在。现在老母已经寿终了。您想要报复的对象是谁？就请让我来帮您处理这件事吧！”

严仲子于是详细地告诉他说：“我的仇人是韩国宰相侠累，侠累又是韩国国王的叔父，他的宗族人多势重，住处防卫十分严密。我早就派人刺杀过他，但始终没有成功。现在有幸您来帮忙，我愿意增派些车马壮士，给您做助手。”

聂政说：“韩国和卫国，相距不很远。现在要杀别人的国相，这位国相又是国君的亲族，在这种情形下，不能多派人的。因为人多了，不可能不出岔子；出了岔子，就会泄漏消息，消息一泄漏，那么韩国全国的人都要跟您为敌，这可太危险啦！”聂政于是谢绝车马人众，辞别严仲子，一个人单独出发了。

聂政手持宝剑，到了韩国，直接去找韩相侠累。正好，侠累坐在堂上，旁边有很多手持兵器的侍卫。聂政直冲而入，跃上台阶刺杀了侠累。左右侍从大乱，聂政乘机挥舞宝剑，杀了数十人。随后，自己毁容，挖出了眼睛；又自己剖腹，肠子流了出来，随即死亡。韩国人把聂政的尸首陈列在街市上，悬赏查询，但没有人知道是他是谁。韩国于是增加了悬赏的金额，宣扬说，有能够说出谋杀国相侠累的人，给他千金。但过了很久，还是没有人出来指认。

聂政的姐姐聂荣，听说有人刺杀了韩国的宰相，凶手不知是谁，韩国人不知道他的姓名，把他的尸首扔在街上，并悬赏千金指认。她觉得蹊跷，呜咽着说：“会不会是我弟弟呢？”她立即动身，到韩国去，直往市上认尸，死者果然是聂政，她伏在尸体上，痛哭流涕，说：“这是聂政，是我弟弟啊！”市上路过的许多人都说："这个人害死我国宰相，国王正悬赏千金，查访他的姓名，夫人难道没有听说吗？为什么还敢来认尸？"

聂荣回答说："我听说了。但我的弟弟聂政是个有道义的人，不应该就这样销声匿迹。当初，我弟弟之所以降低自己的身份，在市井商贩之中为人杀狗，那是因为老母健在，而我还没有出嫁。现在，母亲已经寿终正寝，我也已经出嫁，我弟弟也就没有了牵挂。当初，我弟弟处境困窘，而严仲子能了解他，跟他交往，对他有恩。士为知己者死，所以他才为严仲子卖命。现在我弟弟死了，而且还自我摧残，避免别人认出自己，为的是不让我受到牵累。有这样的弟弟，我又怎能怕遭杀身之祸，让贤弟的英名泯灭呢？"

聂荣的话使韩国市民大受感动，都很可怜并敬佩她。不久之后，聂荣因为过于悲哀，死在了聂政的尸体旁边。

晋、楚、齐、卫等国的人听说了这件事，都感叹不已："不仅聂政是能人，连他的姐姐也是烈性女子。假使聂政知道他姐姐也会陪他同死，那他未必会为严仲子卖命。严仲子真的是看准了人，真的是找到了一个忠义之士啊！"

荆轲刺秦王

荆轲本来是卫国人，喜欢读书和剑术，曾经以剑术为比喻，游说卫元君，可是没有得到卫元君的任用。

荆轲于是就游历各国，寻求施展。他曾专程赶到榆次，去跟盖聂讨论剑术，两人意见不合，盖聂恼怒地瞪着他，荆轲没有做声，出去了。有人劝盖聂再把荆轲叫回来。盖聂说："刚才我跟他讨论剑术，很讨厌他的某些见解，很生气，就瞪了他一眼。他肯定已经离开了，绝对不敢再逗留在这里。"随后，派人到荆轲的房东那里去寻找，荆轲果真已经驾车离开榆次了。使者回来报告，盖聂说："他离开，我一点也不奇怪，我刚才瞪他，把他吓坏了。"

荆轲离开盖聂之后，到了邯郸。鲁句践跟荆轲下棋，由于争执棋路，鲁句践大发雷霆，高声呵叱他，荆轲什么话都没说，默默地溜走了。

之后，荆轲又到了燕国。在燕国，他结识了一个杀狗的屠夫，还有一个擅长击筑（一种乐器）的高渐离。荆轲好喝酒，每天都跟屠夫和高渐离在街上喝酒，喝到半醉以后，高渐离击筑，荆轲就和着拍节唱歌，其乐融融；可是过了一会儿，又相对哭泣起来，好像旁边没有别人似的。

荆轲虽然结交了很多酒徒，但是他为人稳重，内心深沉。他游历各国，都是跟当地一些德高望重的名士相交往。到了燕国后，燕国的隐士田光先生也对他很好，知道他并不是一个平庸的人。

荆轲到了燕国之后不久，在秦国做人质的燕太子丹逃回了燕国。

燕太子丹，从前曾在赵国做人质。秦王嬴政出生在赵国，少年时代与燕太子丹很要好。后来，秦王嬴政登位做了秦王，太子丹在秦国作人质。秦王不念旧情，对待燕太子丹的态度很恶劣，所以太子丹就怀着怨恨逃回了燕国。回国后，千方百计地想办法要报复秦王，可是燕国弱小，力量不够，太子丹干着急，却无能为力。

后来，秦国天天出兵，攻打齐国、楚国和三晋，象蚕吃桑叶一样吞并着诸侯国的土地，很快就要轮到燕国了。燕国君臣忧心忡忡，太子丹就去咨询他的老师鞠武。鞠武回答说：“秦国的土地，遍布天下，威胁着韩国、魏国、赵国。北面有甘泉、谷口那样坚固险要的关塞，南面有泾河、渭河流域这样肥沃的原野；还占据着巴郡、汉中郡这样富饶的地区；右边有高山峻岭，左边也有天然险障；人民众多，兵士振奋，武器充足。如果秦国企图向外扩张，那么谁也保不住。您可千万不要因为受了点秦王的气，就妄想打击秦国，千万不要轻举妄动啊！”

太子丹问：“但总得有所行动吧？该怎么办才好呢？”鞠武回答：“让我再好好想想。”

过了不久，秦将樊於期得罪了秦王，逃亡到燕国，太子丹接

纳了他，并让他住下来。鞠武劝谏太子说："不行，秦王暴虐无道，而且又怨恨燕国，这已经够麻烦的了。现在你收留樊将军，这不是火上浇油吗？你要是非得这么做，那燕国可就没办法解救了。希望您赶快把樊将军送到匈奴去，让秦国对我们没有什么借口。然后，我们可以结交三晋，再联合齐国、楚国，并且跟匈奴搞好关系，这样才有办法对付秦国。"

太子丹说："太傅的计划，要花费的时间太久了。现在我心烦意乱，恐怕等不到那个时候。再说了，樊将军现在是无地容身，因为信任我，才来投靠我，我总不能因为害怕强秦，就抛弃这个可怜的朋友吧？而且，我现在特别需要用人，更是不能轻易得罪朋友。希望太傅替我再想想办法。"

鞠武说："唉！既然太子非要铤而走险，甚至非得拿整个燕国来报自己的私仇，那么我就没办法了，我也提不出什么意见和建议来。还好，燕国有一位田光先生，他为人深谋远虑、勇敢沉着，您可以跟他商量怎么办。"

太子忙说："既然如此，那么希望能通过您的介绍，让我结识田光先生。"于是，鞠武便去会见田先生，并带着田光来拜见太子。

太子丹上前迎接田光，慢慢后退着走，为田光引路，又跪下来拂拭座席。田光坐定以后，太子退下了左右随从，然后离开座席，对田光请求说："燕国和秦国，势不两立，希望先生能帮忙出出主意。"

田光说："骏马年轻的时候，可以日行千里；可是它一旦衰老，就连劣马也跑不过。现在，我田光已经老了，跑不动了，可是太子还以为我像年轻时候一样。不过，虽然我老了，但是我可以推荐给太子一个人，他是我的好朋友，名叫荆轲。"

太子说："那好吧，希望先生您介绍一下，让我见识见识荆轲，可以吗？"

田光说："遵命！"随后马上起身，准备去找荆轲。太子送到门口，告诫田光说："我所说的，还有先生所说的，都是国家大事，先生可千万不要泄露啊！"田光笑着说："这个您不用担心。"

田光见到荆轲，说："我田光和您要好，燕国没有人不知道。

现在太子想让我帮他的忙，可是我身体已经大不如前，帮不上他什么忙。所以，我没有征求您的同意，就自作主张，向太子推荐了您，希望您能马上到宫中去拜访太子。”

荆轲说：“遵命。”

田光又说：“长者办事，不能让别人提心吊胆。今天太子告诫我田光：‘我们所说的，都是国家大事，希望先生千万不要泄漏。’这说明太子还是有些对我不放心。办事让人不放心，就算不上真正的侠客。希望您立即去拜访太子，就说田光已经死了，秘密是肯定不会泄漏的。”说完，田光拔剑自刎。

荆轲去会见太子，说田光已经自杀，并且转达了田光的话。太子听后，拜了两拜，跪下来拜祭田光的在天之灵，流着泪说：“我之所以告诫田先生不要泄密，是为了完成大事。可是，田先生没有必要用死来表明自己啊！”

荆轲坐定以后，太子离开座席叩头说：“如今的秦王，欲壑难填，如果不完全吞并天下土地，他是不会满足的。现在，秦国已经占领了韩国，又发兵攻打赵国，秦将王翦和李信都率领大军直逼赵国的心脏。赵国如果抵挡不住秦军，必定会向秦国俯首称臣；而赵国一旦称臣，那么秦国的下一个目标就是燕国了。燕国弱小，即使动员全国的兵力，也不足以抵挡秦军。现在看来，唯一的解决方式，就是劫持秦王，迫使他归还各诸侯国的土地，如果不行，就干脆杀掉他。秦国的大将都领兵在外，如果国内有动乱，那么君臣就会互相猜疑。趁这个机会，诸侯各国就能够联合起来。这样，要打败秦国就有希望了。燕国要得救，只能靠这个办法了，但是我不知道把这个重担委托给谁才好，希望荆卿能考虑考虑。”

荆轲听后，好久没有说话，最后说：“这是国家大事，我荆轲才能有限，恐怕负担不起啊！”

太子又上前叩头，坚决请求荆轲不要推辞。荆轲思之再三，才答应了。太子于是尊荆轲为上卿，让他住上等的公馆，而且每天都亲自来宾馆拜访，供给荆轲牛、羊、猪三牲，还不时进献奇珍异宝，并不停献上车马和美女，千方百计地投合荆轲。

就这样过了好几天，荆轲还是没有动身的意思。秦将王翦攻破了赵国国都，俘虏了赵王，占领了赵国的土地，又向北进军，一直打到了燕国的南部边界。太子丹恐惧万分，去见荆轲说："秦军快要渡过易水了，马上就会打到我们燕国。虽然我的确想多陪您几天，但是大敌当前，恐怕陪不了了，您该出发了。"荆轲说："没有太子这番话，我也要去拜见您了。现在去秦国，要是没有让秦王感兴趣的东西，恐怕根本就无法接近秦王。樊将军跟秦王有仇，秦王悬赏千斤黄金和万户封邑来，不惜血本要得到他的头。所以，如果能得到樊将军的头，还有燕地督亢的地图，一起进献给秦王，那么秦王必定愿意接见我，这样我才有办法效命。"

太子不同意："樊将军走投无路，才来投靠我，我不忍心因为自己的私事而伤他的心，希望您再考虑考虑，看有没有别的办法！"

荆轲见太子不忍心，就自己去见樊於期说："秦国对待将军，可以说是太狠毒了！您的父母和族人，都被杀死或被收为奴婢。现在又听说，秦王要悬赏千斤黄金和万户封邑，专门征求将军的头，您打算怎么办呢？"

樊於期仰天长叹，流着泪说："我樊於期一想到这些，就总是痛入骨髓，只是想不出报仇的办法罢了！"

荆轲说："今天我有一句话，说不定既可以解救燕国，也可以为将军报仇雪恨，怎么样？"

樊於期上前说："什么话，请您快说，我樊於期一定照办！"

荆轲说："希望得到将军的头去献给秦王，秦王必定高兴，愿意接见我。我用左手抓住秦王的衣袖，右手拿匕首捅进他的心脏，这样，将军的仇可以报，燕国的危机也可以解决了！将军觉得怎么样？还有更好的办法吗？"

樊於期听了，痛苦万分，走近荆轲说："有幸得到您的指教，我樊於期万死不辞！"随后就自杀了。太子听到这个消息，马上驰车前来，伏在樊将军尸体上痛哭，极为悲哀。事已至此，已经没有其他的办法了，于是就把樊於期的头装入匣子中密封起来。

当时，太子已经找到了天下最锋利的匕首，并且让工匠把毒药浸染在匕首上，用来试着杀人，只要流出一丝儿血，受试的人没有不立刻死亡的。于是准备行装，安排荆轲起程。

燕国有个勇士名叫秦舞阳，十三岁时就杀过人，人们都不敢正眼看他。太子丹派秦舞阳当荆轲的助手。荆轲要等另一个人，同他一道去。那个人住得远，还没有来，荆轲就替那个人准备好了行装，等他。太子总觉得该出发了，怀疑荆轲反悔，就再次提醒荆轲说：“时间已经到了，荆卿是不是还有什么想法？要不，先让秦舞阳起程？”荆轲发怒了，斥责太子说：“太子这样做，是什么意思？我迟迟没有出发，不过是要等我的朋友一道去。既然太子怀疑我，那我就不等了，请您辞别吧！”于是出发了。

太子和几个人穿戴着白色的衣帽，去为荆轲送行。送到易水边，祭了路神以后，就准备上路了。高渐离击着筑，荆轲和着筑声唱歌，声音凄凉感人，送行的人都黯然流泪。荆轲又一边走一边唱道：“风萧萧兮易水寒，壮士一去兮不复还！”随后，荆轲表

情坚定地登车离开了，一直都没有回头。

一到秦国，荆轲就拿着价值千金的礼物，送给秦王的宠臣蒙嘉。蒙嘉为他向秦王通报说："燕王确实畏惧大王的声威，不敢出兵抵抗大王的军队，愿意全国上下都归附秦国，按期交纳贡物和赋税，就像秦国的郡县一样，只要能保住他们的宗庙就行。燕王心里害怕，不敢亲自来陈述，就特地砍下了樊於期的头，并且献上了燕地督亢的地图，用匣子封存好，派人给大王带来了。"秦王听了，非常高兴，便穿了上朝的礼服，安排了有九位礼宾司仪的隆重仪式，在咸阳宫接见燕国使者。

荆轲手捧盛着樊於期头颅的匣子，秦舞阳手捧装着地图的匣子，一前一后走上宫殿。到了宫殿的台阶上时，秦舞阳害怕了，吓得连脸都变了色，大臣们觉得奇怪。荆轲回过头来对秦舞阳笑笑，然后上前对秦王谢罪说："北方蛮夷地区的人，从来没有见过天子，所以害怕。希望大王能宽容他，让他能在大王面前完成使命。"

秦王对荆轲说："把秦舞阳所带的地图拿上来！"荆轲于是取了地图，呈献给秦王，秦王打开地图，突然露出了一把匕首！这时候，荆轲左手抓住秦王的衣袖，右手拿起匕首，直刺秦王，秦王一惊，抽身跳了起来，衣袖被扯断了。秦王赶忙抽剑，剑太长，便一手抓住了剑鞘。当时惊惶紧急，剑又套得太紧，所以怎么也抽不出来。荆轲握着匕首追逐秦王，秦王绕着柱子跑。大臣们都惊呆了，一时之间手足无措。

按照秦国的法令，在宫殿里侍从的大臣们不准携带任何武器，而那些拿着武器的官兵只能排列在殿下，没有皇上的命令不准上殿。现在正是情况紧急的时候，却来不及召唤殿下的侍卫，因此荆轲才能追逐秦王。仓惶紧急之时，没有什么可用来打击荆轲，大家只好徒手上阵，只有侍从医官夏无且还有个药袋子，砸了荆轲几下。秦王绕着柱子跑，仓惶之极，不知道怎么办好。忽然有人喊："大王，背剑！"秦王就把剑推到背上，于是拔出了宝剑，砍断了荆轲的左腿。荆轲受伤倒地，便举起匕首投向秦王，没有投中，匕首扎在了铜柱子上。

荆轲没有了武器，于是秦王持剑上前，再次击杀荆轲。荆轲身负重伤，知道不能成功了，便背靠铜柱，大笑大骂道："没能成功，只是因为想活捉你，要不你肯定跑不了的。"这时，秦王的武士上殿，杀掉了荆轲。

虚惊一场，秦王很久也没有缓过劲来。后来论功行赏，并且惩办临阵脱逃的官员，还赐给夏无且二百镒黄金，秦王说："唉！只有无且爱护我，只有他拿药袋子砸了荆轲几下！"

荆轲刺秦王不成，反而让秦王大怒，命令王翦的部队攻打燕国。十个月就攻破了燕国都城。燕王和太子丹率领精锐部队，向东退守到辽东，而秦军则紧追不舍。这时候，代王赵嘉写信给燕王说："秦军之所以追您追得那么急，全都是因为太子丹。现在大王如果能杀死太子丹，把他献给秦王，秦王必定撤兵，只有这样，燕国社稷才能保全。"燕王于是便派人杀死了太子丹，准备把他献给秦王。可是，秦国就当没有这回事，照样攻击燕王。五年以后，秦国终于灭亡了燕国，俘虏了燕王。

第二年，秦国兼并了天下，建立帝号，称为皇帝。之后，秦始皇下令通缉太子丹和荆轲的门客。高渐离是荆轲的朋友，只能改名换姓，给人家当酒保。时间久了，他觉得做工太辛苦，一听见主人家堂上有客人击筑，就徘徊着不肯离开，还常常脱口而出："那个人击筑，有好的地方，也有不好的地方。"

有人把高渐离的话告诉了他的主人："那个佣工竟然懂得音乐，他私下里评论过击筑的得失，好像挺内行。"酒店主人听了，就召高渐离到堂上击筑，赢得了满堂喝彩。高渐离心想，总是躲躲藏藏的，担惊受怕，总不是办法，不可能总这样下去，于是就退下去，拿出行李箱子中的筑和以前的好衣服，更新打扮了一番，再次上堂。满座宾客都很惊讶，走下座位和他平等地以礼相待，把他当作上宾，并请他击筑唱歌，听了之后，都被感动得热泪盈眶。

秦始皇听到了这件事，就召见他，想听他击筑表演。有人认识高渐离，就告诉了秦始皇。秦始皇爱好音乐，就赦免了他的死罪，但是弄瞎了他的眼睛，让他击筑表演，每次都称赞他击得好。几次之后，秦始皇没有了戒心，就离高渐离越来越近。高渐离感觉到了，便在筑里暗藏了铅块，趁秦始皇靠近的时候，突然举起筑来扑击秦始皇，没有击中。秦始皇于是就杀掉了高渐离，而且从此以后，再也不靠近诸侯国的人。

第五十八章

李斯列传

中国历史名著文库

仓鼠之志丞相之职

李斯本来是楚国上蔡人。年轻的时候，曾在乡郡里担任小官。他看见厕所里的老鼠吃着脏东西，每当有人或狗走近的时候，总是吓的不得了；又看见仓库里的老鼠吃着储积的粮食，住在大屋子里，根本不会受到人或狗的惊扰。两相对比，李斯发了感慨："唉！一个人是不是贤能，是不是能成才，就看他处在什么样的环境里罢了！这和老鼠有什么区别呢？能做仓鼠才是最好的成材之道啊！"

为了有所作为，李斯投奔荀卿，跟他学习帝王之道。学业完成以后，李斯觉得楚王不值得去辅佐，就想要到秦国去。李斯向老师荀卿辞别说："我听说，机不可失、时不再来。现在正是大国争雄的时候，游说之士可以立功，可以掌握实权。如今秦王想要并吞各国、统治天下，这正是说客的好时机呀！地位卑贱却不思改变的人，只是徒有人形而已。地位卑贱，是我最大的耻辱；处境穷困，是我最大的悲哀。我不可能愤世嫉俗，不可能厌恶名利。所以我李斯要去游说秦王，我就不相信得不到名利！"

李斯到达秦国之后，当了秦国丞相吕不韦的家臣，吕不韦认为他贤能，就任用他作侍卫官。李斯因此得到了游说的机会。他游说秦王道："一个能成就大业的人，就在于能趁有机可乘的时候，毫不留情地消灭对手。从前秦穆公称霸的时候，没有兼并其他六国，为什么呢？那是因为，当时诸侯还很多、还很强。可是现在不同了。凭秦国的强大，大王的贤明，完全可以消灭诸侯，成就帝王的大业，实现天下的统一，这是万世难逢的时机呀！现在如果不赶快着手，那么等到诸侯实力再度强盛起来，可就晚啦！"

秦王动心了，就任命李斯作长史，很重视他的意见。李斯给秦王出主意，暗中派人带着财宝去游说各国诸侯。各诸侯国的知名人士，只要是可以收买的，就不惜重金来拉拢他们；要是不肯接受，就杀掉他们。同时，采取反间计，离间诸侯各国，逐步削弱它们。

几年后，李斯因为功劳卓著，官位提升到廷尉。

经过二十多年的勾心斗角、血雨腥风，秦国终于吞并了天下，秦王嬴政成为始皇帝，李斯成了秦国的丞相。国家安定之后，拆毁各郡县的城墙，销熔各地兵器，表示不再用兵。与以前的朝代不同，秦朝的土地一尺也不分封，也不立宗室子弟为王，不封功臣为诸侯，以免埋下战争的祸患。

秦始皇三十四年，在咸阳宫摆设酒宴，博士周青臣等人在宴会上颂扬始皇的武威盛德。齐国人淳于越进谏说："我听说，殷代、周代的王位继承了一千多年，他们之所以能把持天下这么久，就是因为他们分封宗室子弟和功臣，作为自己的辅助力量。现在陛下拥有了天下，而宗族子弟却只是平民。要是一旦有外人篡权，靠什么来拯救危亡呢？管理国家，要是不借鉴古代的经验，很难长治久安。现在周青臣等人不为陛下考虑，只会阿谀奉承，这并不是忠臣之举。"

秦始皇把这个奏议交给了丞相李斯处理。李斯认为他的说法很荒谬，就上书皇帝说：

古时候，天下分散混乱，没有谁能统一，因此诸侯兴起，百家争鸣，都以为自己一派学说最好，而且用来否定这个、否定那个。现在时代不同了，陛下已经统一了天下，分辨了是非黑白；可是各家学说却还在胡说八道，朝廷的法令一颁布，他们就根据自己那套学说来信口雌黄。他们的目的很简单，就是要通过非议君主来为自己扬名，率领群众来诽谤朝廷。这种情况如果不禁止，那么君主的威望就会下降，而私人的小集团就会形成。这种情况必须禁止，否则不利于朝廷。我请求：凡是有收藏《诗》、《书》、诸子百家著作的，都要收缴并且销毁。从命令下达起，如果满三十天还没销毁，要受黥刑，并发配去修筑长城。不用销毁的，只有医药、占卜和种植这样的书籍。如果有想学习法令的人，必须要跟官吏学习，不得私相授受。

始皇认可了李斯的奏议。于是，秦国上下，到处没收并烧毁《诗》、《书》和诸子百家的著作，努力使百姓变得愚昧无知，使天下人再也无法借古讽今。

后来，又在全国上下统一法制律令，统一文字。第二年，始皇又巡视天下，对外平定了四方异族。所有这些，李斯都付出了心力，很受始皇的欣赏。

李斯的大儿子李由担任三川郡的郡守，几个儿子都娶了秦公主，女儿们也都嫁给了皇族子弟。有一次，李由请假回咸阳探亲，李斯在家里大摆酒宴，文武百官都前往祝贺，李家门前的车马数以千计。李斯看到此情此景，不禁长叹说：“唉！我曾听荀卿说过‘过犹不及’。我李斯原是一介草民，是街道里的普通百姓，皇帝不知道我才能浅薄，竟把我提拔到这个地位。现在，作为臣子，没有谁比我更高，我可以说已经富贵到极点了。凡事发展到了极点，

就必然会衰微下来，真不知道我将来的归宿在哪里！”

拥立秦二世

秦始皇三十七年，始皇出游，往北到达琅琊山。丞相李斯、中车府令赵高也随从皇帝出巡。始皇有二十多个儿子，长子扶苏因为屡次直言劝谏，始皇不高兴，就派他去边关领军，辅助将军蒙恬。始皇的小儿子胡亥最得始皇的宠爱，请求跟随出巡，始皇就答应了他。其余的儿子都没能随从。

到了沙丘地区之后，秦始皇病重，便让赵高写信给公子扶苏说：“把兵权交给蒙恬，到咸阳来参加我的葬礼。”信已封好，还没交给使者，始皇就去世了，书信和玺印都放在了赵高那里。当时，只有皇子胡亥、丞相李斯、赵高以及始皇所宠幸的五六个人知道始皇去世了，其余群臣都不知道。李斯认为皇帝在外面去世，朝廷又没有正式确定太子，容易引起国家的动荡，所以就封锁了消息。始皇的尸体被安放在既通风又隐蔽的车子里，百官报告政事和进献食物，都像平常一样，宦官们假托始皇的命令，在车里批准百官所上奏的政务。

赵高扣留了始皇给扶苏的玺印和书信，并对胡亥说：“皇上逝世，没有诏令封立诸公子为王，只是给了长子扶苏一封信。等扶苏一到，就会立为皇帝，而您却连一寸封地也没有。这太不公平了，您看该怎么办？”

胡亥说：“本来就应该是这样嘛！我听说，贤明的君王最了解他的臣子，贤明的父亲最了解他的儿子。父皇临终，不封赐儿子们，有什么好说的呢！”

赵高不同意：“不对！当今天下大权、秦国的生死存亡，都在您、我和丞相李斯手里，希望您能慎重考虑。现在的情况，或者是让别人向自己称臣，或者是自己向别人称臣，或者去控制别人，或者被别人控制，这两种情况可是大不一样啊！”

胡亥说：“废弃长兄，拥立最小的儿子，这是不义；不遵从父亲的遗命，这是不孝；才能浅薄，却要强夺别人的君位，这是无能。这三种行为都违背道义，天下人不会心服口服，自身危险，国家也容易灭亡。”

赵高说：“我听说，商汤、周武王杀死了他们的君王，天下人都觉得合情合理，不能算是不忠。卫君曾经杀死了自己的父亲，而卫国人却称颂他的功德，孔子还记载了这件事，不算是不孝。做大事的人，不可拘泥于小节，凡事只顾细节而忘了大体，那必定遗害无穷；犹豫不决，将来必定会后悔。只要我们果断勇敢地放手去做，连鬼神也会为我们让路，肯定可以成功。希望您就这样去做。”

胡亥思之再三，深深地叹了口气，然后说：“现在皇上刚去世，还没有发丧，丧礼还没有结束，怎好拿这件事去要求丞相呢？”

赵高看胡亥已经同意了自己的意见，就说：“这件事，如果不跟丞相商量，恐怕不会成功，我可以去跟他商量。”

赵高找到丞相李斯说：“皇上临终的时候，给长子一封信，叫他到咸阳来参加丧礼，并立他为皇位的继承人。可是信还没有发出，皇上就去世了。这事还没有别人知道，那封信和玺印都在胡亥那儿。其实，要确定太子是谁，就看您和我赵高了。您看怎么办好？”

李斯说：“怎么能说出这种亡国的话呢！我们做人臣的，不应该谈论这一类问题！”

赵高说：“您别急。您先自己估量一下，要论才能，您跟蒙恬比，谁更高？要论功劳，您跟蒙恬比，谁的功劳大？要论深谋远虑，您比蒙恬又怎样？论口碑，再比一比，又怎样？而且，蒙恬跟长子扶苏交情那么好，一旦扶苏上台，您又将被置于何处呢？”

李斯沉默不语。

于是赵高接着说：“我赵高只是个卑贱的宦官，侥幸进入秦朝宫廷，二十多年来，还没见到哪个大臣能把爵位传到第二代，都是不得好死。皇帝的二十几个儿子，您都了解。长子扶苏刚强勇敢，知人善任，重视军事，他就位的话，蒙恬必定会当丞相，那您就得告老回乡，这是毫无疑问的。我赵高有幸受命于皇上，负责教育胡亥，已经好几年了，从没见过他有什么过失。胡亥仁慈忠厚，轻视钱财，重视士人，虽然不善言辞，但是内心里能够明辨是非，秦国的公子们没有能比得上他的，他完全够格继承皇位。希望您好好考虑一下。”

李斯说：“您还是打消这个念头吧！我李斯遵照皇帝的遗诏，听从上天的安排，有什么需要考虑的呢？我李斯原本一介草民，皇上信得过我，才提拔我为丞相，把整个国家都交给我，并且让我的子子孙孙都尊贵无比。我怎么可能辜负皇上！您还是不要再说了！”

赵高没有放弃：“圣人处世，应该顺应各种变化，调整自己的原则，哪能有永恒的法则呢！现在，天下命运正掌握在胡亥手中，我们应该顺其自然，不要逆潮流而动。您为什么非得坚持那些死板的原则呢？”

李斯说：“当初，晋献公废太子申生，改立奚齐，结果三代政局不安；齐桓公和公子纠兄弟二人争夺王位，结果公子纠被杀死；殷纣王杀死叔父比干，不听劝谏，因此整个殷朝不得善终。这三件事都违背天理，结果国破家亡。我李斯不可能参与篡位！”

赵高说：“只要上下同心，大事就可以长久；内外一致，事情就不会有差错。您要是听从我的计策，就可以得到封侯，世世代代称王称侯。如果您放弃这个好机会，那恐怕就连您的子孙都会遭殃。我实在替您心寒呀！您看着办吧！”

李斯考虑了一会儿，知道如果不同意赵高，很可能自身难保，于是仰天长叹，流着眼泪叹息说：“唉！生于这样的乱世，既然不能以死效忠，又能怎么办呢！”

于是李斯就参与谋划，假称受了始皇遗诏，立胡亥为太子。另外，还伪造了一封始皇给长子扶苏的信说：“你扶苏和蒙恬带领几十万大军驻守边疆，已有十多年了，不但没有扩展国土，还伤亡了大量士兵，一点功劳都没有。可是，你反而屡次上书，诽谤我的所作所为。仅仅因为不能回朝来做太子，就日夜怨恨。你作为儿子，这样不孝顺，我只好赐剑让你自杀！另外，将军蒙恬跟随你在外，不能纠正你的错误，也是对国家不忠，也必须自杀，把军队交给副将军王离。”

扶苏见信，非常伤心，就哭泣起来，随后走进内室，准备自杀。蒙恬劝止扶苏说：“陛下在外巡视，没有确立太子，派我率领三十万大军驻守边疆，叫公子任监军，这是把天下重任交给了我们。可是，现在却来了一个使臣，带来一封信让我们自杀，您怎么知道这是不是诡计呢？请您再请示一下，请示之后再自杀也不迟！”扶苏为人忠厚，又经不住使者的再三催促，就对蒙恬说：“父亲让儿子自杀，还请示什么呢！”说完就自杀了。蒙恬不肯自杀，使者就把他交给狱官，囚禁起来。

使者回来报告，胡亥、李斯、赵高都很高兴。回到咸阳，就给始皇发丧，太子胡亥继位成为二世皇帝。赵高被任命为郎中令，经常在宫中侍奉皇帝，掌握了大权。

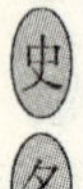

智斗赵高

二世皇帝登位以后，不理政事，准备享乐，就叫赵高来商议怎样行乐。二世说："人生在世，只是短暂的一瞬而已。我现在已经君临天下，什么都可以得到，想好好享受一下，满足自己的所有乐趣；同时，还要保持国家的安定，直到我去世为止。你看，我的想法行得通吗？"

赵高说："只要是贤明的君主，都可以做到，但昏乱的君主却是行不通的。现在看来，这种时机还不成熟。我们在沙丘的密谋，诸位公子和朝中的大臣都有所察觉。现在陛下刚刚登位，他们这班人心里都在愤愤不平，弄不好恐怕会发生变乱。况且，蒙恬虽然死了，而蒙毅还在带兵，我总是提心吊胆，深怕得不到好下场。在这种情况下，陛下怎能纵情享乐呢？"

二世皇帝问："那该怎么办？"

赵高说："我们应该加强法令和各种刑罚，让有罪的人互相牵连受罚，甚至收捕整个家族。尽快诛灭那些心里有鬼的大臣，削弱皇族子弟的权力，然后，任用陛下您亲信的人，让他们从内心里感激并归附陛下。这样一来，祸害清除了，群臣又都蒙受您的厚德，那么陛下就可高枕无忧了，就可以纵情享乐了！"

二世皇帝接受了赵高的意见。从此以后，群臣和公子之中，无论谁有罪，二世皇帝都把他们交给赵高。赵高趁机公报私仇，诛杀了大臣蒙毅等人，十二个公子也在咸阳被杀死，十个公主也被分尸，全部财产都收归国家。受牵连被治罪的人多得不计其数。

公子高想逃亡，又害怕连累家族，就上书说："先帝健在的时候，很赏识我，对我无微不至，总是赏赐我。我本该陪同先帝死去，却没有做到。作为儿子，我这是不孝，做为臣子，我这是不忠。不忠不孝的人，没有面目活在世上。所以，我请求陪同先帝死去，希望能安葬在骊山脚下。请求皇上能恩准。”

胡亥听了，非常高兴，召见赵高，把公子高的报告拿给他看，说：“他这是情急无奈吧？会不会是有什么阴谋？”赵高说：“他现在连自己的小命都保不住，哪里还能图谋叛乱呢！”胡亥于是认可了公子高的上书，赏赐给他十万钱，作为安葬的费用。

法令刑罚一天比一天严厉苛刻，群臣人人自危，都想要叛乱。这个时候，二世皇帝又建造了阿房宫，大兴土木，对人民的剥削越来越重，兵役和劳役没完没了。人民怨声载道，陈胜吴广等人趁机起来造反，英雄豪杰群起响应，一起反叛秦朝，整个国家风雨飘摇。

李斯屡次请求进谏，二世皇帝都没有允许，反而责问李斯说：“我有个想法，是从韩非那里听来的，他说：‘尧帝得到天下的时候，殿堂不过三尺高，用破木头做屋椽，用烂茅草盖屋顶。冬天穿鹿皮袄，夏天穿麻布衣；吃的是粗米饭，连肉都没有。夏禹的时候，整天治水，整天泡在水里，连小腿上汗毛都掉光了，手掌足心长满了厚茧，最后活活累死了。即使是奴隶，也不可能更劳苦了！’这是何必呢？这只能证明他们没有出息。真正贤明的人，应该能够轻轻松松地安定天下，并且能尽情享受。我就希望能做这种真正贤明的君主，希望能够随心所欲，并且永久地享有天下。依丞相你看，我该怎么办才行？”

李斯听了，一句话也说不出来，只好退出。

当时，陈胜吴广等起义军横扫秦国，所向披靡，后来，终于被秦国大将章邯击败。秦二世责备李斯：“你李斯作为秦国的丞相，掌握着国家的大权，为什么竟让叛乱的盗寇如此猖狂？要不是章邯，秦国可如何是好？”李斯大为恐惧，不知道怎样才能保住自己的爵位俸禄。没有办法，就全心全意迎合二世，想求得宽容，上书回答说：

贤明的君主，必定是那些严厉督察百官的人。只要君主严厉，那么臣下就不敢不尽力为君主效命。这样，君主就可以专制天下，而自己却不受任何制约，就能享尽人间最大的乐趣了。

所以申不害曾说过："拥有天下，却不能为所欲为，那等于是把天下当作了自身的枷锁。"这没有别的原因，就是因为他不能严厉地督察臣下，反而让自己为天下百姓操劳，就像尧和禹那样愚蠢。要是不能让天下人顺从自己，却偏要劳苦自己的身心，为百姓牺牲自己，就是百姓的奴隶，而不是真正的君主。让别人为自己效命，那才是尊贵；让自己为别人效命，那就是低贱。自古以来，我们都尊重贤能的人，那是因为他们尊贵；而我们之所以蔑视无能的人，是因为他们卑贱。

韩非子说："慈祥的母亲会有败家子，而严厉的主人不会有不听话的奴隶。"为什么呢？是因为严刑峻法能统治万民。所以，商鞅订立这样的法令，只要是把灰烬倒在路上，就可以处以重罚。只有贤明的君主才能这样明察秋毫啊！罪轻尚且要重罚，何况有了重罪呢！所以，那时候的百姓是不敢犯法的。明主圣王之所以能够长久地处在尊贵的地位上，独自垄断天下利益，并不是因为他们有什么法宝，只是因为能够专断独行，善于发现别人的过失，加重各种惩罚。

所以，贤明君主应该独断专行，建立严明的法制。另外，还应该敢于废弃自己所厌恶的，扶植自己所喜爱的。这样，他才能杜绝所谓的仁义，让游士无话可说，从而一切都凭自己的见闻行事。这样，他才能为所欲为、肆无忌惮，这样，才算是明白了申不害、韩非的权术，并学会了商鞅的法制。这样，就是全面掌握了帝王的统治术，即使申不害和韩非复活，也不过如此啊！

二世皇帝见了李斯的奏书，非常高兴。从此以后，秦朝的各种法令和责罚更加严厉了。向人民抽税最重的，才算是贤明的官吏。秦国路上的行人，有半数都是受过刑的，死尸每天都堆积在街市上，怎么清理也清理不完。到处都在杀人，杀人多的，就被看作忠臣。

这个时候，赵高担任郎中令，因为他杀害的人很多，很害怕大臣们在入朝奏事时揭露自己，所以就劝谏二世皇帝说："天子之所以尊贵，是因为群臣只能听到他的声音，却不能见到他的人。况且，陛下现在年纪还轻，未必什么都懂，坐在朝廷上，弄不好会在大臣面前暴露短处，那就不好看了。陛下您不如深居宫中，让我和另外几个熟悉法令的人侍奉您，大臣们有事上奏，我们帮您处理。如此一来，天下人就都会称颂陛下的神圣啦！”二世皇帝本来就无心于政事，于是就很愉快地采纳了赵高的意见。

从此以后，大臣们再也见不到皇上，政事都由赵高决定。

李斯觉得皇上这样做，对国家不利，就想去进谏。赵高听说李斯要进谏，就提前去见李斯说：“现在，全天下盗贼蜂起，可是皇上却增派劳役修建阿房宫，还搜集名狗骏马这类没有用处的玩物。臣想要谏止，只不过考虑到自己地位卑贱，不便说话。这其实是您丞相的事，您为什么不进谏呢？”

李斯说：“我早就想说了。可是现在皇上总是不上朝，住在深宫里，我有千言万语，也无法传达。想要进谏，却苦于没有机会。”

赵高说，“如果您真要进谏的话，我可以帮忙，什么时候皇帝有空，我可以偷偷告诉您。”

不久，赵高趁皇帝正在欢宴娱乐、乐不可支的时候，派人告诉丞相李斯说：“皇上正有空闲，您可以赶快来禀奏国事。”李斯马上进宫求见。就这样，一连好几次。二世皇帝很生气：“我平常有的是空闲，丞相不来。我只要一玩得兴起，他就来请示这个、请示那个。丞相是不是瞧不起我？他为什么偏偏和我作对呢？”

赵高暗地高兴，马上添油加醋地说：“要是丞相跟您作对，那可就太危险了！

当初，我们在沙丘一起密谋，丞相参与了。现在陛下已经成了皇帝，可是丞相并没有更加尊贵，所以才对您不满。看来，他是想割地封王啊！其实，我早就看出来了，但是陛下要是不问我，我也不敢说。

丞相的儿子李由担任三川郡守，陈胜吴广等叛贼都是邻县的居民，这些叛贼公开横行，经过三川郡的时候，李由只是守城，却不肯出击。另外，我还听说，他们之间有文件往来，因为还没有得到确切情况，所以不敢来告知陛下。况且，丞相在外面，权势比陛下还重，所以我更是不敢乱说话。”

二世皇帝信以为真，准备惩办李斯。又有点担心赵高说的不够确切，于是就派人去调查三川郡守李由，看他是不是真的与叛贼勾结。

李斯听到了这个消息，很焦急，准备亲自向皇帝辩解。当时，皇帝在甘泉宫，正在观赏摔跤和杂戏表演。李斯还是见不到二世，就想办法上书给他，陈述赵高的短处说：

“我听说，臣子如果同国君平等，那么国家就危险了；妻妾要是同丈夫平等，那么家庭就难以安宁。现在，赵高在皇上身旁，独揽了大权，权势与陛下没有两样，这可是非常危险哪！从前，子罕担任宋国丞相，亲自执行刑罚、处理政务，一年之后就篡夺了王位。田常当齐简公的臣子，下得百姓，上得群臣，不久就在朝廷上杀害了齐简公，终于取得了齐国。这是天下人都知道的事情。现在的赵高，与当初的子罕和田常一样啊！陛下如果不早做提防，我恐怕他会叛乱呀！”

二世皇帝终于召见李斯说:“丞相恐怕言重了吧?赵高一向廉洁向善，因为忠诚而得到了我的提拔。况且，我从小就失去了父亲，没什么见识，不懂得治理百姓;而你又老了;我不把国家托付给赵高，又该给谁呢?再说，赵高为人清廉，下能了解民情，上能合我心意，你可不要怀疑他。”

李斯说:“皇上您看错了。赵高只是个心地卑劣的人，不懂得道义，贪得无厌，惟利是图。他现在的地位权势，仅次于皇上，但是他的欲望却比皇上大得多，所以，太危险啦!”

二世皇帝就是不信，只信任赵高，而且还担心李斯谋反，就偷偷把所有的话都告诉了赵高。赵高说:“丞相现在还没有什么动作，只是因为我赵高还在。我要是一死，他可就要干田常所干的事了。”二世皇帝很害怕，于是让赵高把李斯抓了起来。

李斯被关到了监狱里，仰天长叹:“唉!可悲啊!遇到昏庸的君主，即使再忠心耿耿，又能怎样呢?以前，商纣杀死了比干，吴王夫差杀死了伍子胥。这两个臣子，难道还不够忠心吗?可是都不免一死。如今，我的智慧比不上他们，而二世皇帝的昏庸无道，却要超过商纣和夫差，看来我死也活该!”

二世皇帝派赵高审问李斯，还打听李由谋反的情况，并且逮捕了李斯的族人和宾客。赵高装模做样地审讯李斯，用大板拷打了他一千多下，李斯忍受不了痛苦，只好招供。他相信自己能言善辩，而且劳苦功高，确实没有谋反，肯定有机会上书辩解，觉得二世皇帝能幡然省悟而赦免他。李斯在狱中埋头书写，洋洋洒洒写了很多，然后上书给皇帝。奏书呈交以后，赵高叫狱官把它扔掉，不要送给皇上。赵高说:“囚犯怎能上书!”

赵高指使他的手下，一共分成十几批，假扮御史、侍中等官员，轮流去审讯李斯。李斯改口，根据实情对答，赵高于是派人严刑拷打。后来，二世皇帝派人向李斯验证口供，李斯以为又同前几次一样，就没敢改变口供，而是承认了状辞。赵高把判决呈递上去，二世皇帝看了，高兴地说:“要不是赵君，我差一点就被丞相出卖了!”

二世皇帝又派人去调查李斯的儿子李由，可是，当时李由已

经被项梁所杀，什么都查不出来了。使者无功而返，回到京城之后，赵高就随便伪造了李由谋反的罪状。

秦二世二年，判定李斯应受五刑，决定在咸阳市上腰斩。李斯走出监狱的时候，跟他的次子一同被押解，回头对他的次子说："我还想带着你再牵着黄狗，一同出上蔡东门去抓兔子，还有机会吗？"父子两人忍不住相对痛哭。后来，李斯家族被全部杀光。李斯死后，二世皇帝任命赵高为丞相，事无巨细，都由赵高决定。赵高自知权势重大，就进献了一匹鹿，故意说它是马。二世皇帝问左右的人说："这是鹿吧？"左右都说："是马！"二世皇帝很惊讶，以为自己着了魔，就叫人来占卜。太卜也不敢说实话，就敷衍二世皇帝说："陛下春秋两季祭祀上天，供奉宗庙鬼神，斋戒不够虔诚，所以到了这个地步。陛下应该斋戒。"于是二世皇帝就住进上林苑，举行斋戒，还天天在苑里游玩射猎。

一天，有个行人无意之中进入上林苑，二世皇帝觉得有趣，就拉弓射箭，射死了他。赵高知道了，就劝谏二世皇帝说："天子无故杀人，这会违背上天，鬼神也不会容忍，恐怕上天会降罪的。陛下应该立即远行，避开皇宫去祈福消灾。"二世皇帝于是就搬出了皇宫，住到了望夷宫。

在望夷宫里住了三天之后，赵高假传二世的命令，叫来一群卫士，让他们穿着白色的衣服，拿着兵器，面对宫门站着。随后，赵高跑到宫里去，欺骗二世说："不好啦！叛军打到这里来啦！"二世登台观望，看见一群穿白衣、拿兵器的人，吓得要死。赵高趁机添油加醋，最后说服二世自杀了。

二世一死，赵高马上拿过皇帝的玉玺，佩带在身上。可是，左右百官都不愿听从他，赵高上殿去，殿堂就像地震一样，像要坍塌似的。赵高自知上天不许，就把始皇的一个孙儿子婴叫来，将玉玺交给他。子婴登位后，害怕赵高，就假托生病，不理政务，暗中与人商量，密谋诛杀赵高。赵高请求进见，探问病情，子婴就趁机刺杀了他，随后，灭掉了赵高的三族。

子婴登位三个月，沛公刘邦的军队从武关打进来，到了咸阳。群臣百官都背叛了秦朝，不抵抗沛公。子婴孤家寡人，毫无办法，就带着妻子儿女，用丝带系在自己的脖子上，到路边去投降，沛公把他们交给了主管刑狱的官吏。不久之后，项羽到了咸阳，杀死了子婴。秦朝就这样失去了天下。

第五十九章
蒙恬彭越列传

中国历史名著文库

胡亥杀蒙恬

蒙恬的祖先是齐国人。祖父蒙骜，从齐国来到秦国，侍奉秦昭王，战功累累，官至上卿。秦始皇七年，蒙骜去世。蒙骜的儿子名叫蒙武，蒙武的儿子名叫蒙恬。蒙恬曾经学习过刑法，担任狱官，掌管狱讼的文书工作。秦始皇二十三年，蒙武担任秦国的副将，跟王翦一同去攻打楚国，大败楚军，杀死了楚将项燕。一年后，蒙武又率军攻打楚国，俘虏了楚王。蒙恬的弟弟名叫蒙毅。

秦始皇二十六年，蒙恬由于出身将门，得以担任秦军将领，率军攻打齐国，大败齐军，被任命为内史。当时，秦国已经兼并天下，便派遣蒙恬率领三十万大军，北上驱逐戎族和狄族，收复黄河以南的土地。同时，利用险要的地势，修筑长城，西起临洮，东到辽东，绵延长达一万多里。

蒙恬领兵宿营，在外野战十多年，驻守上郡。由于骁勇善战，蒙恬的声威震慑住了强悍的匈奴，使他们不敢轻举妄动。秦始皇非常尊重和宠信蒙恬和蒙毅兄弟，蒙毅的官位也达到了上卿，外出时陪着皇帝同乘一辆车。蒙恬处理外务时，蒙毅常在朝内帮他出主意，被皇帝称为忠信大臣。因此，蒙氏兄弟权重当朝，其他将相没有谁敢和他们抗争。

赵高是赵国王族的远亲，有好几个兄弟，都生长在宦官家庭。秦始皇听说赵高有能力，精通刑狱法律，便选拔他担任中车府令。同时，赵高还侍奉公子胡亥，教他怎样审判案件。赵高曾犯大罪，秦始皇命令蒙毅依法惩处，蒙毅不敢违背法律，依法判处赵高死刑，开除他的宦官籍。可是后来，秦始皇觉得赵高平时办事认真，就赦免了他，恢复了他的官职、爵位。秦始皇三十七年，周游全国。途中，始皇病重，便派蒙毅按原路返回，去向山川神灵祈祷。蒙毅刚走，秦始皇到就病死在了沙丘地区，但是死讯没有公开，大

臣们都不知道。这时，赵高就跟李斯和公子胡亥密谋，拥立胡亥作太子；随后，又假托始皇的命令，让公子扶苏和蒙恬自杀。扶苏死后，蒙恬被抓了起来。胡亥已经听说扶苏已死，就想要释放蒙恬。赵高一直怨恨蒙氏兄弟，唯恐他们再次掌握实权，就在胡亥面前进谗言，结果蒙恬被继续关押，不得释放。

蒙毅祈祷回来，赵高心里害怕，想趁机消灭蒙氏兄弟，于是就假装为胡亥尽忠，对胡亥说："我听说，先帝早就想选您做太子，可是，每次先帝提到这件事，蒙毅都谏阻说'不行'。他明明知道您贤明无比，却屡次拖延先帝，不让他立您为太子，这不但是对您不忠，而且也是欺骗先帝。在我看来，这个人留不得，应该尽快杀掉！"胡亥听了赵高的话，就把蒙毅囚禁在代地。当时，蒙恬已经被囚禁在了阳周，两兄弟都是有力气而无处使。

秦始皇的灵柩运到咸阳，安葬完毕，太子胡亥登位为二世皇帝。赵高最得宠信，权重一时。但是他仍然担心蒙氏兄弟，就日日夜夜在皇帝面前诽谤他们，罗织罪名，一心要置他们于死地。

子婴进言二世皇帝说："蒙氏兄弟，是秦朝的将军、谋士，您现在想抛弃他们，我觉得不太合适。而赵高，并不是个有德行的人，不要轻易任用他。如果您诛杀忠臣，任用赵高那样缺乏德行的人，那么，对内无法安抚群臣，对外无法激励将士。这样下去，实在是不太合适。"

胡亥不听从进谏，却派遣御史曲宫乘坐驿车前往代地，命令蒙毅说："先主想要立太子，而您却百般阻挠。您对国家、对皇帝，都不够忠诚，按罪应当诛灭三族。可我还是有些不忍心，所以只赐您一死。您能得到这样的处罚，应该算是很幸运了。"

蒙毅向御史辩解说："先帝选立太子，是考虑多年的结果，我根本没有发言权，怎么可能百般阻挠！我并不怕死，只是希望能死得理所当然。从前，秦穆公用三位贤臣殉葬，错误地惩罚贤臣百里奚；秦昭襄王杀死功臣白起；楚平王杀死伍奢；吴王夫差杀死伍子胥——这四位君主，都是大错特错，所以全天下人都批评他们，弄得他们声名狼籍。杀害无罪的臣民，可是没有好结果的啊！希望皇上和大夫您能在考虑考虑！"

御史知道胡亥就是想杀掉蒙毅，所以对蒙毅的话置若罔闻，还是杀了他。

二世皇帝又派使者到阳周，命令蒙恬说："您的过错太多，我就不多说了。而且，您的弟弟蒙毅犯了大罪，您也有份！"

蒙恬说："我们蒙氏家族，在秦国建功立业，并且声名煊赫，已经整整三代了。如今，我统领三十万大军，虽然身遭囚禁，但要是真想反叛，也没有谁阻挡得了。然而，我还是宁死遵守节义，因为我不敢玷辱祖先的教诲，也不敢违背先帝。从前，周成王刚登位的时候，年龄还很小，周公旦背着他上朝面见百官，帮他平定了天下。有一次，成王病危，周公旦祈祷说：'君王年幼无知，如果有罪，请让我来承担。'史官把这些话记了下来，收藏在档案馆里。后来，成王长大，能够治理国家了，就有奸臣说：'周公旦早就想作乱了！君王要早加防备啊！'成王恼怒，周公只好逃亡

楚国。不久之后，成王到档案馆，恰巧看到了周公旦的祷辞记录，就流着眼泪说：‘谁说周公旦想要作乱呢？’于是就杀掉了进谗言的人，并且迎回了周公。如今，我蒙氏家族，世代尽忠，没有二心，可是结果竟然这样。周成王虽然有过失，但能补救，所以周朝昌盛；商纣杀死比干，却不知悔过，终于弄得国破家亡。希望陛下能为国家和百姓考虑，不要轻易下决定。”

使者深受触动，但还是无奈地说：“我地位低微，受命来处罚将军，不敢把将军的话转达给皇上。”

蒙恬深深地叹息说：“我到底哪里得罪了上天，为什么非得无辜受罚呢？为什么要死得这样冤枉？”过了很久，又慢慢地自言自语说：“我蒙恬的罪过，本来就该死了！从临洮连接到辽东，筑城墙、挖壕沟，长达一万多里，这中间不可能没有切断地脉啊！这就是我的罪过吧！”说完，就服毒自杀了。

汉将彭越

彭越是昌邑人，字仲。年轻的时候，由于不甘于平淡的生活、受不了官府的欺压，所以纠集了一群朋友，到巨野地区捕鱼为生，有时候也成群结队地打家劫舍。

陈胜和项羽等人起义的时候，朋友们对彭越说：“现在秦国乱套了，许多豪杰都拉杆子起义，反叛暴秦。你为什么不出来抢占一席之地呢？我们也可以像他们一样有所作为。”彭越说：“现在是两龙相斗的时候，再等等吧！”

过了一年多，有一百多名年轻人聚集起来，前往追从彭越，请求他做头领，一同起义。彭越谢绝，青年们再三恳求，彭越才答应了他们，与他们约好第二天早晨日出时集合，迟到的就要杀头。第二天早晨日出的时候，有十几个人迟到，最后一个人直到正午才来。彭越很生气，抱歉地对大家说：“我老了，本来不愿起事，可是你们一定要我做首领，所以我就答应了。要起事，就必须要有严明的纪律，今天约好了时间，却有这么多人迟到，又不能都杀头，所以只好杀掉最后的那个人了，以明军纪。”

大家都是一些草莽英雄，散漫惯了，听了彭越的话，都觉得小题大做，笑嘻嘻地说：“不至于到这个地步吧？我们以后不敢了。这次就算了吧！”彭越不干，亲自跑到队伍中去，拉出那个人，杀了他。然后，设立祭坛祭祀，并向大家发布军令。众人大惊，很害怕彭越，不敢抬头看他，对他的命令再也不敢怠慢。彭越整顿了军纪，立刻率领众人出发，攻城略地，同时收编诸侯军中逃散的士兵，不久就得到了一千多人。

沛公攻打昌邑的时候，彭越率兵援助。昌邑没有攻克，沛公带兵西进，而彭越则驻扎在巨野，收编各路散兵游勇。后来，楚王项羽进入关中，分封诸侯为王，然后回师。彭越的部众一万多人，无所归属。汉元年，齐王田荣反叛项羽，派人赐封彭越为将军，叫他攻打楚国。楚国派萧公角率兵迎战彭越，彭越大败楚军。

汉二年，汉王跟魏王豹以及各路诸侯攻打楚国，彭越带领他的军队三万多人归附了汉王。汉王说：“彭将军收复魏地，占领了十几个城邑。现在呢，应该赶快拥立魏国的后代为王。魏豹是真正的魏国后代，可以立他为魏王。彭越有勇有谋，可以立他为相国。”于是任命彭越为魏国相国，独揽魏国的兵权，去攻打梁地。

汉王在彭城战败之后，向西撤退。彭越又丢掉了原先攻占的城邑，只好独自率领他的军队驻扎到黄河沿岸。汉王三年，彭越经常率军神出鬼没于各地，作为汉军的游击队，袭击楚军，在梁地断绝了楚军的后援粮草。汉四年冬天，项羽跟汉王在荥阳对峙，彭越趁机攻下了睢阳、外黄等十七个城邑。

项羽听到这个消息，就派曹咎驻守成皋，亲自率军收复被彭越所攻占的城邑。彭越势弱，率军撤退到谷城。汉五年秋天，项羽军队撤退到阳夏，彭越又趁机出兵，攻下了昌邑附近二十多个城邑，得到谷物十几万斛，用来补充汉王的军粮。

当时，汉王经常吃败仗，便派人去联合彭越，让他与自己合力攻打楚军。彭越没有同意，说：“魏地刚刚平定，楚军还会来偷

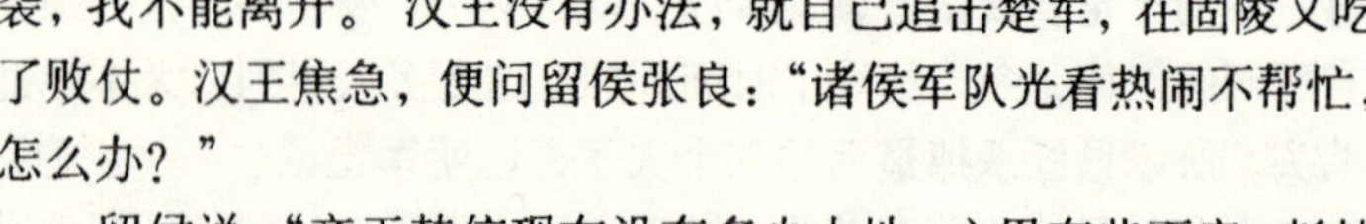

袭，我不能离开。”汉王没有办法，就自己追击楚军，在固陵又吃了败仗。汉王焦急，便问留侯张良：“诸侯军队光看热闹不帮忙，怎么办？”

留侯说：“齐王韩信现在没有多少土地，心里有些不安。彭越平定了梁地，功劳很大，但是大王只任命他为魏国的相国，他心里肯定不满。现在魏王已经死了，又没有后代，彭越肯定想称王。要我看，您现在应该跟他们两人约定，如果他们帮忙战胜楚国，那么从睢阳以北到谷城一带，都给彭越，让他称王；从陈县以东一直到海边这一片地方，划给齐王韩信。如果您能舍得这些地方，许给他们二人，他们很快就能赶来；如果这样还不能让他们动心，那么可就不好办了。”

汉王听从了张良的意见，派使臣去说服彭越。彭越立即率领所有军队出发，前往垓下与汉军会合，终于大败楚军，杀掉了项

羽。当年春天，彭越被立为梁王，以定陶作为都城。

汉王十年秋天，陈豨在代地造反，高祖亲自前往讨伐，到达邯郸时，命令梁王带领兵马一起去平叛。梁王推说生病，派遣部将率领军队到邯郸去与高祖会合。高祖发怒，派人去责备梁王。梁王害怕，想亲自去谢罪。部将扈辄说："大王开始不去，现在受了责备才去，去了肯定就会被抓起来。不如就此起兵造反。"梁王不听，还是借口生病，同时准备亲自去谢罪。

恰好在这个时候，太仆得罪了梁王，梁王想杀了他。太仆逃跑到汉王那里，密告梁王跟扈辄谋反。汉王大怒，立刻派兵突袭梁王。梁王毫无准备，束手就擒，被囚禁在洛阳。审理过后，被确定为叛国罪。汉高祖念他当初帮自己打天下，就赦免了他的死罪，降为平民，流放到蜀地。彭越被押送到郑县时，恰好碰见了出游的吕后，就向吕后哭诉，声辩自己无罪，希望能回到故乡昌邑定居。吕后答应了，带着他来到洛阳。到了洛阳之后，吕后对高祖说："彭王不是一般人，如果把他迁徙到蜀地，这是给自己留下后患，不如干脆把他杀了！我已经把他带到洛阳来了。"

高祖想想有理，就让彭越的家臣密告彭越还想谋反，然后让廷尉上奏，请求诛杀彭越三族。于是，彭越被灭了三族，封国也被废除了。

第六十章

张耳陈馀列传

中国历史名著文库

贫贱之交亲如父子

张耳是魏国大梁人，年轻的时候，曾在魏公子无忌门下作宾客。后来，张耳得罪了人，隐姓埋名逃到了外黄。外黄有家富人的女儿很漂亮，却嫁了一个愚蠢平庸的丈夫。她很讨厌这个丈夫，就逃了出来，藏到父亲的老朋友家里。父亲的朋友了解张耳，就向这女子推荐说："如果你非得找个好丈夫不可，那就跟从张耳吧！"那女子于是就请他作主，改嫁了张耳。

女家有钱，所以张耳没有了衣食之忧，到处结交朋友，有的人甚至从千里之外来投奔张耳。没过多久，张耳在魏国做了官，担任外黄县令，名望越来越高。

陈馀也是大梁人，爱好儒家学说，多次游历赵国。有个富人，叫做公乘氏，觉得陈馀不是个平庸的人，就把女儿嫁给了他。陈馀年轻，像侍奉父亲一样对待张耳，两人结成了生死之交。

秦国灭亡大梁的时候，张耳家住外黄。当时，汉高祖刘邦还没有起事，还是个平民，跟张耳关系很好，曾经在张耳家里住了好几个月。秦国灭亡魏国以后，听说张耳和陈馀是魏国名士，就悬赏捉拿他们：捉到张耳赏千金，捉到陈馀赏五百。张耳、陈馀只好改名换姓，一起逃到陈县，充当看门人来挣点饭吃。两人一左一右，站立大门两旁，充当看门报信的角色。

有一回，有个小官找茬，鞭打陈馀，陈馀想要起来反抗，张耳暗中踩陈馀的脚，让他挨打。小官离开后，张耳把陈馀拉到桑树下责备道："当初我是怎么对你说的？这么一点点屈辱，就想杀人？你的大志都跑哪里去了？"陈馀惭愧，马上承认了错误。

后来，陈胜吴广在蕲县起义，攻到陈县的时候，军队已经发展到了好几万。张耳、陈馀求见陈胜。陈胜早就听说张耳、陈馀贤能，但一直未曾谋面，现在两人登门，陈胜非常高兴，而且一

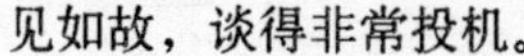

见如故，谈得非常投机。

当时，起义军已经有了相当的规模，所以陈县的豪杰便劝说陈胜道：“将军身披铠甲，手执利器，率众讨伐暴秦，重建江山，按理应当称王。再说，要统御天下各部将领，不称王也不行，希望您自立为楚王。”

陈胜把这些话告诉了张耳和陈馀，征求他们的意见。他们说：“秦朝无道，侵略别人的国家，断绝别人的后代，使百姓精疲力竭、一无所有。将军您舍生忘死，为天下人除暴安良，大家都衷心拥护您。可是，如果您现在就称王，那么天下人就会觉得您自私，对您以后的发展非常不利。所以，希望将军暂时不要急着称王，赶紧率军西进，派人扶立六国诸侯的后代，为自己树立党羽，给秦国增加敌人。敌人多，力量就分散，而党羽多，兵力就强大。这样，大王就可以借讨伐暴秦的名义，到咸阳去称王，顺理成章地号令诸侯。这样，就可以成就大业了。如果只是在陈县称王，恐怕天下人并不会服从。”陈胜性急，还是没有听取二人的意见，很快就在陈县自立为王。

陈王已立，陈馀就请命说：“大王的目的是攻入关中，来不及收复河北地区。我曾经游历赵国，了解那里，请让我出兵，为您攻取赵地。”于是，陈王任命自己的好友武臣为将军，邵骚为护军，用张耳、陈馀担任左右校尉，给士兵三千人，向北攻打赵地。

武臣等人渡过黄河，到了黄河以北各县，说服当地豪杰道：“秦朝残害天下，已经几十年了。穷兵黩武，横征暴敛，弄得民不聊生。而且，法律苛刻、刑罚残酷，弄得连父子都不能互相信任。现在，陈王反抗暴秦，为天下人战斗，深得民心，所有人都愿意配合，各县县令县丞都被民众杀死，各郡郡守郡尉也无一逃脱。现在，吴广等人已经率领百万大军西进，攻打秦朝，秦朝马上就要灭亡了！如果不能趁这个时候成就功业，那就太可惜啦！现在正是有识之士的大好时机，请各位好自为之。”豪杰们听了，纷纷加入起义军。

于是，武臣等人一边行军，一边招兵买马，发展到好几万人，占领了赵地十个城邑。随后，大军进攻范阳。

范阳人蒯通劝范阳县令说："我听说您活不了多久啦，所以来慰问。不过，要是您听我蒯通的话，说不定还能有条生路。"

范阳县令很不高兴："先生怎么这么说话？你到底来干什么？"

蒯通回答说："您别生气，听我慢慢说。秦朝的法律很严酷，做官的没有一个不伤天害理。您做范阳令十年了，不知道杀死了多少人，不知道使多少人成了孤儿寡妇，至于断脚的，额上刺字的，更是数也数不完。既然您做了这么多恶事，为什么那些对您恨之入骨的人没来报复您呢？为什么您现在还毫发无损呢？这是因为，他们害怕秦朝的法律。现在天下大乱，秦朝的法律没用了，那些恨您的人，很快就会争着来刺杀您，既能报自己的旧仇，又能建立名声。这就是我来慰问您的原因。现在，各路诸侯反叛暴秦，武臣的大兵马上就要打过来了，而您却要固守范阳城，城里的年轻人都争着要杀您，拿您的头去迎接武臣呢！如果您马上派我去见武臣，我可以帮您转危为安，不能再拖延啦！"

范阳令听了这一席话，就派蒯通去见武臣说："您现在南征北战，太辛苦了。总是要先打了胜仗，然后才能获取土地，先攻破守敌，然后才能占领城邑。这样太劳心劳力，而且胜算不大，这样做是失策的。如果您愿意听从我的计策，就用不着那么吃力不讨好，只要一声令下，就能平定千里。"

武臣好奇，问："哪有这种好事？说说看！"

蒯通说："范阳县令贪生怕死，特别想马上投降，但又怕投降以后，也像以前那些秦朝官吏一样被杀。现在范阳城里的年轻人蠢蠢欲动，正想杀死他们的县令，然后自己守城来抗拒您。您为什么不封赏范阳县令呢？这样，他既能活命，又能得到财产和俸禄，那么他肯定会把县城完完整整地交给您，那些年轻人也就不敢杀他们的县令了。这样一来，范阳县令对您会感恩戴德，惟命是从。您可以让他坐着豪华的车子，在燕、赵之间招摇，那里人看见他，都会说：'这是范阳县令，是最先投降的人！你看他多风光啊！'这样，燕、赵两地的官员肯定都会争着投降。而您呢，一声令下，就可以平定千里啦！"

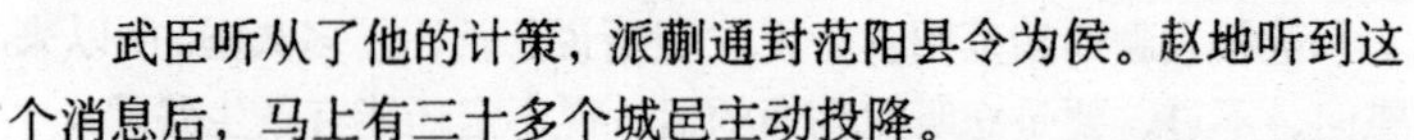

武臣听从了他的计策，派蒯通封范阳县令为侯。赵地听到这个消息后，马上有三十多个城邑主动投降。

到达邯郸之后，张耳、陈馀听说陈王杀了很多有功之臣，心里就对陈王有些不满；同时，又怨恨陈王当初不采纳他们的计策，不让他们作将军，只用他们作校尉。两人考虑再三，就一起劝武臣说：“陈王从蕲县起义，到了陈县就称王，不一定会拥立六国诸侯的后代。将军已经攻占了赵地的几十个城邑，现在如果不称王，这么大地方肯定无法守住。再说，陈王对自己的手下并不慈悲，弄不好您会功成身死！您现在还不如自立为王，要不然，就拥立赵王的后代。时间紧迫，请将军赶快决定！”

武臣于是自立为赵王。陈馀做大将军，张耳做右丞相，邵骚作左丞相。安排妥当之后，武臣派人通报陈王，说自己已经称王，新的赵国已经建立。陈王大怒，想要杀掉武臣等人的家属、灭了他们的宗族，并准备出兵进攻赵国。

陈王的相国房君劝谏说：“秦朝还没灭亡，就诛杀武臣等人的家属，这等于又增生了一个秦朝，这对我们可是一点好处都没有啊！不如先祝贺他们，然后让他们带兵西进，攻击秦朝。等以后时机成熟了，再处理他们也不迟。”陈王听从了他的意见，把武臣等人的家属迁到宫里软禁，并且封张耳的儿子张敖为成都君。随后，陈王派使者祝贺赵王，并命令他赶快出兵关中。

张耳、陈馀劝武臣说：“大王在赵地称王，陈王心里其实很生气，他来祝贺大王，仅仅是权宜之计。等秦朝灭亡之后，他必定会对赵国用兵。所以，大王不要听他的。我们现在应该向北攻取燕、代两地，向南收服河内来扩充自己的土地。如果赵国能占据黄河以及燕、代两地，那么陈胜即使灭了秦朝，也不敢压制赵国。”赵王同意，于是派韩广攻打燕地，李良攻打常山，张厌攻打上党。

韩广到了燕地，被拥立为燕王。赵王听说了，非常生气，就跟张耳、陈馀率兵围攻燕国。有一次，赵王出去闲逛，不小心被燕军抓住了。燕国宣称，要是赵国不分出一半土地，就杀了赵王。赵国派使者前往交涉，燕军就杀死他们来要求割地。张耳、陈馀虽然足智多谋，也无计可施。

这时候，赵军中有一名仆从，跟伙伴们告别说："我要去燕国替赵王求情啦！然后跟赵王同车回来。"伙伴们都笑他说："使者去了十多批，都有去无回，你凭什么救赵王？你小子不是发疯了吧？"

这名仆从还是跑到了燕国军营，直接去问燕将："您知道我来干什么吗？"

燕将答："你想救赵王，这还用说？"

又问："您知道张耳、陈馀是怎样的人吗？"

燕将答："是贤人。"

接着问："您知道他们心里怎样想吗？"

燕将答："想救赵王啊！"

这时候，仆从却笑着说："看来，您还是不了解这两个人啊！武臣、张耳、陈馀三人，只是随便骑马扬鞭，就占领了赵地几十

个城邑。现在，武臣成了赵王，而张耳、陈馀呢？您以为他们只想做卿相吗？当然不是！现在大势刚定，民心不稳，他们还不敢各立为王，但是已经准备得差不多了。在这个节骨眼上，您却把赵王抓起来了。这两人名义上要救赵王，实际上恨不得燕国马上就杀掉他，这样他们就可以分裂赵地而自立为王了。燕国弱小，一个赵国已经很难对付了，要是他们两个贤王联合起来，借着为赵王报仇的名义，来攻打燕国，那燕国怎么办？”

燕将听了，认为有理，就释放了赵王。赵王获释，那个仆从很高兴，就亲自驾车带赵王回国。

李良平定了常山，回来报告，赵王又派他去攻打太原。秦军封锁了井陉关，李良无法前进，就赶回邯郸，请求增派军队。在路上，遇见赵王的姐姐外出游玩，声势浩大，李良以为是赵王的车驾，就跪在路边拜见。赵王的姐姐喝醉了，不知道他是将官，就随便派了一名士兵请李良起来。李良受到怠慢，心里不平。有个手下说：“全天下人都背叛了秦朝，很多能人已经自立为王。想当初，赵王的地位一向在将军之下，现在他发达了，连他姐姐都不肯下车还礼，请让我去追杀她。”

李良本来就想反赵，听这么一说，更是生气，于是就派人杀掉了赵王的姐姐，然后率军袭击邯郸。邯郸人没料到他会反叛，结果他轻而易举地就杀死了赵王武臣，还有邵骚。

张耳、陈馀在赵国有很多耳目，提前得知李良反叛，得以逃脱。他们收编军队，得到几万人。有人劝张耳说：“您二位都是外地人，要想让赵人归附，难啊！只有拥立原来的赵家后代，才能成就大业。”于是，二人找到赵歇，立他为赵王。

李良听说二人拥立了新的赵王，就发兵进攻。陈馀迎击，打败了李良。李良考虑到自己势单力薄，就归附了秦将章邯。

争权夺利反目成仇

李良投降之后，章邯带兵进了邯郸，把城内百姓都迁到河内，然后把邯郸城夷为平地。

张耳跟赵王歇逃进巨鹿城，秦将王离马上包围了巨鹿。当时，陈馀驻军在巨鹿北边，有几万兵力。章邯驻军在巨鹿南面，给王离供应军粮。王离兵多粮足，强攻巨鹿。巨鹿城内粮尽兵少，危在旦夕，张耳着急，多次派人去陈馀那里请求救援。陈馀只有几万兵力，怕抵挡不住秦军，不敢前往。

过了几个月，张耳撑不下去了，对陈馀非常怨恨，就派张厌、陈泽去叱责陈馀："当初，我们结下生死之交。现在我和赵王危在旦夕，您拥有几万兵力，却不肯救援！我们生死与共的情谊跑到哪里去了？秦军就那么可怕？您的性命就那么珍贵？"

陈馀回答说："我并不是不念旧情。只是，我即使出兵，也还是不能救赵，反而要葬送掉这几万军队。我之所以不想跟秦军同归于尽，是想以后为赵王和张君报仇。如果一定要我同归于尽，就好像把肉丢给饿虎一样，有什么好处？"

张厌、陈泽说："现在情况紧急，考虑那么多干嘛！"

陈馀没办法："唉！我倒是不怕死，但这样做的确没什么益处。算了，就照您的话去做吧！"于是派了五千人，由张厌、陈泽带领，先去试攻秦军，结果全军覆没，一个都没回来。

这时候，燕、齐、楚三国听说赵国告急，都派兵援救。项羽渡过黄河，打败了章邯。章邯撤退，各国军队进攻包围巨鹿的秦军，俘虏了王离。解围之后，赵王歇和张耳出城，拜谢各国诸侯。

张耳一见到陈馀，就大声叱责陈馀，责备他在关键时刻袖手旁观，然后又问张厌和陈泽的下落。陈馀也很生气："张厌和陈泽让我跟你们同归于尽，我就派他们带领五千人先去跟秦军比试比

张敖忠信贯高救主

汉高祖的大女儿鲁元公主，是赵王张敖的王后。

汉七年，汉高祖在赵国住了一段时间。每天早晚，赵王都要脱下外衣，戴上袖套，亲自给汉高祖进献食物，态度恭敬而谦卑，颇有女婿的礼貌。可是，汉高祖却没有岳父的宽容，张开两脚像畚箕一样坐着大骂赵王，一点也不把赵王当回事。

赵相贯高、赵午等人年纪都六十多了，是张耳从前的门客。他们见到这种情况，非常恼怒，就劝赵王说："天下豪杰并起，谁有才能谁称王。如今您对高祖那么恭敬，而高祖却那么傲慢无礼，干脆，请让我们替您杀了他！"

张敖心里也很憋气，但是考虑再三，还是安慰大臣说："先父亡国之后，如果不是靠高祖帮忙，不可能复国。现在，我们张家享有荣华富贵，也都是高祖的功劳。你们不要再说了！"

贯高、赵午等人退下之后，偷偷议论说："的确是我们不对。我王性格忠厚，下不了手。我们受不了别人的侮辱，怨恨高祖，所以想要把他杀掉，又何必连累我们的王呢？如果事情成功，归功于王；如果失败，我们单独受罚！"

汉八年，高祖路经赵国，贯高等人就在柏人县旅馆的夹壁中藏了几个刺客，准备刺杀高祖。高祖到了柏人，想要留宿，忽然间觉得心跳，便问手下："这个县叫什么名？"手下说："柏人。"高祖说："柏人，就是迫人了！"所以，马上命人准备车马，没有留宿便离开了。

汉九年，贯高的仇家得知他的阴谋，就向朝廷告发他。贯高等人被捕，汉王也被抓了起来。十多个当事人争着要自杀，贯高怒骂道："你们到底有没有脑袋？赵王确实没有参与，可是现在被一起抓起来了。你们要是都死了，谁来证明赵王的清白！"

不久之后，贯高被装在密封的囚车里，与赵王一起被送往长安。高祖下令：赵王的臣子与宾客，有哪个胆敢随从赵王上京，决不饶恕。贯高的宾客孟舒等十多人，不顾性命危险，都把头发剃光，自己用铁圈锁住脖子，装作赵王的家奴跟随赵王来京。

到了京城之后，贯高在出庭受审时坚持说："只是我们这班人干的，赵王确实不知道。"法官打了他几千大板，又用烧红的铁条去烫他，贯高全身伤痕累累，体无完肤，但始终不肯改口。

法官把贯高的表现报告给高祖，高祖说："真是个硬汉！不要再用刑了。谁跟他关系好，以私人身份去问问他吧！"中大夫泄公说："他是我老乡，我一向了解他。他可以说是赵国最讲信誉、最守承诺的人。"高祖于是便叫泄公去看望贯高。贯高躺在床上，起不来，眼睛也肿了，眯着眼睛抬头问："你是泄公吗？"泄公马上上前握手慰问，像平时一样，跟他聊天，然后问到张敖是不是

真的清白。贯高说："谁不爱自己的父母和妻儿？现在我家就要被夷灭三族，难道我会为了赵王而牺牲自己的亲人？赵王的确没有谋反，是我们这班人背着他干的。"随后，又说出了这件事的来龙去脉，证明赵王的清白。于是泄公上朝，把实情报告高祖，高祖立刻就赦免了赵王。

高祖非常欣赏贯高的为人，派泄公去赦免他。贯高高兴地问："我王真的释放了吗？"泄公答："当然。"随后又说："高祖尊重您的为人，所以才赦免您。"贯高松了一口气，说："我之所以受了这么多刑，弄得体无完肤，却坚持活下去，就是为了证明赵王没有谋反。现在我的责任已经尽到，死也没有什么遗憾了。况且，作为人臣，却要谋杀君王，还有什么面目再侍奉君王呢？即使高祖赦免我，我也于心有愧啊！"于是突然拔刀，割断了喉咙，很快就断了气。

贯高死后，因为忠义豪气而名闻天下。

张敖被释放以后，被封为宣平侯。高后六年，张敖逝世，儿子张偃被封为鲁元王。高后去世之后，吕后族人为非作歹，大臣们设下圈套，把他们都杀光了，并且废掉了鲁元王他的另外两个兄弟。汉文帝即位以后，再封原来的鲁元王张偃为南宫侯，继承张氏香火。

第六十一章

黥布列传

中国历史名著文库

从盗贼到将军

黥布本来姓英，秦朝时是个平民。少年时代，有人给他看相说："你以后要受刑，受刑之后会封王。"到了壮年，果然因为犯法而受黥刑。受刑之后，黥布非常高兴地笑着说："有人给我看相，说我受刑以后会封王，他说的真准啊！"旁人听了，都嘲笑他不知天高地厚。

黥布被定罪，发配到了骊山。骊山有刑徒好几十万人，黥布跟其中的大小头目都有来往，不久之后，就率领那一帮人逃到长江一带，专门打家劫舍、杀富济贫，成了一群盗贼。

陈胜起义的时候，黥布去见番县县令吴芮，率领他的部下一起反叛秦朝，聚集了数千兵力。番县县令看出黥布前途无量，把女儿嫁给了他。秦朝大将章邯消灭了陈胜等人以后，黥布就带兵向北攻打秦军的左、右校尉，在清波打败了他们，再引兵东进。当时，项梁已经平定了江东，渡过长江西进，陈婴带领自己的军队归附了项梁。黥布和蒲将军看项梁势力强大，也投奔了项梁。

项梁渡过淮河，向西攻打景驹、秦嘉等人，黥布的部队总是最勇敢。到了薛地，听说陈王确实已死，便拥立楚怀王。项梁号称武信君，黥布号称当阳君。后来，项梁兵败战死，楚怀王便迁都到彭城，黥布和将领们也都跟随到彭城坚守。

当时，秦军加紧围攻赵国，赵国多次派人来请求救援。楚怀王于是派宋义担任上将，范增担任末将，项羽担任次将，黥布、蒲将军都担任将军，由宋义统率，去援救赵国。不久之后，项羽杀了宋义，怀王便改立项羽为上将军，统帅全军将领。

项羽命令黥布为先头部队，最先渡河进攻秦军。黥布军英勇善战，多次取胜，与项羽军会合之后更是力量大增，势如破竹，降服了秦朝大将章邯等人。楚军经常打胜仗，在诸侯中功劳最大，诸

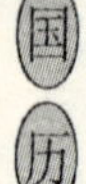

侯军队也愿意投靠，其中的主要原因，就是因为黥布总是能以少胜多。

项羽带兵向西到达新安。又派遣黥布乘夜偷袭章邯部属，活埋了二十多万人。到了函谷关外，进不去，又派黥布偷袭关下的守军，才得以入关，到了咸阳。到了咸阳之后，项羽封赏各位将领，黥布因为经常担任先锋，战功累累，被封为九江王，建都于六县。

汉元年，诸侯各自回到自己的封国。项羽拥立怀王为义帝，迁都长沙，却暗中命令九江王黥布偷偷追上义帝，杀了他。

汉二年，齐王田荣背叛楚王，项羽攻打齐国，向九江王征兵。九江王黥布借口生病，自己留在封地不动，只派将领带着几千人前往。汉军在彭城击败楚军的时候，黥布也托病不肯救援楚军。项羽从此对黥布恨之入骨，多次派使者去叱责黥布，并召他面谈。黥布害怕，不敢前去。当时，项羽的敌人有齐国、赵国，还有汉王刘邦，能够依靠的只有九江王黥布；而且，汉王刘邦又特别看重黥布，总想把他挖过去。所以，项羽虽然愤恨黥布，但还是没有对他怎么样。

归附刘邦

汉三年，汉王攻打楚国，在彭城大战，汉军失利，逃到了虞城。

汉王很丧气，对左右的人说："你们这帮人，无才无德，实在不值得跟你们谋划天下大事！要你们有什么用？"

谒者随何上前说："我不明白陛下的意思。"

汉王说："现在项羽正在攻打齐国。要是有谁能替我出使淮南国，让他们出兵反叛楚国，并且争取把项羽拖在齐国几个月，那么我夺取天下就有百分之百的把握了。"

随何说："我请求出使淮南国。"

汉王于是派了二十人跟他一道去淮南。到了那里之后，想尽了办法，但是整整过了三天，还是没能见到淮南王。随何着急，游说淮南国的太宰道："大王懒得接见我，肯定是觉得楚国强大、汉国弱小，所以汉国不值得交往。我就是为这个来的。如果我随何能见到淮南王，说的话有道理，而且想到了大王之所想，那么什么都好；如果说的话不对，那我随何以及手下二十人，愿意接受大王的死刑，以表明大王背弃汉室而同楚国友好。"

太宰把这番话转告给淮南王，淮南王便召见了随何。

随何问："大王为什么那么亲近楚国呢？"

淮南王答："我以大臣的礼节侍奉项王。"

随和说："大王和项王，都是诸侯，您却自愿向他称臣，必定是认为楚国强大，可以把国家托付给他。现在，项王攻打齐国，亲自扛着筑墙的工具，身先士卒，竭尽全力；这种情况下，大王作为项王的臣子，就应该出动所有的军队，亲自率领他们做楚军的先锋，可是实际上，您只派了四千人去援助楚军。作为人臣，怎么能这样做？还有，当初项王和汉王在彭城作战，打得辛苦，而大王拥有上万兵马，却袖手旁观，一点儿忙都不帮。既然您侍奉项王，那怎么能这么做？谁都看得出来，大王表面上是归附楚国，实际上是想依靠自己，我觉得这样做很不可取。

"大王虽然并不真的归附楚国，但又不肯背叛楚国，是以为汉室弱小，不值得投靠。可是实际上，楚汉之间，谁大谁小，并不像表面上那样清楚。楚国兵力虽然强大，但多行不义，违背了诸侯盟约，还杀害了义帝，天下人都暗地里反对楚国。但是楚王不知好歹，打了几次胜仗，就自以为强大。

"现在，汉王收编诸侯军队，从各处运来粮草，城池固若金汤，而且汉王仁厚，深得民心，前途无量。而楚军呢，外强中干，四处树敌，想攻城无法立即制胜，想围困又支撑不起，光是粮草问题就难以解决，要靠老弱残兵从千里之外转运粮草。所以说，楚军实际上是靠不住的。退一步说，即使楚国战胜了汉国，诸侯也必定会人人自危，肯定会互相救援，一起反对楚国。因此可以说，

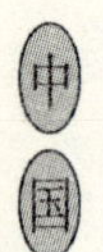
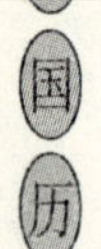

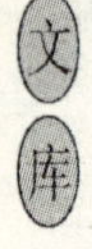

楚国现在的强大，并没有给它带来什么好处，反而招惹了全天下的反抗。所以啊，楚不如汉，这是显而易见的。

“如今大王不归附万无一失的汉国，却要托身于岌岌可危的楚国，我真是替大王感到奇怪。我并不以为淮南的兵力足够灭亡楚国，但是大王如果愿意发兵反叛楚国，那么项王必定会被拖在齐国；只要他在齐国滞留几个月，那么汉王就绝对可以统一天下啦！之后，汉王必定会拿出土地来赐封大王。希望大王能考虑考虑！”

淮南王觉得有理，就暗中背叛楚国，归附了汉王。

当时，项羽的使者还在淮南，正在催促黥布发兵帮忙。随何径直闯入使者的住处，直截了当地说：“九江王黥布已经归附了汉王，楚国凭什么叫他发兵？”黥布大吃一惊，楚国使者惊谔万分，站了起来。

随何把黥布叫出去，劝他说：“淮南归附汉王，已经办妥了。现在没有别的办法，只能立刻杀死楚国使者，不要让他回去。同时，要尽快出兵帮助汉国。”

黥布同意，马上就杀了楚国使者，然后起兵攻打楚国。楚国派项声、龙且攻打淮南，几个月后，打败了黥布的军队。黥布想带兵投奔汉国，但队伍太大，怕项羽来截杀，便带了很少的几个人，从小路与随何一道逃到了汉国。

汉王听说黥布来了，就叫他进来见面。当时，汉王正坐在床上洗脚，很随便地接待了黥布。黥布受到怠慢，非常生气，后悔来到汉国，想要自杀。出来之后，到了汉王给他安排的住处，见帐幔、器用、饮食等等，都跟汉王差不多，于是又转怒为喜。安顿下来之后，黥布派人回到九江，去迎接自己的妻子儿女和手下人等。可是，项羽已经提前下手，收编了九江的散兵，杀光了黥布的妻子儿女。黥布的使者到处活动，找到了黥布的不少老友和近臣，率领了几千人投奔汉王。汉王高兴，加派军队给黥布，带他一起攻城略地。汉四年七月，汉王封他为淮南王，一道攻打项羽。

汉五年，黥布派人到九江，占领了好几个县城。汉六年，又跟刘贾进入九江，诱降楚国大司马周殷，周殷背叛楚国，反转矛头跟汉军一起攻打楚军，在垓下大败楚军。

项羽死后，天下安定。汉王摆设酒宴，论功行赏，竟贬低随何的功劳，说随何是迂腐的书呆子，要治理天下，怎能起用迂腐的书呆子？

随和不服，跪着诘问汉王："当初，陛下带兵进攻彭城，楚王还没有离开齐国。请问，陛下出动五万步兵、五千骑兵，能攻下淮南国吗？"

汉王答："不能。"

随何说："陛下派我带二十人出使淮南，结果呢，陛下很快就如愿以偿。这表示我的功劳高过五万步兵、五千骑兵。然而，陛下却说我是迂腐的书呆子，不能治理天下！"

汉王自知理亏，道歉说："是我错了。我会重新估算您的功

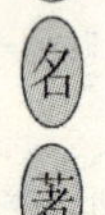

劳。”

后来，随何被任命为护军中尉。黥布被封为淮南王，建都六县，九江、庐江、衡山、豫章郡都归黥布所有。

伴君如伴虎

汉十一年，吕后杀了淮阴侯韩信，给黥布心里留下了阴影。同年夏天，汉高祖杀了梁王彭越，把他剁成肉酱，分别赐给各位诸侯。送到淮南国时，黥布正在打猎，见到肉酱，非常恐慌，就暗中派人集结军队，做好应变的战备。

黥布有个爱妾生病，送去就医。医生家跟中大夫贲赫家对门。这位爱妾经常到医生家；贲赫出于对黥布的尊重，就送了很多礼物给黥布的爱妾，还在医生家请她喝酒。爱妾对贲赫印象很好，就在与黥布闲聊的时候，称赞贲赫忠厚老成。黥布不高兴地问：“你从哪里知道他的？”爱妾便如实说明了情况。黥布怀疑她跟贲赫淫乱，非常愤怒。贲赫知道了，很害怕，于是就借口生病不出门，躲在家里。

黥布以为贲赫真的有鬼，更是怒不可遏，想派人抓住贲赫。贲赫为了保全自己，决定要诬陷黥布叛国，就偷偷乘坐驿车前往长安。黥布马上派人追杀，没有追上。贲赫到了长安，上书高祖，说黥布有谋反迹象，得在他动手之前杀掉他，以绝后患。高祖看了贲赫的报告，同萧相国商量。相国说：“黥布不可能叛变，这件事恐怕是诬告，是因为黥布得罪了人。请先拘捕贲赫，然后再派人暗中调查黥布。”

淮南王黥布看到贲赫畏罪逃亡，还上书高祖，状告自己叛国，心里很忐忑，担心贲赫会把淮南国的秘密说出去。现在高祖还派使者来调查，黥布就更是觉得凶多吉少。于是，黥布干脆就杀了贲赫全家，发兵反叛。

得知黥布反叛，高祖马上释放了贲赫，任用他作将军。

高祖召集各位将领，问道："黥布反叛，你们说，怎么处理？"

将领们都说："出兵打他，把这个小子活埋算了，还能怎么样呢！"

退朝之后，汝阴侯滕公叫来以前的楚国令尹，向他咨询这件事。令尹说："黥布造反，是情理之中，不奇怪。"

滕公不解，问道："皇上割地让他称王，赐给他爵位让他显贵，使他成为万乘大国之主，他没有理由反叛啊！"

令尹说："去年杀了彭越，前年杀了韩信，现在只剩下黥布了。这三个人是同等功劳和地位，是同一类型的人物。黥布怀疑杀身之祸会降临到自己头上，所以才反叛保命。这有什么奇怪的。"

滕公觉得有理，就对皇上说："我有位宾客，是以前楚国的令尹薛公，这个人谋略出众，关于黥布的事情，您可以征求一下他的意见。"

皇上于是就召见薛公。薛公说："黥布反叛，毫不奇怪。现在呢，他可以有三种方案。如果他使出上策，那么山东一带您就保不住了；如果他使出中策，那么谁胜谁败还不可知；如果他使出下策，那么陛下就可以高枕无忧了。"

皇上问："什么是上策？"

薛公回答说："向东攻取吴地，向西攻取楚地，再并吞齐地，夺取鲁地，然后向燕、赵两地发布文告，要他们固守自己的土地，这样一来，山东地区就不为汉朝所有了。"

皇上又问："什么是中策？"

薛公回答说："如果黥布向东攻取吴地，向西攻占楚地，并吞韩地，攻取魏地，占有敖庾的粮食，封锁成皋的关口，那么谁胜谁败，就不一定了。"

皇上再问："那什么是下策呢？"

薛公回答："如果黥布向东攻取吴地，向西攻取下蔡，把重点放在南越，自己回到长沙，那么陛下就可以高枕无忧地睡大觉，汉朝也平安无事了。"

皇上问："那么，照您看来，他会采取哪一个计策呢？"

薛公回答："他会使出下策。"

皇上奇怪："为什么有上策和中策不用，却要使出下策呢？"

薛公回答："黥布本来是骊山的奴隶，现在他虽然做到了万乘大国之王，但从来都只是为自己考虑，不懂得替世世代代的百姓谋福利，他这种气局，只能使出下策。"

皇上松了口气，赐封薛公为千户侯。然后，自己带兵亲征，去攻打黥布。

当初，黥布准备反叛时，曾对手下将领们说："皇上年老，厌倦了战争，必定不会御驾亲征。如果派遣其他将领，各位将领中我只担心韩信和彭越，不过，这两个人都已经死了，其余的将领根本就不值得放在心上。"因此才放心造反。可是，他万万没有料到，皇上亲征，决心灭掉黥布。

黥布的反叛方案，果然被薛公猜中了：先是向东进攻，然后

渡过淮河攻击楚国。楚国兵分三路，想互相照应、出奇制胜。有人游说楚将道：“黥布擅长用兵，不可轻视。况且，按照兵法，在自己的土地上作战，士兵容易溃散。现在你们把军队分成三支，他只要打败其中的一支，其余两支就会各自逃命，哪里还能够互相照应！”楚将不听。结果，黥布果然先打败了其中一支军队，其余两支军队都溃败逃跑。

黥布打败了楚国，然后向西推进，跟汉高祖的部队相遇。黥布的军队很精锐善战，高祖避免正面交锋，就固守庸城。在庸城城墙上，高祖望见黥布象当初的项羽一样排兵布阵，心里愤怒之极。当时，高祖和黥布距离不是很远，能够互相望见，就远远地对黥布说：“我待你不薄，你何苦要造反呢？”黥布回答：“想当皇帝罢了！”高祖大声怒骂，并且开城出兵，大战起来。黥布兵败逃跑，边逃边战，越打越失利，最后只好跟一百多人逃往江南。这时候，长沙哀王派人来诱骗黥布，假装要同他一道逃亡，引诱他逃向南越。黥布信以为真，跟他到了番阳。番阳人找了个机会，杀掉了黥布。

第六十二章

淮阴侯列传

中国历史名著文库

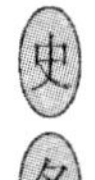

归附汉王

韩信是淮阴人。当初还是平民的时候，家里穷得叮当乱响，又没有什么好的德行，没有人愿意推选他做官；又不会做买卖谋生，生活上没有保障，只好经常到别人家里去吃喝，大家都很厌恶他。

有一段时间，他多次投靠到南昌亭亭长家里，在那里吃住，几个月过去了，亭长的妻子越来越嫌弃他，就在每天大清早做好饭，然后在床上把饭吃掉。到了开饭的时候，韩信到了，却没有饭吃。韩信知道他们讨厌自己，一气之下，就跟他们断绝了关系，愤然离开。

有一次，韩信在城边河里钓鱼，旁边有很多妇女在漂洗丝絮。有位老大娘看见韩信饿了，就把自己的饭让给韩信吃，一连几十天都是这样。韩信心存感激，对那老大娘说："我将来发达了，一定要重重地报答您老人家。"老大娘听了，非常生气地说："你一个堂堂男子汉，却不能养活自己，还好意思说日后怎么样！我是可怜你才给你饭吃，不敢奢望你报答！"

淮阴的屠户里有个年轻人，当众侮辱韩信说："你虽然个子高大，还喜欢佩带刀剑，但实际上是个胆小鬼。这谁都知道。你如果不怕死，就拔出剑来刺我；要是怕死，就从我裤裆底下爬过去。"韩信听了，没有说话，而是仔细地打量了他一番，然后就俯身地上，从他裤裆底下爬了过去。满街的人都讥笑韩信，认为他胆小怕事。

后来，项梁反抗秦朝，渡过淮水的时候，韩信带着宝剑去投奔他。韩信在项梁的手下做了一段时间，一直默默无闻。项梁失败后，韩信又隶属项羽，做了郎中。他多次献策，以求项羽重用，但项羽没有采纳。韩信觉得委屈，就在汉王入蜀时，逃离了楚军而归附了汉王。可是，在汉王那里，韩信仍然默默无闻。

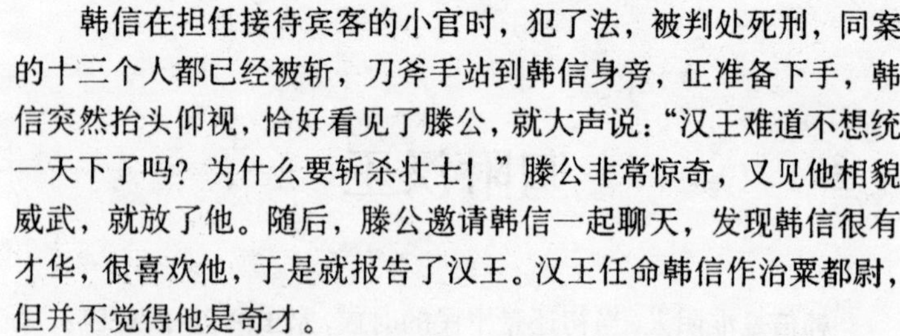

韩信在担任接待宾客的小官时，犯了法，被判处死刑，同案的十三个人都已经被斩，刀斧手站到韩信身旁，正准备下手，韩信突然抬头仰视，恰好看见了滕公，就大声说："汉王难道不想统一天下了吗？为什么要斩杀壮士！"滕公非常惊奇，又见他相貌威武，就放了他。随后，滕公邀请韩信一起聊天，发现韩信很有才华，很喜欢他，于是就报告了汉王。汉王任命韩信作治粟都尉，但并不觉得他是奇才。

韩信多次跟萧何交谈，萧何对韩信的才能感到惊奇。有一次，汉王派兵出战，将领们觉得制胜的可能性太小，对汉王也没有信心，半路逃跑的有好几十人。当时韩信也在，他估计萧何等人已经多次向汉王推荐过，可是汉王还是不重用自己，所以也跟那些将领一起逃跑。萧何听说韩信跑了，马上亲自去追赶，来不及跟汉王打招呼。有人向汉王报告说："丞相萧何逃跑了。"汉王听了，非常恼怒，又非常伤心，因为失去了萧何就等于失去了左右手。

过了一两天，萧何返回，立刻去拜见汉王，汉王又生气又高兴，骂萧何道："我没有对不起你呀！你为什么要逃跑？说不清楚就要你的命！"

萧何回答："我怎么敢逃跑？我是去追逃跑的人。"

汉王问："追谁？"

萧何答："是韩信。"

汉王又骂道："逃跑的将领有好几十个，哪一个不比韩信值得追？您不去追他们，却追韩信，不要骗我啦！"

萧何说："其他将领容易得到啊，可是像韩信这样的人，全天下也找不到第二个！大王如果只想在汉中称王，那就用不着韩信；如果想要争夺天下，那么除了韩信，没有谁够资格跟您商量大事。就看大王的志向有多大了。"

汉王说："我当然想一统天下，怎么可能长期委屈在汉中呢？"

萧何说："大王如果真的要统一天下，那么就该任用韩信，让韩信留下来。如果不能任用他，那他终究要跑掉。"

汉王说："好吧！看在您的面上，我就用他做将领吧！"

萧何说：“让他作一般的将领，恐怕留不下韩信。”

汉王无奈，只好说：“那就用他做大将。”

萧何这才说：“好得很！”

汉王听了，马上就要召见韩信，立刻任命他为大将军。萧何不同意：“大王向来傲慢，不讲礼节，任命大将就像呼唤小孩子似的。韩信之所以要逃跑，就是因为这个。大王如果真的想任命他，就应该选择吉日良辰，进行斋戒，在广场上设置高坛，举行隆重的仪式，这样才行！”汉王听从了萧何，开始准备任命大将的仪式。众位将领暗地里高兴，都以为自己要做大将军了。等到汉王宣布任命时，竟然是韩信，大家都吃惊得不得了。

授任仪式结束，汉王问韩信：“丞相多次谈起将军，对将军夸奖有加。不知道您现在有什么奇谋大计，可以让我见识见识吗？”

韩信谦让一番，然后问汉王：“如今，从气势上看，最有可能

夺取天下的，是不是项王？”

汉王说：“是的。”

韩信说：“大王自己估计，要说勇敢、强悍、仁慈等方面，您跟项王相比，谁更厉害？”

汉王沉默良久，然后说：“我还是不如项王。”

韩信起身，拜了两拜，赞同地说：“说实话，我韩信也觉得大王不如他。不过，我曾经侍奉过他，让我先谈谈项王的为人。项王威严，他要是厉声怒喝，准能吓倒很多人；不过，却不敢任用有才能的将领，只是匹夫之勇罢了。项王待人仁慈有礼，言语温和，部下有人生了病，他可以流着泪把自己的饮食分给病员；可是，当手下人立了功、应当加官晋爵时，项王却把刻好了的大印拿在手里把玩，直到磨去了棱角，还舍不得送给人家，所以说，项王虽然仁慈，也只不过是‘妇人之仁’。

项王现在虽然称霸天下，诸侯纷纷臣服，但是他目光短浅，不占据关中，非要定都彭城。不但如此，又违背誓言，杀了义帝，而让自己的亲信取而代之，诸侯表面上没说什么，但是心里不服。还有，项王残忍，军队所到之处，全部夷为平地，天下人心里怨恨，如果不是害怕他的军队，不可能臣服于他。所以，现在的项王，虽然名义上是霸主，实际上却失去了全天下的人心。因此，他实际上是外强中干的。

现在大王应该采取和他相反的做法：任用天下勇士，那就所向无敌；再把天下城邑封赏给有功之臣，那就可以得到天下人心！再说，项王曾经用欺骗的手段活埋了二十多万秦兵，让秦地人民恨之入骨；而大人不同，您进关之后，一点都没有侵犯秦地百姓，而且废除了秦朝的苛刻法令。秦地百姓感激您，都希望大王能够在秦地当王。而且，按照诸侯的约定，大王也应该在关中称王，关中百姓都知道这件事。大王现在被赶到汉中，秦地百姓没有谁不感到遗憾。现在大王如果起兵东进，不费吹灰之力就可以平定三秦。”

汉王听了韩信的分析，十分高兴，觉得相见恨晚。韩信的计策全部被采纳。

八月，汉王起兵东进，平定了三秦。汉二年，经过函谷关，收服了魏地和河南一带。然后，联合齐国和赵国共同攻打楚军。四月，汉兵在彭城战败，溃不成军，韩信收编散兵，跟汉王会师，又在京县、索亭之间打败了楚军。从此，楚军始终不敢向西进攻。

汉军在彭城败退以后，塞王司马欣、翟王董翳背叛了汉军，投降了楚国。齐国和赵国看大势不好，也背叛汉王跟楚国讲和。六月，魏王豹请假回去探望母亲，一到封国，立即反对汉王，跟楚国讲和。八月，汉王派韩信攻打魏国。魏王用重兵坚守。韩信增设疑兵，大张旗鼓地在临晋聚集了很多军船，做出要渡河的样子；同时，却偷偷调集军队，在夏阳用木盆渡河，袭击魏王。

魏王惊慌失措，被韩信俘虏。魏国被平定，改置为河东郡。

背水一战

韩信和张耳带着几万军队，想要向东占领井陉关，攻打赵国。赵王歇和成安君陈馀，听说汉军来袭，就在井陉口聚集重兵，号称二十万。

广武君李左车劝成安君说："汉将韩信英勇善战，俘虏了魏王，擒获了夏说，新近又血洗阏与；现在又有张耳辅佐，来攻打赵国，其锋芒无法抵挡。我听说：'从千里之外运送军粮，士兵就会面有饥色；临时取柴做饭，军队就不可能经常吃饱'。井陉关的道路，狭隘异常，战车不能并列前行，战马无法排列成行。汉军前进几百里，军粮势必要落在队伍的后面。希望您能派给我精兵三万，操小路去拦截他们的军需物资。您在这里深挖战壕、高筑营垒，坚守阵地，不要跟他们交战。他们向前无法取胜，向后无法退兵，我再用奇兵断绝他们的后路，死死困住他们。这样，不到十天，韩信和张耳两位将领的头颅，就可以送到将军的军帐前了。希望您考虑一下我的计策。否则，我们俩人一个都跑不了。"

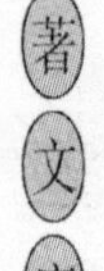

成安君是个迂腐的书生，常常声称，正义之师不应该使用阴谋诡计。听了广武君的话，他很不高兴地说："兵书上这样讲：如果拥有十倍于敌人的兵力，就包围敌人；如果有两倍于敌人的兵力，就和它交战。如今韩信的兵力号称几万，其实不过几千。可他们竟敢跋涉千里，来袭击我们！他们已经精疲力竭了！如果这样的情况，我们还退避坚守，不敢迎击，那么以后有大敌来临，怎么可能战胜他们？再说，诸侯们也会认为我们胆小怕事，想打我们就会来打，那我们以后怎么办？"

最后，成安君没有听从广武君李左车的计策。

韩信派人偷偷来侦察，得知广武君的计策没有被采用，十分高兴，然后才带领军队勇往直前。到了距离井陉关口不到三十里的地方，命令大家停下来宿营。

半夜里，韩信挑选了两千人，让他们每人拿着一面红旗，抄

小路上山，隐蔽起来观察赵军，并命令他们说："赵军要是看见你们，你们就跑。他们看见你们逃跑，必定会全营出动来追逐你们，你们就赶快冲入赵军营中，拔去赵军的旗帜，插上汉军的旗帜。"

同时，韩信又下令副将们分头传令下去，说："今天攻破赵军以后，我们好好地会餐一顿！"将领们都不相信，觉得韩信太自以为是，但还是假心假意地回答说："好啊！"

韩信对军官们说："赵军已经抢先占据了有利地形，在那里安营扎寨。我们可以派先头部队过去试探，他们看到我们的先头部队中没有主将的旗鼓，肯定不会出来攻打，怕我们的主将和大部队跑掉。"于是，韩信就派遣一万人先走，经过井陉口，背向着河水排开阵势。赵军远远看到了，觉得这种阵势排得愚蠢，就大笑起来，根本就懒得出击。天亮时，韩信树起了主将的旗鼓，敲锣打鼓经过井陉口。赵军见了，马上敞开营垒，迎击汉军。

两军对战很久之后，韩信和张耳假装战败，丢掉了旗鼓，仓皇逃窜到河边的军阵之中。河边的部队敞开营门，让他们进入阵地。赵军见了，马上倾巢出动，争抢汉军的旗鼓，并狂奔追杀韩信和张耳，都想立功。

韩信和张耳退入水边的军阵，全军拼死作战，势不可挡，赵军根本无法取胜。

这个时候，韩信原先派出的两千轻骑兵，见赵军倾巢而出，阵营空虚，就冲入赵军营垒，把赵军的旗帜全都拔去，竖起了两面都有汉军标志的红旗。

赵军在水边不能取胜，更是无法俘虏韩信和张耳，就只好撤回，想收兵回营。但回营垒一看，到处都是汉军的红旗，大为惊恐，以为汉军已经擒获了赵军的全部将领，士兵们于是纷纷夺路而逃。这时候，汉军前后夹攻，彻底打败了赵军，杀掉了成安君，擒获了赵王赵歇。

韩信传令军中，谁也不许杀死广武君，能活捉他的，奖赏一千金。不久，有人捆绑着广武君送到韩信的军帐前，韩信马上解开他身上的绳索，恭恭敬敬地请他坐下，像对待老师一样对待他。

汉军将领们纷纷入帐来汇报战果，并向韩信祝贺，顺便问韩

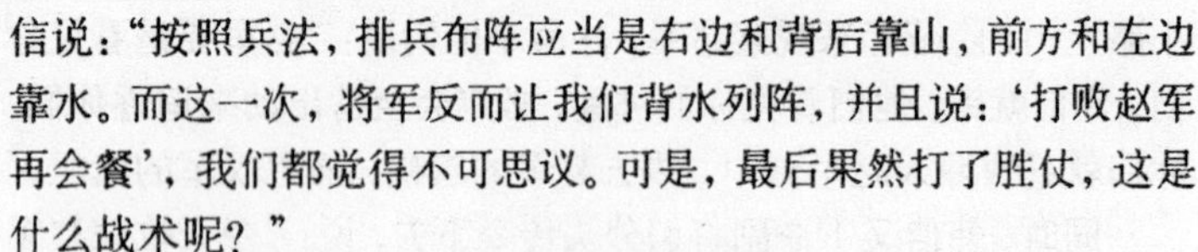

信说：“按照兵法，排兵布阵应当是右边和背后靠山，前方和左边靠水。而这一次，将军反而让我们背水列阵，并且说：‘打败赵军再会餐’，我们都觉得不可思议。可是，最后果然打了胜仗，这是什么战术呢？”

韩信回答说：“我的战术，其实也都在兵法上，只是诸位没有留意罢了！兵法上不是说过吗，‘困于死地而后生’？再说，我韩信的将士实在算不上训练有素，在这种形势之下，如果不把军队安排在死地，使所有人都能为各自的性命而作战，那怎么可能抵挡赵军？如果把他们安排在可以逃生的地方，那么赵军一来，大家就得逃跑，那我们怎么可能抓到赵王，怎么可能杀掉成安君？”

众将领们听了，都打心底里佩服，赞叹道：“将军的谋略，果真不是我们所能比拟啊！”

众将领走后，韩信问广武君说：“我想要向北攻打燕国，向东攻打齐国，依您看，怎样才能成功？”

广武君谦让说：“我只是个败军亡国的俘虏，怎么有资格跟您商量国家大事呢！”

韩信说：“当初，百里奚先是在虞国，而虞国灭亡了；后来他到了秦国，而秦国却称霸于诸侯。这并不是说，他在虞国的时候是个笨蛋，而到了秦国就聪明起来；关键在于国君用不用他，是不是愿意采纳他的意见。假如成安君能听从您的计策，那么像我韩信这样的人，早就被他擒获了。正因为他不听从您，所以我韩信才有机会向您学习。我对您已经是推心置腹了，愿意听从您的高见，希望您不要推辞。”

广武君于是说：“智者千虑，必有一失；愚者万虑，必有一得。我生性愚钝，我的意见不一定值得采纳，但既然您瞧得起，我就说说吧！现在将军您军功卓著，俘虏了魏王、擒获了夏说、攻占了井陉，不到一个上午就打败了二十万赵军，还杀死了赵相成安君。您现在的声名已经威震天下，全天下的人都愿意忠心投靠，听您调遣。这些都是将军的长处。然而，就现状而言，您的百姓已经劳累不堪了，士兵也因为长期征战而疲惫无力，所以，虽然您的兵力现在看起来非常强大，但实际上已经很疲弱了。如果您现在去攻打燕国，恐怕一时半会儿打不下来，时间长了，您的劣势就会暴露出来。弱小的燕国要是打不下来，那么齐国就必然会拒守边境，坚决抵抗将军您。而要是燕国和齐国都坚持不肯降服，那么刘邦和项羽就会势均力敌，谁胜谁负很难见出分晓。我生性愚笨，但还是相信，要是您现在就去攻打燕国和齐国，那恐怕是‘智者千虑，必有一失’啊！”

韩信问：“既然如此，那我应该怎么办才好？”

广武君回答：“替将军着想，不如按甲息兵，镇守赵国，安抚赵国的遗孤。尽可能使百里之内的将士，每天都能享用牛肉和美酒，好好犒劳他们。同时，将军您可以慢慢把军队向北迁移，接近燕国边境，然后派说客送信到燕国，向燕国显示您的文治武功，燕国一定不敢不听从。等燕国顺从以后，您再派说客东去劝告齐国，慑于您的声势，齐国一定会主动臣服。这样，天下大势就好把握了。用兵之道，本来就可以首先虚张声势，然后再付诸行动。您现在的情况，最适合这样做。”

韩信听从了广武君的计策，派使者去出使燕国，燕国人果真立刻表示顺从。燕国顺从之后，韩信派人去向汉王报告工作，并且请求立张耳为赵王，来镇守赵国。汉王答应了，就封张耳为赵王。

自立为齐王

赵国归附汉王之后，楚王项羽多次派奇兵来攻打，赵王张耳和韩信既要辅佐汉王，又要援救赵国，只好来来回回地在各地之间奔跑。当时楚军占据上风，在荥阳紧紧围困汉王，汉王突围，逃到成皋，楚军紧追不舍。

六月，汉王逃出成皋，向东渡过黄河，跟滕公一起投奔到张耳的驻地。到了之后，没有声张，悄悄地住在了客馆中。第二天

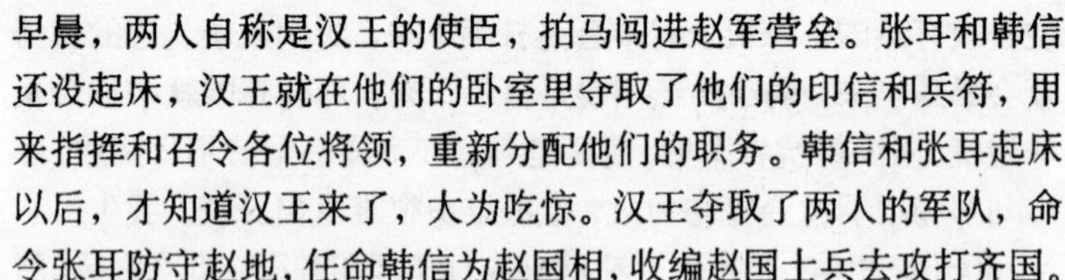

早晨，两人自称是汉王的使臣，拍马闯进赵军营垒。张耳和韩信还没起床，汉王就在他们的卧室里夺取了他们的印信和兵符，用来指挥和召令各位将领，重新分配他们的职务。韩信和张耳起床以后，才知道汉王来了，大为吃惊。汉王夺取了两人的军队，命令张耳防守赵地，任命韩信为赵国相，收编赵国士兵去攻打齐国。

韩信率军出发，还没有渡过平原津，听说汉王的使臣郦食其已经说服了齐国，韩信就想按兵不动。这时候，说客蒯通劝韩信说："汉王派遣密使说服了齐王，这与将军您继续进攻没有冲突。将军是奉命攻打齐国，现在汉王并没有诏令要将军停止前进，那您凭什么不继续行进？况且，郦食其只是一介书生，乘车到处走动，仅仅凭着他那三寸不烂之舌，就降服了齐国七十多个城邑；而将军您呢，率领着几万大军，血战一年多才攻下赵国五十多个城邑。这样看来，您的功劳反而比不上一个小小的书生，您可不能再让他继续得势啦！"

韩信认为蒯通说得很对，就领兵渡过了黄河。

当时，齐国已经接受了郦食其的劝说，正挽留他纵情欢宴，已经撤除了对汉军的防御。韩信趁机偷袭齐军，直达齐都临淄。齐王田广以为郦食其出卖了齐国，一气之下就烹杀了他，然后逃往高密，同时派使者到楚国请求援救。韩信平定临淄以后，马上向东追赶田广，一直追到高密县的西部。这时候，楚王也派龙且带领兵马，号称二十万，来救援齐国。

齐王田广和楚将龙且会师，准备好了跟韩信大战一场。

开战之前，有人劝龙且说："汉军远离本土，没有退路，只能拼死作战，那锋芒势不可挡。而齐楚两军不同，他们是在自己的土地上作战，士兵决心不够，容易溃散。与其跟他们硬拼，不如高筑防御工事坚守；同时，叫齐王派他的亲信去招抚那些已经沦陷的城邑。沦陷地区的人听说自己的国王还在，又有楚兵来救援，一定会反叛汉军。汉军离开本土两千里，如果齐国的城邑都背叛他们，他们就根本没有办法得到粮食，那他们还打什么仗？如果您采用我的计策，根本不用作战，就能让他们投降。"

龙且说："韩信那小子，我太了解他啦！对付他易如反掌！况且，我这么远来救援齐国，要是还没交战，他就投降了，那我有什么功劳？如果交战后胜了他，那才是能耐！而且，有了战功，齐国的一半土地都可以归我所有，为什么不交战？”

于是出战，跟韩信隔着潍水摆开阵势。韩信连夜派人做了一万多个袋子，装满沙子，偷偷堵住了潍水的上游，然后，带领一半军队渡河，袭击龙且，打了一会儿，假装战败往回跑。龙且见状，兴奋地说：“我早就知道韩信是个胆小鬼！”于是渡过潍水追击韩信。这时候，韩信派人挖开堵水的沙袋，河水倾泻而来，把龙且的军队冲成了两半。大部队不能过河，只有少量士兵跟着龙且，韩信趁机掉头猛击，杀死了龙且。潍水东岸的楚军没了首领，立刻溃散逃跑，齐王田广见状，也只好逃离。韩信乘胜追击，一直追到城阳，把楚军全部俘虏了。

汉王四年，韩信平定了整个齐国。平定之后，他派人对汉王

说："齐国人狡诈虚伪、变化多端，这个国家反复无常、难以控制，而且，它的南面邻近楚国，弄不好它们就会狼狈为奸。如果不设置一个代理国王来镇守齐国，恐怕齐国的局势难以稳定。我可以代理齐国国王的职位，这样有利于汉王的大计。"

当时，楚军正在荥阳紧紧围困汉王。韩信的使者到达汉营，送上韩信的信，汉王看了，勃然大怒，高声骂道："我被围困在这里，日日夜夜盼你来帮我，可是你倒好，刚打了胜仗，就要自立为王！"张良、陈平偷偷踩了一下汉王的脚，然后贴近他的耳边小声说："汉军现在处境艰难，这种时候，您还能阻止韩信称王吗？不如干脆立他为王，好好对待他，让他自己设法镇守齐国。不这样，弄不好他就会叛乱。至于以后怎么处置他，以后再说也不迟啊！"汉王醒悟，就接着骂道："大丈夫既然平定了诸侯，就应该做真正的王，何必做代理的呢！"

于是派遣张良前去立韩信为齐王，并征调他的部队攻打楚军。

蒯通说韩信

韩信杀了楚国大将龙且，而且屡战屡胜，让项羽非常担忧。项羽觉得，只要韩信留在汉王刘邦那里，对自己就是个心腹大患。于是，项羽找到了谋士武涉，派他去游说韩信。

武涉来到齐国，劝齐王韩信说：

"秦朝无道，所以天下人同心协心，一起攻打它。现在秦国已经被打败，大家论功行赏，各自称王，都是刀枪入库、马放南山，休养生息。可是汉王贪心不足，又兴兵东进，侵犯别人的主权，掠夺别人的封地。已经打败了三秦，又带兵出函谷关，收编诸侯的士兵来攻打楚国。看样子，汉王要是不吞并天下，肯定不会罢休。他这样贪得无厌，也太过分了！

"另外，汉王的为人，也实在是太不可靠。他落在项王手里好几次了，项王仁慈，放了他好几次；但他一脱身，就违背盟约、恩将仇报，又来攻打项王。他的人品卑劣到这种程度，怎么能信赖和依靠呢？现在，您自以为跟汉王是深交，替他卖命，但您最终肯定会死在他手里。您之所以能苟延性命到今天，只是因为项王还活着，汉王还用得着你。

“当前楚汉争霸，谁胜谁败，关键就在您了。您投靠西边，就是汉王胜利；投靠东边，就是项王胜利。如果项王今天被消灭，那明天汉王就会收拾您。您和项王有交情，为什么不反叛汉国而跟楚国联合呢？这样，您也可以三分天下而称王。如果您放弃了这个机会，一定要投靠汉王，那您总有一天会后悔的！”

韩信推辞说：“当初，我的确侍奉过项王，但得不到重用，官阶不过是个郎中，职位不过是卫士，言不听，计不从，万般无奈，所以才投靠汉王。汉王任命我为上将军，交给我几万兵马；脱衣服给我穿，分食物给我吃，言听计从，所以我才能有今天这个样子。人家这样信任我，我不能背叛他，即使死了也心甘情愿。希望您替我向项王道歉。”

武涉劝说不成，只好离开。

齐国人蒯通是个能人，他知道天下大势的关键在于韩信，就想给韩信出出主意，于是就扮成看相人，偷偷来游说韩信。

一见面，蒯通就说：“鄙人曾经学过看相，很愿意给您看看相。”

韩信问：“先生怎么给人看相？能说来听听吗？”

蒯通回答说：“一个人是高贵还是卑贱，主要在于骨相；是忧愁，还是喜悦，要看脸色；能成功，还是不得不失败，那要看他的判断能力怎么样。用这三条来相人，可以说是万无一失。”

韩信说：“好！先生看我怎么样？”

蒯通回答说：“天机不可泄露。希望能让左右的人离开一会儿。”

于是韩信劝退了手下。然后，蒯通说：“看您的‘面’，不过封侯，而且危机重重。看您的‘背’，真是贵不可言！”

韩信说：“愿闻其详！”

蒯通说："想当初，天下人刚刚起义反对暴秦的时候，豪杰并起，有志之士风起云涌。那个时候，大家担心的只是能不能消灭暴秦。现在不同了，如今楚王跟汉王争夺天下，使天下无辜百姓肝脑涂地，暴露在荒野中的老少尸骨，数也数不完。楚汉之间，连年战争，各有胜负，死伤无数。双方其实都已经两败俱伤，国库里的粮食已经消耗殆尽，老百姓疲惫不堪，怨声载道，人心浮动，不知道归属谁才好。照我的估量，要改变全天下这种凄惨的情况，非圣贤不可，而您就是这位圣贤。

"当今，刘邦、项羽两人的命运，其实就掌握在您的手上。您替汉王出力，汉王就胜利；替项王出力，项王就胜利。为您着想，我觉得，您不如谁都不帮，让他们双方对峙，然后自己跟他们三分天下，鼎足而立。要是三方对立，那么谁都不敢先动手。凭着您的聪明才智，再加上兵强马壮，占据着强大的齐国，还牵制着

燕国和赵国，要是您出兵牵制刘邦和项羽，阻止楚汉纷争，为百姓请命，那么天下百姓就会闻风而动，争着响应您了，谁还敢不听从！

然后，您再分割大国、削弱强国，用来分封诸侯。诸侯割地复国以后，就会听从您。这样，您既能稳守齐国故土，又可以安抚全天下的君王，这可是万世基业啊！俗话说：'上天赐给你的东西，要是不接受，就会受到惩罚'，希望您能顺应天意，仔细考虑一下我的意见！"

韩信听了这一席话，毫不犹豫地说："汉王待我一向很优厚，把自己的车让给我坐，把自己的衣服让给我穿，把自己的食物让给我吃。这种优待，有谁能做到？我怎么可能惟利是图、背信弃义？"

蒯通说："汉王这些做法，其实都是表面现象，是做给您看的。您自以为跟汉王亲密无间，想帮他建立万世功业，我私下认为您想错了。当初，常山王张耳和成安君陈馀还是平民的时候，结成了生死不渝的朋友，可是后来呢？两人相互怨恨，都想把对方置于死地而后快。最后，陈馀被张耳所杀，身首异处，被天下人耻笑。这两个人当初的交情，可以说是深厚无比的了，然而最后却互相残杀，为什么呢？祸根就是太贪心。人心难料啊！现在您跟汉王的关系，肯定不可能比陈馀、张耳二人的交情更可靠，而你们之间的利益冲突却比他们更大。所以我认为，您一厢情愿地肯定汉王不会危害您，实在是大错特错。

"再说，君臣关系就可靠吗？当初，文种和范蠡帮助越王勾践度过难关，助他称霸，但勾践功成名就以后，文种身死，范蠡逃亡。要论交情，您和汉王比不上张耳和陈馀；要论忠诚，您也比不过文种和范蠡对于勾践。这两种人的下场，足够您借鉴了。希望您好好考虑考虑。

"况且，有勇有谋，超过君主的人，自身难保；功业天下第一的人，无法赏赐。而您呢？您俘虏了魏王，擒获了夏说，攻占了井陉口，杀死了成安君，攻取了赵国，制服了燕国，平定了齐国，摧毁了楚国二十万大军，杀死楚将龙且。您的功绩之大、谋略之

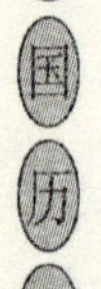

出众，全天下没有第二个人能比。您的威势超过了汉王，您的功劳大得无以复加、无法赏赐。您这种情况，归附楚国，楚国人不敢信任您；归附汉国，汉国人也担心您。您这样的威势和功绩，能归附哪一边呢？如果您不自立，怎么可能全身保命呢？”

韩信沉思良久，辞谢说：“先生暂且别说了，我会考虑考虑的！”

几天以后，蒯通见韩信没有什么动作，就又劝他说：“善于听取意见，才能成就大业；善于策划、敢于行动，才是办事成功的关键。否则，没有谁能长治久安。如果安于伙夫之类的杂役，就会失去掌握国家大权的机会；要是满足于稍高一点的俸禄，就会失去公卿宰相的地位。所以，聪明人应该当机立断，迟疑不决是无法成事的。因此，俗语说：‘猛虎要是犹豫，还不如勇敢的黄蜂；骏马要是踌躇，那就还不如稳步的劣马；虽然聪明如舜禹，但如果闭口不说，就还不如聋哑人的比划手脚。’

“这说明，最可贵的是雷厉风行。功业成功很难，失败却很容易；得到时机很难，失去却很容易。时机啊时机，不会第二次敲您的门！希望您尽快决定！”

韩信还是犹豫不决，不忍心背叛汉王。他觉得自己功劳这么多，汉王没理由加害自己，于是就谢绝了蒯通。蒯通的劝说不被采纳，担心祸从口出，就装疯做了巫师。

敌国破谋臣亡

汉王被围困在固陵的时候，采用张良的计策，征召齐王韩信。韩信带兵赶到垓下，与汉王会师。项羽被打败以后，汉王突然袭击，夺去了韩信的兵权。汉王五年，改封齐王韩信为楚王，定都于下邳。

韩信到了自己的封地，召见了曾给自己饭吃的漂洗丝絮的老大娘，送给她一千金。还召见南昌亭长，给他一百钱，说："您是个小人，做好事有始无终。"又召见曾经侮辱过自己、叫他从裤裆下爬过去的那个人，任命他做楚国的中尉。

项王有一员逃亡将领，名叫钟离眛，跟韩信的关系一直很好。项王死后，他投奔了韩信。汉王跟项王争夺天下的时候，吃过钟离眛的亏，现在听说钟离眛在楚国，就下令楚国逮捕他。但韩信念于交情，借口推辞。

韩信刚到楚国时，每次巡视各县邑，都带着很多士兵。汉王六年，有人上书，说楚王韩信谋反。汉高祖采用陈平的计策，对外宣称要巡视天下、会见诸侯，其实是要袭击韩信。韩信其实心里明白。汉高祖快要到达楚国了，韩信想出兵反叛，保全自己；但是，又觉得自己无罪，要朝见皇上，又怕被擒获。

这时候，有人劝韩信说："您只要杀了钟离眛去见皇上，皇上一定会高兴，那您就没有了后患。"韩信动心，就召见钟离眛来商量。钟离眛不高兴地说："汉王之所以不敢来攻打楚国，就是因为有我钟离眛在您这儿。如果您非要拿我去讨好汉王，那我马上就自杀！不过，我一死，您也会紧跟着灭亡！"接着，破口大骂韩信说："你他妈的太不厚道！"随后就自杀了。

韩信拿着钟离眛的头，去朝拜汉高祖。高祖命令武士捆绑韩信，放在后面的副车上。韩信悲叹："果真如人所说：'狡兔死，良犬烹；高鸟尽，良弓藏；敌国破，谋臣亡！'现在天下已定，我的死期也到了！"高祖辩解说："不是我陷害你，是有人告发你谋反！"于是给韩信戴上刑具。到达洛阳之后，高祖又觉得不忍，就赦免了韩信的罪，贬为淮阴侯。

韩信知道高祖害怕和嫉妒自己的才能，就常常借口生病不去朝见，也不随从。但心里非常压抑，日日夜夜悲叹怨恨，总是闷闷不乐，觉得跟周勃、灌婴等人处在同等地位是一种耻辱。他曾经去拜访樊哙将军，樊哙用跪拜的礼节迎来送往，口口声声自称臣子，可是韩信出门时，竟然苦笑着说："我这一生，竟然和樊哙等人平起平坐！"

皇上曾跟韩信闲谈各位将领的才能，觉得他们各有长短。皇

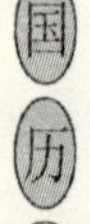
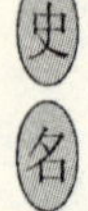

上问：“你看我能带多少兵？”韩信回答：“陛下最多能带十万兵！”皇上问：“那你呢？”韩信回答：“我是越多越好。”皇上有些不悦，但还是笑着说：“越多越好，为什么被我擒获了呢？”韩信回答：“陛下不善于带兵，却擅长驾驭将领，所以我韩信才会被陛下擒获。况且，陛下的地位是上天赐予的，不是人力所及，我即使才能再大，也无能为力。”

陈豨被任命为巨鹿郡守，来向淮阴侯韩信辞行。

韩信拉着陈豨的手，让左右人回避，同他在院子里散步，仰天叹息说：“我有话想对您说。”陈豨说道：“一切听从将军吩咐！”韩信说：“您的辖区，是天下精兵聚集之处；而您呢，又是陛下最亲信宠爱的臣子。如果有人说您反叛，陛下必定不会相信；但要是再有人告您谋反，陛下就会怀疑；要是有人第三次来告您谋反，陛下就必定会大怒，会带兵亲征。您可以好好准备一下，争取一举成事，我可以起兵呼应，有可能一统天下。”陈豨一向了解韩信的才能，信任他，于是答应了。

汉王十年，陈豨果真反叛。皇上御驾亲征。韩信声称身体不好，没有随皇上出征，暗中派人到陈豨那里去，鼓励他说：“只管发兵，我韩信会在这里帮助您！”紧接着，韩信召集家臣们开会谋划，然后乘黑夜假传诏令，赦免各官府里的囚徒和奴隶，想要领这批人去袭击吕后和太子刘盈。部署妥当以后，等待陈豨回报。

韩信有个家臣得罪了韩信，韩信大怒，把他囚禁起来，想杀死他。家臣的弟弟于是就上告，向吕后揭发韩信准备反叛的情况。吕后想召见韩信，又怕韩信的党羽不肯就范，就跟萧相国商议，派人装作是从皇上处来，声称陈豨已经被捉住杀掉了，列侯、群臣都要去祝贺。萧相国欺骗韩信说：“平定了叛乱，这可是大好事啊！您尽管有病，也得勉强进宫祝贺才好。”韩信无法推辞，只好进宫。一进宫，吕后就命人绑架了韩信，把他杀了。

韩信临死之前，恨恨地说：“唉！后悔当初没有听从蒯通，竟然败在妇人小子手里！亏得我韩信一世英名！这是天意啊！”

韩信死后，被夷灭三族。

汉高祖平定了陈豨的叛乱，回到了京城，得知韩信已死，松了一口气，同时又觉得有些可惜，问道："韩信死时说了些什么？"

吕后答："他说后悔没有采用蒯通的计策。"

汉高祖说："这人是齐国的说客。"于是诏令齐国逮捕蒯通。

蒯通捉来了，皇上问："是你教唆淮阴侯谋反，是不是？"

蒯通回答说："是的。可是这小子不肯采纳，所以落得个自取灭亡。如果他采纳我的计策，陛下又怎么可能杀死他呢？"

皇上听了，大怒，命令左右说："烹杀他！"

蒯通大喊："哎呀，冤枉！凭什么烹杀我？"

皇上说道："你教唆韩信谋反，还敢喊冤枉！"

蒯通回答："秦王朝混乱无道，诸侯纷纷自立，英雄群集。秦王失去帝位，天下人争着抢着想取而代之，但只有德才出众的人能够如愿以偿。盗跖所养的狗，见到唐尧也要狂叫，并不是因为唐尧不仁，而是因为他不是狗的主人。我蒯通当时身在齐国，只

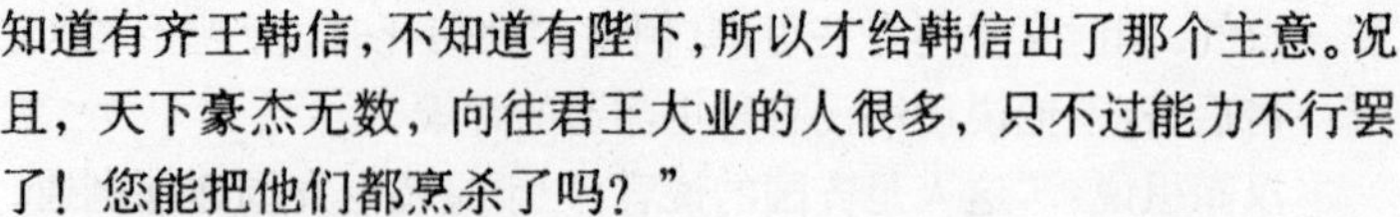

知道有齐王韩信，不知道有陛下，所以才给韩信出了那个主意。况且，天下豪杰无数，向往君王大业的人很多，只不过能力不行罢了！您能把他们都烹杀了吗？”

高祖于是赦免了蒯通的罪过。

太史公说：我到淮阴去，淮阴人对我说，韩信在还是一介平民的时候，志向就与众不同。他母亲死的时候，穷得无法安葬，他却要占有宽敞的坟地，让坟地旁边能安置一万户人家。我看了他母亲的坟墓，的确是这样子。假如韩信能够虚心学习圣贤大道，不炫耀自夸，那他对汉朝的功勋，可以跟周公、召公、姜太公这些人相比啊！可是他却偏偏要在天下安定的时候，图谋叛乱，最终被夷灭三族，这又何必呢！

第六十三章

卢绾陈豨列传

中国历史名著文库

卢绾客死匈奴

卢绾是丰邑人，与高祖是同乡。两人的父辈非常要好，而且高祖和卢绾是在同一天出生的，所以乡里人就带着羊和酒同时祝贺两家。高祖和卢绾慢慢长大，两人一起读书一起玩，亲密无间。乡里人很羡慕两家，觉得他们父辈相好，生儿子在同一天，孩子长大又相好，很难得，就又一次带着羊和酒去祝贺两家。

高祖还是个平民的时候，因为吃了官司而东躲西藏，卢绾不嫌弃，经常跟着他到处奔走。后来，高祖在沛地起兵，卢绾就以宾客身份随从高祖；进入汉中后，卢绾担任将军，经常在内廷陪伴高祖。再后来，楚汉争霸，卢绾以太尉的身份随从高祖左右，可以自由出入于高祖的卧室，还经常得到衣服被褥和饮食等赏赐。

这种不分你我的礼遇，群臣之中，除了卢绾，没有谁敢企望，即使是萧何和曹参等人，也只是因为工作上的原因而受到礼遇，要说亲近宠幸，都比不上卢绾。卢绾被封为长安侯。长安就是从前的咸阳。

汉五年初，项羽已经被打败，汉王就派卢绾另带一支军队，跟刘贾一起去攻打临江王共尉，打败了他。

七月回朝，又马上跟随高祖去攻打燕王臧荼，臧荼战败投降。高祖平定天下之后，诸侯中间不姓刘而被封王的，共有七人。高祖本来想封卢绾为王，但群臣不满，只好作罢。等到俘虏了燕王臧荼，高祖便召集所有将相列侯，让他们在群臣中选择功臣来做燕王。群臣知道高祖想让卢绾为王，就都进言说："太尉长安侯卢绾，长年跟随皇上南征北战，协助皇上平定了天下，功劳最大，应该封为燕王。"这些话正中高祖下怀，于是封卢绾为燕王。各位诸侯王之中，没有谁比燕王更受宠幸。

汉十一年秋天，陈豨在代地反叛。高祖领兵到邯郸去攻打陈豨，燕王卢绾配合，从东北部进攻陈豨。陈豨自知不敌，于是派王黄去向匈奴求救。燕王卢绾为了防止匈奴出兵，也派了自己的部下张胜到匈奴，想假称陈豨等人的军队已经被打败，让匈奴不敢贸然出兵。

张胜到达匈奴时，原燕王臧荼的儿子臧衍正好也在匈奴，他见张胜时说："您之所以受燕国重用，是因为您熟悉匈奴的情况。燕国之所以能够长久存在，没有被灭掉，只是因为其他诸侯不停地反叛，连年战争，汉王还没来得及攻打燕国。如今您为燕国着想，想迅速消灭陈豨等人，可是，您想过没有，陈豨等人一旦被彻底消灭，那么接着就要轮到燕国了！到了那个时候，您也会成为阶下囚，后悔都来不及啦！您为什么不叫燕国暂时不要消灭陈豨，并且偷偷跟匈奴联合？这样做，就给自己留下了余地，这样才能保证燕国的长治久安；即使汉朝要打燕国的主意，您也能有恃无恐。"

张胜听了，觉得有礼，就自作主张，要求匈奴帮助陈豨等人攻打燕国。燕王卢绾怀疑张胜联合匈奴谋反，就上书高祖，请求族灭张胜。张胜回国之后，马上偷偷找到卢绾，详细说明了自己联合匈奴的原因。燕王卢绾恍然大悟，就想办法解脱了张胜的罪名，随便找了几个替死鬼杀掉。

此后，张胜就暗中做匈奴的间谍，来往于两地之间。同时，卢绾又暗中派遣范齐去联系陈豨，帮助陈豨长期流亡，想办法让战事连年不断。

汉十二年，高祖往东攻打黥布。当时，陈豨的军队离得不远，于是高祖就派樊哙去攻打陈豨。陈豨的副将战败投降，交代说燕王卢绾曾派范齐去联系陈豨，共谋反叛事宜。高祖大惊，马上派遣使臣召见卢绾。卢绾觉得蹊跷，于是借口生病不来朝见。皇上又派辟阳侯审食其、御史大夫赵尧去迎接卢绾，同时找机会查问卢绾的手下人。

卢绾更加害怕，干脆闭门藏了起来，心里恐惧苦闷，对最亲近的臣子说："不姓刘而封王的，只有我和长沙王吴芮。去年春天，

汉王族灭了淮阴侯；夏天，又杀了梁王彭越。这些都是阴险的吕后出的主意。现在皇上多病，把国家重任委托给了吕后。吕后是个妇道人家，心地险毒，总是找茬诛杀异姓王和大功臣，好为他

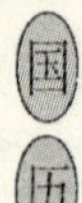

们吕氏谋利。看来我卢绾是凶多吉少啊！”

汉王多次催促卢绾去朝见，可是卢绾还是借口生病不去。卢绾左右的人感觉不妙，都偷偷离开了。这时候，辟阳侯又查到了卢绾的一些秘密言论，就马上回朝，详细地报告皇上。皇上听了，大发雷霆。不久，有个匈奴人投降了汉朝，交代说张胜已经逃到匈奴，正在考虑怎么帮助燕国反抗汉朝。

皇上说："卢绾果真反了！"于是马上派樊哙出兵，去急攻燕国。燕王卢绾不愿对抗汉朝，就带着他的家属，还有全部大臣以及几千骑兵，驻扎在长城脚下，想找机会入宫请罪。不久，高祖去世，吕后彻底当权，卢绾一看形势不妙，只好率领部下逃进匈奴。匈奴封他为东胡卢王，可是并不尊重他，而是经常借机掠夺和欺凌他。卢绾当时年龄也大了，生活在蛮夷之地，处境艰难，时常思念汉朝故土。一年多以后，死在了匈奴。

卢绾的妻子和儿女逃出匈奴，去投降汉朝。到了汉都，正好赶上吕后生病，不能接见，于是被安排住在燕王的官邸，准备过几天设酒宴接见他们。可是不巧，吕后就在这几天去世了，始终没有机会接见他们。卢绾的妻子一急，不久也病死了。

汉景帝中元六年，卢绾的孙子卢他之，以匈奴东胡王的身份来投降，被封为亚谷侯。

陈豨叛乱

陈豨是宛朐人，很早就随从高祖打天下。高祖七年，陈豨被封为列侯，以赵国相国的身份统率赵、代两地边防军，势力极大。

有一次，陈豨告假回家，经过赵国时，赵国的相国周昌注意到，随从陈豨的宾客非常之多，一共有一千多辆车子，把整个邯郸城的宾馆都住满了；而且，陈豨待人宽厚，愿意与宾客们平起平坐，总是委屈自己而厚待别人，深得人心。

陈豨走后，周昌就去求见汉高祖。周昌认为，陈豨宾客众多，而且独揽兵权，在外驻扎了好几年，已经形成了一方势力，恐怕会有谋反的打算。皇上认为有理，就派人去核查陈豨的宾客们的账目，看他们有没有什么违法行为，发现问题颇多，而且大多牵连到陈豨。陈豨得知，非常害怕，就暗中派宾客去联系王黄和曼丘臣，跟他们商量反叛事宜。

高祖十年，太上皇去世，皇上借机召见陈豨，想处理他。陈豨借口病重，不来朝见。九月，陈豨与王黄等人反叛，自立为代王，很快就占领了赵地和代地。

皇上听说陈豨已经动手，就特赦赵、代两地的官吏，拉拢他们。然后，皇上亲自前往邯郸，准备平叛。查看了陈豨的战略部署之后，皇上高兴地说："陈豨不南下控制邯郸的漳水，却北上守住邯郸，可知他缺乏谋略，不可能有所作为。"

赵国的相国上奏，请求斩杀常山的郡守和郡尉，说："常山有二十五座城，陈豨反叛后，其中二十座城都投降了陈豨。"

皇上问："那些郡守和郡尉，是一开始就反叛了吗？"

赵国的相国回答："不是，他们本来不准备反叛，但看到陈豨兵力强大，就投降了。"

皇上说："这是他们兵力不足，不得不投降。也算是事出无奈。"于是就赦免他们，继续让他们做常山的郡守和郡尉。

皇上问周昌："赵地有没有能做将领的壮士？"

周昌回答："有四个人。"

不久，这四个人来拜见皇上。皇上见他们语不惊人、貌不出众，就生气地辱骂他们："就你们这幅德行，也能当将领吗？"四个人听了，一句话不敢说，都惭愧地跪伏在地上。

皇上想了想，还是封给他们各一千户，用他们做将领。左右手下进谏说："那么多人随从皇上进入蜀郡、汉中，帮您征伐楚国，有功之臣不计其数，还没有全部行赏。现在这几个人一点作为都没有，凭什么得到封赏？"

皇上说："这你们就不懂啦！陈豨反叛，邯郸以北都被他占领了，我紧急征召天下军队，所有人都置之不理，所以现在只能靠邯郸城中的军队了。我封赏这四个人，可以得到赵地的民心，更有把握击败陈豨。我为什么要吝惜这四千户？为什么不用这点代价来抚慰赵国子弟！"

大家醒悟，齐声说好。

皇上又问："陈豨让谁做将领？"

左右人回答说："王黄和曼丘臣，从前都是商人。"

皇上说："我知道了。"于是就悬赏千金，缉拿王黄和曼丘臣等人。

十一年冬天，汉军在曲逆城下击杀了陈豨的部将侯敞和王黄，在聊城打败了另外一位大将张春，杀了一万多人。

十二月，皇上亲自攻打东垣，没有攻下，守城的士兵站在城墙上，高声辱骂皇上。东垣降服后，辱骂皇上的士兵被杀头，其余的士兵在额头上被刺了字。随后，把东垣改名为真定。这时候，王黄和曼丘臣等被悬赏的，都已经被生擒活捉，陈豨的军队彻底溃败。

汉高祖十二年冬天，樊哙的军队在灵丘杀掉了陈豨。

第六十四章

田儋列传

中国历史名著文库

田儋和田荣

田儋，狄城人，是原来齐王田氏的族人。田儋的堂弟田荣，田荣的弟弟田横，都是英雄豪杰，田氏宗族非常强大，深得人心。

陈涉开始起兵自称楚王的时候，派遣周市攻取魏地，然后北上，一直打到狄城，狄城固守，久攻不下。这时候，田儋假装捆绑着他的奴仆，带了一群年轻人来到县府，说要杀掉自己的奴仆，要面见县令，让他来证明自己杀得有理。狄县县令不知有诈，就出来接见，一出来，就被田儋杀掉了。随后，田儋召集县里的富豪、官吏和青年人说："现在，各地诸侯都反抗秦朝，都自立为王。齐国历史悠久，我田儋是齐王田氏的族人，应当称齐王。"大家齐声拥护，于是田儋立为齐王，然后马上出兵去攻打周市。周市撤退，田儋趁机平定了齐国的土地。

当时，秦国大将章邯正在临济围攻魏王。魏王情况危急，就派人向齐国请求救援，齐王田儋马上带军出发，援救魏国。章邯采用奇计，大败齐魏联军，在临济城下杀死了田儋。

田儋的弟弟田荣收拾田儋的残兵败将，撤退到了东阿。

齐国人听说田儋战死，就拥立原齐王田建的弟弟田假为齐王，以田角为相国，田间为将帅，来抗拒诸侯。

田荣败逃到东阿之后，章邯紧追不舍，包围了他。项梁听说田荣危急，就带兵赶来，在东阿城下击败了章邯。章邯向西逃跑，项梁乘胜追击。田荣被解围之后，听说齐国人已经立田假为王，就带兵回去攻打齐王田假。田假逃跑到了楚国，相国田角逃跑到了赵国。田角的弟弟田间当时正出使赵国，听说国内混乱，干脆就留在了赵国。

田荣清理了齐国，然后就立田儋的儿子田市为齐王。田荣辅佐他处理国政，田横担任将军。

项梁击败了章邯以后，章邯的军队反而日益壮大。项梁不安，就派使者通告赵、齐两国，要求出兵共同攻打章邯，免除后患。

田荣没有出兵，而是提出要求说："如果楚国杀死田假，赵国杀死田角和田间，我就出兵。"楚怀王答复："田假是我盟国的君王，走投无路才来归附我们，杀了他是很不合道义的。我们不能杀他。"赵国也不愿杀掉田角和田间。齐国使者见齐国的要求难以实现，就愤然说："蝮蛇有毒，要是咬了人的手，就要砍去手；咬了脚，就要砍去脚。为什么呢？因为留手留脚有害全身。如今田假、田角、田间对于楚国和赵国来说，其实还不如手脚那么重要，为什么不肯舍弃？不杀他们，就是帮助秦国苟延残喘，要是秦国死灰复燃，那么发愤抗秦的英雄豪杰们不但难以保命，恐怕死后连坟墓都要被挖开。你们看着办吧！"

楚国和赵国还是不肯听从，齐国很不高兴，也始终不肯出兵。

项梁孤军奋战，终于被章邯打败，并且死在了战场上。楚军逃跑，章邯于是渡过黄河，到巨鹿去围攻赵军。项羽失去了大将项梁，只好亲自前往援救赵军，心里对田荣恨之入骨。

项羽保全赵国、降服章邯以后，就西去血洗咸阳。秦国灭亡，项羽分封有功之臣，齐王田市改封为胶东王，定都即墨。齐将田都曾跟随项羽一起救助赵国，所以封为齐王，定都临淄。原齐王田建的孙子田安，在项羽刚渡过黄河援救赵国的时候，攻取了济北的好几个城邑，然后带兵投降项羽，项羽就封他为济北王，定都博阳。

田荣因为背叛项梁，不肯出兵帮助楚赵联军攻打秦军，所以没有被封王；而赵将陈馀也因为失职没能封王。二人因为此事，对项王耿耿于怀。

项王回到楚国以后，各诸侯王也分别回到自己的封地。田荣派人带兵去帮助陈馀，让他在赵地反叛项羽。同时，田荣自己也出兵攻打田都，田都逃跑到楚国。田荣还扣留齐王田市，不让他到胶东去。田市的手下人说："项王强悍暴躁，大王应该听他的话，到胶东封地去，否则太危险啦。"田市害怕项羽，就背着田荣跑到了封地。田荣恼怒，追击田市，在即墨杀掉了他，回头又进攻济北王田安，杀了他。这时田荣就自封为齐王，把三齐地区全部合并在一起，归自己统辖。

项王听说了这件事，大怒，马上北伐齐国。齐王田荣的军队战败，逃到平原，田荣被平原人所杀。项王随后血洗齐都，把好好的城邑夷为平地，无辜军民死伤无数。齐人伤心而且愤怒，不约而同地聚集起来反叛他。

田荣的弟弟田横，收编了齐国的残兵败将，得到好几万人，在城阳反击项羽。这时候，汉王刘邦率领诸侯军队打败了楚军，攻入了彭城。项羽听说彭城失守，就离开了齐都，回师彭城，去攻打汉军，接着跟汉军连续作战，在荥阳对峙。楚军撤离了齐国，因此田横得以收复了齐国的很多城邑，封田荣的儿子田广为齐王，而田横自任相国辅佐他，独揽了国家政事，政事不论大小都由他决定。

田横五百士

田横平定了齐国，三年之后，汉王派郦食其前往齐国，想说服齐王田广和相国田横归附汉王。田横认为归附汉朝的确对自己有好处，就放松了在历下的驻军，对汉朝不再设防。

本来，在郦食其来到之前，汉将韩信带兵来攻打齐国，齐国派华无伤和田解在历下驻军抵抗。汉王使者郦食其一到，齐军就解除了战备，放任士兵喝酒，做好准备同汉军讲和。

可是，齐国万万没有料到的是，汉将韩信采用了蒯通的计谋，突然击破齐国在历下的军队，并乘胜打入临淄。齐王田广和相国田横以为郦食其出卖了自己，就烹杀了郦生。然后，齐王田广向东逃到高密，相国田横逃到博阳，代理相国田光逃到城阳，将军田既带兵逃到了胶东。

楚国派大将龙且来援救齐军，与齐王在高密会师。汉将韩信和曹参围攻高密，打败齐楚联军，杀死了龙且，俘虏了齐王田广。同时，汉将灌婴也追击并俘虏了齐国代理相国田光。

当时，田横已经跑到了博阳，听说齐王已死，就自立为齐王，率兵反击灌婴。灌婴在嬴城打败了田横的军队，田横逃亡到梁地，归附了彭越。彭越这时驻守梁地，持中立态度，既想帮汉，又想帮楚。

韩信杀了龙且之后，派曹参进军胶东，打败并杀死了田既；又派灌婴出击千乘，打败并杀死了齐将田吸。齐国终于被平定，随后，韩信派人求见汉王，请求立为齐国的代理国王，汉王当时处境艰难，无奈之下，只好立他为齐王。

一年后，汉军消灭了项羽，汉王立为皇帝，彭越被封为梁王。当时田横还在彭越那里，害怕被杀，就带领手下五百多人逃进东海，住在岛上。汉高祖听说了，觉得田横兄弟曾经平定齐国，深得齐国民心，齐国的贤人大多归附于他，如果放任他在海岛中发展，恐怕以后会产生变乱。

于是，汉高祖就派使者来到海岛，表示愿意赦免田横的罪过，希望能召见他。田横推辞说："我曾烹杀陛下的使者郦食其，他的弟弟郦商现在是汉朝的将领，而且很贤能，我害怕，不敢再到汉朝为官。请皇上允许我做一个老百姓，在海岛上终老天年。"使者回来报告，高祖就诏令郦商说："齐王田横即将到来，谁敢动他的随从人马，立刻诛灭三族！"然后，再派使者去见田横，把皇上诏令郦商的情况详细地告诉他，并且说："田横要是愿意归附，那么大则封王，小则封侯。如果不归附，那就别怪汉朝不客气。"

田横考虑再三，就带着两位门客乘着驿车前往洛阳，去朝见汉高祖。

离洛阳还有三十里左右的时候，田横对使者说：

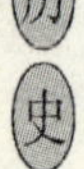
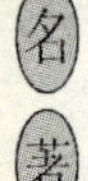

“人臣面见天子，应当洗身洗头，否则就是不敬。”于是停留下来。田横支开了使者和其他人，只留下两位门客，然后说：“想当初，我田横和汉王一样，都是南面称王的人。可是如今呢，汉王做了天子，而我田横却成为亡国的俘虏，向他称臣跪拜！这种耻辱我不能忍受。再说，我烹杀了人家的兄长，现在却要同他弟弟并肩伺候汉王。即使他郦商因为畏惧天子的诏令，不敢动我，难道我内心就一点都不惭愧吗？

“况且，陛下之所以想见我，只不过是想看看我长的什么样罢了！如今陛下在洛阳，如果砍下我的头，奔驰三十里地，容貌还不会改变，还是可以一看的。”

说罢拔剑自刎，让门客捧着他的头，随从使者飞车回奏汉高祖。高祖见了，感叹说：“唉，田氏家族能够崛起，不是没有理由啊！本来都是地位低微的平民，却能够起家，兄弟三人都相继为王，怎么可能不贤能出众呢！”感叹之余，还为田横流下了眼泪。然后，任命田横的两个门客做都尉，派出两千名士兵，按侯王的礼节安葬田横。

田横下葬之后，两个门客在田横的墓旁挖了坑，都割脖子自杀了，倒在坑里陪葬田横。

田横还有其他门客五百人，留在海岛上等候主人的消息。汉高祖派使者去召见他们，门客们听说田横死了，也都相继自杀，不愿舍弃自己的主人而归附汉朝。

高祖听说这件事，大为吃惊，知道田横的门客都不是一般人，而田横和田氏兄弟更是难得的人才，如果他们不是已经全部身亡，那么天下是不是归刘氏所有，还很不一定。